U0742562

智元微库
OPEN MIND

成 长 也 是 一 种 美 好

石磬风供啜

蔡澜 著

[新加坡]

人民邮电出版社

北京

图书在版编目（ＣＩＰ）数据

万壑松风供一啜 ／（新加坡）蔡澜著. — 北京：人
民邮电出版社，2024.8
ISBN 978-7-115-64061-1

Ⅰ. ①万… Ⅱ. ①蔡… Ⅲ. ①回忆录—新加坡—现代
Ⅳ. ①I339.55

中国国家版本馆CIP数据核字(2024)第063232号

版权声明

本书经四川文智立心传媒有限公司代理，由蔡澜本人同意人民邮电出版社有限公司出版
中文简体字版本。非经书面同意，不得以任何形式任意重制、转载。

版权所有，翻版必究。

◆　　　　著　　［新加坡］蔡　澜
　　　　责任编辑　　王铎霖
　　　　责任印制　　周昇亮

◆　人民邮电出版社出版发行　　　　北京市丰台区成寿寺路 11 号
　　邮编　100164　　电子邮件　315@ptpress.com.cn
　　网址　https://www.ptpress.com.cn
　　天津千鹤文化传播有限公司印刷

◆　开本：880×1230　1/32
　　印张：8.75　　　　　　　　　　2024 年 8 月第 1 版
　　字数：180 千字　　　　　　　　2024 年 8 月天津第 1 次印刷

著作权合同登记号　图字：01-2023-2488 号

定价：69.80 元

读者服务热线：（010）67630125　　印装质量热线：（010）81055316
反盗版热线：（010）81055315
广告经营许可证：京东市监广登字 20170147 号

吃得好一点，睡得好一点，多玩玩，

不羡慕别人，不听管束，

多储蓄人生经验，死而无憾，

这就是最大的意义吧，一点也不复杂。

蔡澜先生 1941 年出生于新加坡，祖籍广东潮州。父亲蔡文玄去南洋谋生，常望乡，梦见北岸的柳树，故取笔名"柳北岸"；蔡澜生于祖国之南，父亲为其取名"蔡南"，为避家中长辈名讳，改为"蔡澜"。蔡澜先生戏称，自己名字谐音"菜篮"，因此一生热爱美食。

蔡澜先生拥有许多身份，他是电影监制、专栏作家、主持人、美食家；他交友众多，与金庸、黄霑、倪匡并称"香港四大才子"；他爱好广泛，喝酒品茶、养鸟种花、篆刻书法均有涉猎；他活得潇洒，过得有趣，曾组织旅行团去往世界各地旅行游历，不少人认为他也是难得的生活家。

春节前后，蔡澜先生开放微博评论回复网友提问，不少网友将日常纠结、内心困惑、生活难题和盘托出，等待蔡澜先生解惑。面对网友，蔡澜先生智慧而不说教，毒舌但不高傲，渊博而不卖弄；面对读者，他诉说旅行见闻，介绍美食经验，回顾江湖老友，分享人生乐事。隔着屏幕，透过纸页，蔡澜先生用诙谐有趣的语言和鞭辟入里的观点收获了很多年轻人的喜爱。

読他
通透，豁达，
活得潇洒

提到蔡澜，很多人会想到"香港四大才子"。金庸先生生前常与蔡澜先生同游，他这样评价这位朋友："我现在年纪大了，世事经历多了，各种各样的人物也见得多了，真的潇洒，还是硬扮漂亮，一见即知。我喜欢和蔡澜交友交往，不仅仅是由于他学识渊博、多才多艺、对我友谊深厚，更由于他一贯的潇洒自若。好像令狐冲、段誉、郭靖、乔峰，四个都是好人，然而我更喜欢和令狐冲大哥、段公子做朋友。"

金庸先生是蔡澜先生年少时的文学偶像，他们后来竟成了朋友。蔡澜先生总说："怎么可以把我和查先生并列？跟他相比，我只是个小混混。"四个人中，蔡澜先生年纪最小，因此他不得不一次次告别老友。书里写他与众多友人的欢聚时刻，多年后友人也渐渐远行。蔡澜先生喜爱李叔同的文字，这一路走来，似乎印证了"天之涯，地之角，知交半零落"这句歌词，但这似乎又不符合他的心境，因为当网友问到"四大才子剩你一人，你是害怕多一点还是孤独多一点"时，蔡澜先生回道："他们都不想我孤独或害怕的。"

蔡澜先生爱好广泛，见识广博，谈起美食，从食材选择到烹饪手法，再到哪里做得正宗，他如数家珍；谈起美酒，他对年份、产地、口感头头是道；谈起电影，他又有多年的从业经验，与一众名导、演员有过合作；谈起文学，他有家族的传承——父亲是作家、诗人，郁达夫、刘以鬯常来家中做客；至于茶道、书法、篆刻，他也别有一番研究。

蔡澜先生喜爱明末小品文，其写作风格也受到当时文人的影响，而妙就妙在，他继承了过去文人那种清雅、隽永的文风，他的文章形式上简洁精练，意蕴悠远绵长，但同时，他并未与"Z世代"有所区隔，他熟练使用社交网络，和年轻人交朋友，对新鲜事物充满热情。他不哀怨，不沉重，不说教，常以通透、豁达的形象示人，正如金庸先生所言："蔡澜是一个真正潇洒的人。率真潇洒而能以轻松活泼的心态对待人生，尤其是对人生中的失落或不愉快遭遇处之泰然，若无其事，他不但外表如此，而且是真正的不萦于怀，一笑置之。"

蔡澜先生交游甚广，是很多人的好朋友。倪匡先生曾说："与他相知逾四十年，从未在任何场合听任何人说过他坏话的。"

究其原因，多半是他那份仗义和真诚让人信任。

年轻时，蔡澜先生的生活可算是"花团锦簇"。年少时的他交往了众多女朋友，连父亲都同老友说："这孩子年轻时女朋友很多。"到后来，他回顾年轻时的自己，也说"我并不喜欢年轻时的我"。

很多人常议论蔡澜先生年轻时的风流，也有不少人视其为"浪子"，称他是绝对的大男子主义，但他为女性仗义执言又颇让女士们受用。面对"剩女"这一性别歧视类话题，蔡澜先生就表示："剩女这个名字本身就是失败的。什么剩什么女呢，人家不会欣赏罢了。大家过得开开心心，几个女的一块，去玩呐，哪里有什么剩不剩。剩女很好，又不必照顾这个，又不必照顾那个。快点去玩！"这样的言辞让人忍俊不禁，直呼他是大家的"嘴替"。

不仅如此，他还呼吁女性把钱花在增长学识上，鼓励女性多读书、多旅行，拥有自己把日子过好的能力。

蔡澜先生极度坦诚，他从不掩非饰过，也不屑弄虚作假。因"食家"的身份被众人所知后，他不接受商家请客，坚持自己付账，就为了能客观评价餐厅。有餐厅老板找他合影，他不好拒绝，但担心商家用合影招揽食客，于是约定，板着脸合影，表达也许这家餐厅味道不怎么样。

蔡澜先生的人生经历可谓精彩。他生于第二次世界大战期间，青年时期留学日本，在电影行业工作几十年，见证了草创时的筚路蓝缕，也见证了黄金时期的繁荣景象。书里有他的童年回忆和故人旧事，有他拍电影时的所见所感，有他悠游天地间的见闻，有他追忆老友的感人片段。蔡澜先生如今已80多岁，但这套书里充满了当代年轻人所喜爱的要素。探店？蔡澜先生寻味的足迹遍布世界各地，吃过的餐厅数量绝对可观。城市漫步（Citywalk）？蔡澜先生可是组过旅行团的，金庸先生就是他的团友。吃播测评？蔡澜先生参加过诸多美食节目，也常发文品鉴美食。生活美学？蔡澜先生就是一个能把艺术、生活与哲理融合在一起的人，他对日常生活的独到见解，相信可以打动很多人。

他对很多事都展现出强烈的好奇心，因为什么都想试试看，才能慢慢变成懂得欣赏的人。这套书涵盖了蔡澜先生80载人生经历，囊括40年寻味的饮食经验，有他的志得意满和年轻气盛，也有他如童稚时的那般调皮与恶作剧。他的追溯，仿佛能唤起我们内心的情感共振，我们如此这般，似乎只是一个想念妈妈做饭味道的小朋友。

在2023年摔伤之前，蔡澜先生总是笑着出现在众人面前，他也常说"希望我的快乐染上你"。他并非没有愁肠，只是选择不把痛苦的一面展露出来。他说："我是一个把快乐带给别人的人，有什么感伤我都尽量把它锁在保险箱里，用一条大锁链把它锁起来，把它踢进海里去。"所以，在生活节奏加快，我们的人生不断遇到迷茫和挑战的今日，希望这套书能如蔡澜先生其人一般，给大家带来快乐，让更多人开心。

出 版 说 明

　　蔡澜先生中学时便开始写作投稿，40 岁前后开始系统性地撰写专栏，多年来撰写了多种类型的文章。因老父赴港在餐厅等位耗时颇久，蔡先生下决心"打入饮食界"，这些年他吃在四方，撰写了大量的文章，这些文章零散发表在各处，这次蔡先生挑选历年文章，重新修订，整理成系统、精彩的文集，奉献给读者。

　　本次出版图书 2 套，共 8 本，从"饮食"和"人生"两个方面集萃蔡澜先生这几十年的饮食经验和人生经历。"饮食经验"一套分别介绍食材、烹饪方法、外国饮食文化及中华饮食文化；"人生经历"一套按时间划分，分别反映从他出生到 20 世纪 80 年代、20 世纪 90 年代、千禧年后第一个 10 年以及 2010 年至今的生活体悟。

　　除蔡澜先生多年来撰写的各类旧文，这套书还与时俱进，收录了蔡澜先生近些年的新作，分享其居家自娱自乐的生活趣事。蔡澜先生出生于新加坡，现长居中国香港，其语言习惯和用词与规范的汉语不免存在差异，现作以下说明。

1. 蔡澜先生文章中使用的方言表述，如"巴仙""难顶""好彩"等，我们仍保留其原状，只在首次出现时标注其通用语义；如意大利帕尔马火腿，粤语发音也叫"庞马火腿"，我们沿用其"庞马火腿"之名，也在首次出现时注明。一些食物有多种称谓，我们通常使用其被广泛使用的名称，如"梳乎厘"，我们统一写作"舒芙蕾"。

2. 文中使用的外文表述，包括但不限于英语、法语、日语等名称，我们尽量列出其中文译名，实在无法对应之处，我们在文中仍保留外文名。

3. 本书文章写作时间跨度极大，但所有文章均写于 2023 年之前，文中所提及的食材的安全性、卫生标准及合法性均视写作时的具体情况而定，本书不做追溯。关于各地旅行的见闻，代表蔡澜先生游览之时的具体情况，反映当时当地的状况，并非今日之实况。因经济发展、社会变迁而早已不适用于今日的内容，我们酌情做了删减。

4. 蔡澜先生年轻时留学日本，后来因工作及个人爱好前往世界各地旅行，文中提到的货币汇率，均代表写作文章时的汇率，我们不做换算。

作为一名食家，蔡澜先生对食材、美食、餐厅的看法均为他这几十年亲自品评所得之体会，而非仰赖权威机构排名。正如蔡澜先生评价食评人汉斯·里纳许所言："我对他的判断较为信任，至少他说的不是团体意见，全属个人观点。可以不同意，但不能说他不公平。而至于口味问题，全属个人喜恶。"我们秉持求同存异之态度，向诸位读者展现蔡澜先生的心得，也欢迎读者与我们一同探索美食的真味。

今天要比昨天高兴，明天又要比今天开心。这是蔡澜先生一再告诉我们的。希望我们的几本书能像一个"开心菜篮"，让大家从蔡澜先生的故事中采撷快乐，收获开心。

目录

总结
二〇一〇

通常我是不太做什么总结的，我在 1941 年出生，到 2010 年已是 69 岁，但我总喜欢把自己说得老一点，好过别人来骂自己是老头，（所以）就当是 70 岁了。

在这个可以纪念的年份，我到底做了些什么？没有特别记录，想到什么写什么就是。

亦师亦友的何冠昌先生去世后，留在办公室的一幅字被我接收，是臧克家写的一首诗。诗曰："自沐朝晖意蓊茏，休凭白发便呼翁；狂来欲碎玻璃镜，还我青春火样红。"

的确，我还是那个蹦蹦跳跳的青年，拼命地吸收，拼命地活，一点也不觉老。但是躯体这个机器已用得七七八八，也需要维修。今年在出远门到中东之前，我做了一次心脏检查，发现两条血管轻微地阻塞了，当今医生的说法是早做好过迟做，既然日后要通，不如马上通，便做了一个小小的手术，由手腕通条管，不必全身麻醉之下搭了支架，将血管张开，也就没事了。

好，将最坏的事说完，可以讲比较愉快的了。

这一年的大事，莫过于中了"微博"的毒。

什么叫"微博"？微博只能打 140 字，很适合我的急躁个性，我就是因为没耐心，才不去写长篇大论的小说，独攻文字限于 700 字到 2000 字的散文，当今有 140 字的，我更喜欢。

微博网友来自世界各地，但以中国的居多。崇拜明星的人不少，明星一上微博就有很多人来当"粉丝"，相比之下我籍籍无名，只有靠自己努力。

我喜欢互动，与其自己发消息，不如请网友发问。这么一问一答，简简短短，非常过瘾，不知不觉，已经一年。

喜欢与我对话的网友，是我一个个"赚"回来的，我当然勤力回复。至写稿的这一天，我回答过 18 529 条问题，所集的"粉丝"，我称为"网友"，已有 1 114 339 人。不是追求人数，而是每做一事，必做得最好。

上微博是件乐事，最大的懊恼是会遇到一些性格恶劣、出言不逊、无故攻击对方的人。

网友们都劝我：这是一件不可避免的事，只好接受事实，漠视即可。但我是一个不喜欢处于无奈的人，便开始动脑筋了。

诸多网友之中，我发现有好多是非常聪明的人物，文笔通顺，思路灵敏，与我爱好相同。从这些人之中，我挑选出最杰出的，当我的"护法"。这么说，像江湖组织，"护法"会替我把那些让人讨厌的人赶走，我就看不到了。当今我的微博，非常之清静。人生到了这个阶段，不必生无谓的气。

心境之年轻，令我见到凡人都当成长辈，我一向聆听对方的意见，予以尊敬。过程中发现许多年轻人和我存在一定程度的代沟。

是的，的确有代沟，代沟是"我比他们年轻，他们比我老"。

这些年轻人的思想相当迂腐，没有冒险精神，又不知道该勤力的勤力，该玩的去玩，用我们那个年代的话形容，就是头脑是"四方"的。在我眼中，他们当然比我老得多。

因为"年轻"，我也一向不好意思拒绝别人，别人有什么要求，我总勉为其难地做了；一些无谓的应酬，也照出席；人家发表的低级"伟论"，只有唯唯称是。

到了今年，我的态度可以做 180 度的改变，一概不必敷衍，套用倪匡兄那句话："唔得闲同你哋呢班契弟混吉。[①]"

以前的所谓"不好意思"，一扫而空。

人家伸出手来，要我握，我才不去理他们，态度还是照样恭恭敬敬的，双手握拳，拱手为礼，这是老传统，我只是不喜欢洋人的握手。

应酬全部不出席，只和最好的朋友吃饭。

在家吃的尽是一些清淡的东西，像渌[②]了干面，下点酱油和橄榄油，或是一碗清粥，就搞掂了。

旅行团方面，只去最高享受的地方，赚钱已不是我的目的，主要和一些志同道合的团友一块吃吃喝喝。今年到了意大利的皮埃蒙特大区，为了享用芝士；到阿斯蒂，去喝最好的带甜汽酒莫斯卡托；去缅甸乘那艘内陆船"曼德勒之路"（Road To Mandalay），看看两岸的寺庙，做精神的洗涤。约旦的佩特拉（Petra）那扇粉红色大门，是人生之中必游的。

文章也尽量少写了，一不轻松，即刻卡掉。

至于电视节目，有新的构想才拍，不然赚再多钱，重复自己做过的，也不干。

孔子说："七十而从心所欲，不逾矩。"

实在过瘾。

---

① 粤语，意思是没空和你们这群家伙做无聊的事。——编者注

② 渌，粤语，指在滚水中烫。——编者注

只愿无事 常相见

昨夜梦魂中

为什么记忆中的事，不像做梦时那么清清楚楚？昨晚见到故园，花草树木，一棵棵重现在眼前。

爸爸跟着邵氏兄弟，由中国来到南洋，任中文片发行经理并负责宣传。不像其他同事，他身为文人，不屑利用职权赚外快，只靠薪水，两袖清风。

妈妈虽是小学校长，但商业脑筋灵活，投资马来西亚的橡胶园，赚了一笔，我们才能由大世界游乐场后园的公司宿舍搬出去。

新居是用 4 万块叻币 ① 买的，双亲看中了那个大花园和两层楼的旧宅，又因为父亲的好友许统道先生住在后巷四条石，便购下这座老房子。

地址是人称六条石的实笼岗路中的一条小道，叫 Lowland Road，父亲叫为罗兰路，门牌 47 号。

打开铁门，车子驾至门口有一段路，花园种满果树，入口处的那棵红毛丹尤其茂盛，也有杧果。父亲后来研究园艺，接枝种了矮种的芭乐，由泰国移植，果实巨大少籽，印象最深。

屋子的一旁种竹，父亲常以一个用旧了的玻璃桌面压在笋上，看它变种生得又圆又肥。

园中有个羽毛球场，挂着张残破的网。羽毛球是我们几个小孩子至

---

① 叻币是英殖民地政府在马来西亚、新加坡与文莱在英国殖民地时期发行的货币。——编者注

爱的运动，要不是我从小喜欢看书，长大了成为运动健将也不出奇。

屋子虽分两层，但下层很矮，父亲说这是犹太人的设计，不知从何考证。阳光直透，下起雨来，就要帮奶妈到处闩窗，她算过，计有 60 多扇窗。

下层当是浮脚楼，摒除瘴气，也只是客厅和饭厅厨房所在。二楼才是我们的卧室，楼梯口摆着一只巨大的纸老虎，是父亲的同事——专攻

美术设计的友人所赠。他用铁线做一个架，铺了旧报纸，上漆，再画为老虎，像真的一样。家里养了一只松毛犬，冲上去在肚子咬了一口，发现全是纸屑，才作罢。

厨房很大，母亲和奶妈一直不停地做菜，我要学习，总被赶出来。只见里面有一个石磨，手摇的。把米浸过夜，放入孔中，磨出来的湿米粉就能做皮，包高丽菜、芥蓝和春笋做粉粿，下一点点的猪肉碎，蒸熟了，哥哥可以一连吃 30 个。

到了星期天最热闹，统道叔带了一家大小来做客，一清早就把我们 4 个小孩叫醒，到花园中，在花瓣中采集露水，用一个小碗，双指在花上一弹，露水便落下，嘻嘻哈哈，也不觉辛苦。

大人来了，在客厅中用榄核烧的炭煮露水，沏上等铁观音，一面清谈诗词歌赋。我们几个小孩打完球后玩蛇梯游戏，偶尔也拿出黑胶唱片，此时我已养成对外国音乐的爱好，收集了不少进行曲，一一播放。

从进行曲到华尔兹，我最喜爱了。邻居有一座小庙宇，到了一早就要听"丽的呼声"①，而开场的就是《溜冰者圆舞曲》（Skaters' Waltz），一听就能道出其名。

在这里一跳，进入了青春期。父母亲出外旅行时，我们就大闹天宫，在家开舞会。我的工作一向是做饮料，一种叫水果宾治（Fruit Punch）的果实酒，最容易做了，把橙子和苹果切成薄片，加一罐杂果罐头，一枝红色的石榴汁糖浆，下大量的水和冰，最后倒一两瓶红酒进去，胡搅一通，即成。

---

① "丽的呼声"，即 Rediffusion，是英国在中国香港地区设立的广播电台。——编者注

姐姐和哥哥各邀同学来参加，星期六晚上玩个通宵，音乐也由我当DJ，已有 33 转的唱片① 了，各式快节奏的，桑巴、伦巴、恰恰，一阵快舞之后转为缓慢的情歌，是拥抱对方的时候了。

鼓起勇气，请那位印度少女跳舞，那黝黑的皮肤被一套白色的舞衣包围着，手伸到她腰上，一掌抱住，从来不知女子的腰可以那么细的。

想起儿时邂逅的一位流浪艺人的女儿，名叫云霞，在炎热的下午，抱我在她怀中睡觉，当时的音乐是《当我们年轻的一天》②，故特别喜欢此曲。

醒了，不愿梦断，强迫自己再睡。

这时已有固定女友，比我大 3 岁，也长得瘦长高挑，为什么我的女友多是不丰满的？除了那位叫云霞的北方女孩。

等到父母在睡觉，我就从后花园的一个小门溜出去，每晚玩到黎明才回来，以为神不知鬼不觉，但奶妈已把早餐做好等我去吃。

已经到出国的时候了，我在日本，父亲来信说已把房子卖掉，在加东区购入一间新的，也没写原因。后来听妈妈说，是后巷三条石有一个公墓，父亲的好友一个个葬在那里，父亲路过时悲从中来，每天上班如此，最后还是决定搬家。

"我不愿意搬。"我在梦中大喊，"那是我一生最美好的年代！"

醒来，枕头湿了。

---

① 黑胶唱片的一种，于 1948 年问世，流行于 20 世纪 50 年代。——编者注

② 疑为电影《翠堤春晓》的插曲《当我们年轻时》。——编者注

大姐

拜赐社交平台，大姐蔡亮和我的接触已越来越繁密，这是数十年来从未有的事。

小时候，我们三兄弟都受大姐的教导。妈妈事业心重，一家人的功课就由大姐顶上，所有不懂的都问她，她好过任何百科全书。

我们都受父母的影响，大姐理所当然地走上教育一途，妈妈当校长，大姐也当了校长，而且是在新加坡最权威的女校南洋中学，不是易事。

认识的一些女生，在星马^①或在中国，都是她的学生，一提起校长，大家都有敬畏之心，她的严格训练令到她们牢记于心，说起大姐，她们和我皆感到骄傲。

也许是潮州人^②的传统，女儿出嫁后多顾夫家，与自己的亲人反而没那么亲近，我们的妈妈也是，大姐也是。兄弟姐妹之间的关系逐渐疏远。

离开家后，父亲与我的通信还是不绝，姐弟们就不大联络了。当然在爸妈生日时大伙还会相聚，在老人家过世后，我们每逢忌期，都一齐在墓前参拜焚香，事后儿女们包括他们的下一代，到餐厅去大吃一顿，付钱的还是妈妈。她精于经营，过世后还留下一大笔钱当公款，儿女们

---

① 即新加坡和马来西亚。中国香港地区习惯将"新加坡"译为"星加坡"。——编者注

② 蔡澜的祖籍为广东潮州。——编者注

的聚餐，由她一直负责下去。

本来一年总会见两次面，父母忌期各一回。后来大家逐渐事忙，也变成集合起来，清明节一次过上香，这么多年来没变。

每次见大姐，她都那么充满精力，除了头上多些白发，活跃如常，退休后照上跳舞班，在家里当然打理一切，丈夫病痛需要照顾也是她全部包办，两个儿子都做律师了，还当小孩般照顾，也包括孙子孙女。

年纪一大，病痛当然随着来，膝头有毛病也大胆地开刀。看着她拿着拐杖一跛一跛辛苦走路，也看着她复原，继续跳舞去。

最大的悲哀，莫过于姐夫的去世，但她并没有气馁，一直想做些什么来摆脱这段人生伤痛，是我报答她的亲情的时候了。

我引导她写《心经》，在文联庄 ① 买了所有文具寄到新加坡给她，从墨到纸张，应有尽有。大姐开始每天写一篇，然后在微信上传给我，从起初歪歪斜斜，到每行工整笔直，那段时间她从不间断。

到了百篇之后，她问我如何处置，我回答说可以燃烧，但她选择留下，每天继续写，写得纸用完，我接着寄，毛笔和墨汁用完，我继续寄。

她写的"心经"，应该已是厚厚的一大叠了。笔画工整后，我还寄去历史上的每位名家所写的"心经"，希望她能在读帖后做字形的变化。

对她所传来的，最初我只略作鼓励性地说好，但逐渐严格地指出每一行的开头和结尾的错处，这都是按照冯康侯老师的教导，说字与字之间要有大小，行与行之间要互相谦让，这么一来才能发生情感。

---

① 中国香港文房老店，创立于 1955 年。——编者注

有时毛病出在结尾时不整齐，总是留着碍眼的空位，我指出后也改不了，不客气地讲了多次，她才了解有些字怎么放大，有些字如何缩小，结尾时才能拉齐。

除了写心经，大姐又开始作画。她喜欢画花卉，她这方面比书法进步得快，是有天分的。练习不久，像模像样，她的学生来求，也可以画给她们，签名时得有一个图章，我本来自己可以刻给她的，但近来眼睛已没以前好，恐怕刻得不像样。

求师兄禤绍灿给她刻一个最好，但大姐还没有达到那个阶段，我还是求陈佩雁吧。她是禤绍灿师兄的得意门徒，作品没有一丁丁的俗气，是我喜欢的。我最近的几方印都是出自她的手笔。我无所报答，唯有用书法和她交换，每次都问她想写什么，就写什么给她，也算是公平交易。

完成后寄给大姐，她也说很喜欢。等她的字和画又进一步的阶段时，再请禤师兄动手，到时我也会尽量拿起刻刀，为她刻一方。

我好珍惜与大姐沟通的这段日子，想不到大家都老了，才产生这么一段姐弟情。

之前，我们一家人合作了一套《蔡澜家族》①的书，第一本由天地图书有限公司出版，编辑和印刷上都下了功力，得到当年的出版奖，第二本《蔡澜家族Ⅱ》也随之面世，文字之中加了我大哥的女儿蔡芸的文章，第三代人，也有我父亲的遗传。第三本的文章和照片都由大姐准备好，可以付之印刷，我懒于动笔，说不用我写了，但大姐反对，要我加一份才行，所以有这一篇文章的产生，第三本书中，会加上大姐孙女们

① 《蔡澜家族》是 2013 年 2 月由天地图书有限公司出版的图书。——编者注

的文字，这是第四代了。

本来还想写父母及大哥的，但一想到他们就有点悲哀，我的眼泪已经流完，再也挤不出了。

大哥

小时候，一直和大哥蔡丹没有什么兄弟缘分，他做他的，我做我的，从来记不得他带我去抓鱼抓鸟，两人并不亲近。

爸爸年纪大了，在"邵氏"中文部经理的职位就很自然地传给了大哥。从公司回来，他必先路经老家，为爸爸带来当天的晚报和一些海外杂志，从不间断。

我长大后开始承担制片的任务，也带过何俐俐、林冲等明星回新加坡拍外景。当年什么都省，没有外景经理这个职位，一切拍摄的杂务，也由大哥承担起来。我当时年轻气盛，工作一没有安排好即刻向大哥大发脾气，他没有做过电影制作的岗位，当然有出错之处，我不谅解，现在想起来，十分后悔，但当然，后悔是来不及的。

我不知道为什么我们两人合不来。有件事，当今想起，也许是起因之一。我们小时候住在一个叫"大世界"的游乐场中，来了一对流浪艺人父女，父亲表演吐金鱼，女儿担任助手。她的名字叫董云霞，是位北方姑娘，对我很好。有一次我听到她和大哥去拍拖，其实也不是什么谈恋爱，一起去吃个饭，看场电影之类，但对于还只有十一二岁的我来说，是场重大的打击，从此对大哥更不瞅不睬。

长大后，更没什么可以沟通的，大哥爱做生意，喜欢跑马，都是我觉得最乏味的事。我们两人虽然没真正吵过架，但不亲就是不亲。

大哥自小就对我没什么意见，他好像一只不知道仇恨的动物，从不记仇，我偶尔回新加坡探亲，他也常带我去尝街边小食，我们兄弟的共同点，大概只有吃吃喝喝这回事了，其他什么共同话题都没有。

第一次令我对大哥的印象改观的是，有一回爸爸生病，行动不便，大哥不但每天照顾，还带爸爸去看医生，不是只用汽车接送，而是亲自背着老人家去看医生。

当年爸爸应该有 60 多岁，大哥已有 30 多岁，那么大的一个成年人，还肯亲自背老人家走出走进，在从前的社会也许常见，但在繁华的现代，是少有的。看到了，才知道什么叫感动。

从那时候起，我们聊天的机会多了。他常来中国香港，负责和香港片商打交道，买他们制作的电影去星马放映。这是爸爸以前的工作，后来都由他打理了。

片商们应酬发行商人，在电影界是理所当然的事，大哥常与他们去吃饭，偶尔也带上我，虽然我并不喜欢此类应酬，但也陪着他。

那时大哥已患上相当严重的糖尿病。但大哥的饮食也不因为生病而减少，他还是尽量地吃，尽量地喝，每次大吃大喝之后，都要到医院去洗血，以他那种嘻嘻哈哈的个性，并不觉得是一件苦事。

多年的暴食暴饮，他终于还是吃出病来。听到大哥进了医院，我专程回新加坡一趟去看望，见他躺在病床上，握着我的手，问道："有没有带新书来？"

原来，从小不喜看书的他，到了后来，最爱看我的小品文，我一有新书必第一个送给他。

我点点头，从和尚袋中拿出最新出版的一本，交给他时看到他的喜悦，我也欣慰。但欣慰之余，才发觉新书的名叫《花开花落》，好像预兆并不吉祥，这本书本来是纪念爸爸的，说他子女长成，孙女孙儿又是一群，人生总在那么循环。

书交给他后，我非常后悔自己的粗心，但一切已太迟，他阅读完后，含笑而终。

大哥在 1998 年 8 月 21 日去世，才 65 岁，在这年代，大哥是走得太早。大哥的灵牌放在妈妈任职校长的"南安善堂"，和父母一起。我们每次拜祭父母时当然也烧一炷香给他。

大嫂知道大哥怕热，在善堂另一处有冷气的房间替他买了一个灵位，父母的也在旁边。

大哥生有一男一女，儿子叫蔡宁，女儿叫蔡芸，蔡宁样子也长得和大哥越来越像，尤其在走路时翘起了屁股，他读的是计算机，但向往我们一家人的电影工作。他在美国长居，后来也加入好莱坞的华纳公司，负责计算机制作工作，对于电影的修复，他更是专家，曾经告诉我说，他本来以为自己和电影无关的，但也当了第三代电影人，有点自豪。我非常喜欢这位侄儿。

大哥的女儿蔡芸在日本最荣誉的庆应大学毕业，但事业上本来可以一路青云，因为日本大学有照顾后辈的传统，她还是选择了家庭。她偶尔也喜欢写作，在《蔡澜家族Ⅱ》那本书上有数篇她的文章。

大哥在天上看到，也感欢慰。

我们兄弟，当今的情感应该是最融洽的时候，在梦中，我常和大哥聊天聊到天明。

七老八老

　　我那辈的电影圈中人，当红的不少，赚得满钵，但因不善理财，年老后生活清寒，甚为孤独。

　　例外的是曾江和焦姣这一对，两人都懂得什么叫满足，虽非大富大贵，但过着幸福的日子。

　　曾江是我第一次来香港时认识的。我由新加坡飞到中国香港，买了冬天衣服后才乘船到日本，抵达启德机场时由他来接机。当年他和第一任妻子蓝娣正在拍拖，而蓝娣的姐姐张莱莱又是家父好友，就请她们照顾我一下。

　　曾江长得是怎么一个样子？大家可从他拍的染发膏广告或粤语残片中看到。那广告没有合同，用了再用，一用几十年，他身边的两个女子已不合时，以特技换了几次，曾江还是曾江。

　　最近和他们夫妇一块儿旅行，时间多了，聊了不少往事。他右边耳朵已不灵光了，左边用了助听器，说如果遇到合不来的人，就干脆关掉，得一个清静。不过遇到我这个老朋友，什么都问，他也不得不回答。

　　曾江是怎么和焦姣结婚的呢？焦姣人很斯文，也可以说是一位相当保守的女性，丈夫黄宗迅喜欢骑电单车，在一次车祸中死去，她就一直守寡。曾江和蓝娣离婚后娶了专栏作家邓拱璧，她沉迷于粤剧，连他们女儿的名字也取为慕雪，就是仰慕白雪仙之意。两人爱好不同，终于离异。这时曾江遇上焦姣，开始来往，曾江也爱骑电单车，载上她郊游，焦姣触景伤情想起亡夫，大哭一场，曾江怜香惜玉，从此答应照顾她一生。

他们的蜜月在美国度过，租了辆车，从东岸驾驶到西岸，一面唱着罗大佑的《恋曲一九九〇》，结婚至今，已 20 多年了。

"那你把余慕莲弄哭了，又是怎么一回事？"我问。

曾江笑道："剧本要求她亲近我，但她介意，我说怕什么，亲就亲吧！结果她哭了出来，不关我的事。"

"又为什么被叫为躁狂症呢？"

"戏拍多了，知道有些错误的主张会走冤枉路，我一向有什么说什么，指了出来，没想到年轻人自尊心那么厉害，说我爱骂人，我也没办法呀。"他说。

"经验是钱不能买的。"

"是呀。"曾江说，"你知道的，演员除了演技，还要会找方位。这么一来，走到哪里，镜头就可以跟到哪里，才不会有 NG[①]，周润发和我到好莱坞拍戏，把方位记得清清楚楚，导演一个镜头拍下，从不失败。那边的工作人员都惊奇得不得了，他们哪里知道我们都是已经拍过上百部戏的人。"

"你一早就加入了好莱坞的演员工会是吗？"

"唔。"他说，"在拍《血仍未冷》时已加入，他们那边把电影当成重要的工业，有健全的制度来保障演员。"

"是怎么收费的。"

"看收入，最多可以抽你 30%。"

---

① NG，即 no good。指演员在拍摄过程中出现失误或笑场或不能达到最佳效果的镜头。影视拍摄中导演喊"NG"，就是说"不好"，让演员再来一次。——编者注

"哗。"

"扣的部分就不必缴税了，也算便宜呀，今后的账清清楚楚，卖给其他国家的版权，就把该得的钱给你，这一点那一点，积少成多，我到现在每个月还有几百美元的收入，保障一生，当成买糖吃，也不少呀。"

"每一个演员都能参加吗？"

"要看你在电影里的戏份，他们会来邀请你参加的。拍《007》那部戏，我出入英美都是头等舱机票，入住五星级酒店，要吃什么就吃什么，牛扒龙虾尽尝。到了拍《艺伎回忆录》，福利最好。"

焦姣那方面，最初在中国台湾加入电影演员训练班，后来演出多部舞台剧，来了中国香港参加"邵氏"，她拍的《独臂刀》大家都有印象。她一直是位低调的演员，人缘很好，许多演员都得到她的照顾，至今还与他们联络，在海外的一来到中国香港一定找她。

"由少女演到母亲，是什么心态？"我问。

"为了片酬，什么戏都接，没有什么感想。"她说，"我和萧芳芳同年，在《广岛》那部戏中已演她的妈妈，也没什么好说的，大家只是说我演得好，就够了。"

我和焦姣聊个不停，问当年我们共同认识的女明星近况，她都能如数家珍，是一位电影圈历史专家，有人要找资料，问她没错。

近年来，曾江还不停地工作，焦姣也偶尔演舞台剧，两人生活方式独立，曾江喜欢骑电单车的热忱不减，去年在中国台湾参加了环岛老骑士，驾了哈利，把台湾走了一圈。

偶尔，他们到九龙城街市买菜，我们相约在三楼的熟食档吃早餐。曾江还是大鱼大肉，焦姣就吃得清淡。饭后，他到木球会去打木球，她打打麻将，她是位麻将高手，很少人能赢到她的钱。

两人有时也为了健康问题吵一吵，但最后还是曾江屈服。他偷偷地向我说："幸亏有她，的确是位好太太。"

2013 年，曾江快要过 80 大寿，焦姣也有 70 岁了。七老八老，在别的夫妻身上看得到，但他们两人，永远年轻。

曾江 80 大寿记

不知不觉，中国香港人看了几十年的黑发膏广告中的曾江兄，以为永远不老，但也 80 岁了。

今晚由他太太焦姣安排，在九龙塘业主会摆了一席，前来的都是一开口就是四五十年往事的好友，有我们最尊敬的王莱姐、远道而来的江青、在外地工作特地赶回来的郑佩佩、在"邵氏"共事过的秦萍和张燕。在香港拍剧的岳华、另有位不速之客——在邻桌吃饭的徐小凤，也过来凑热闹。

我拿了筷子当麦克风，访问曾江："80 岁了，有什么感想？"

"不觉得，我不觉得自己是 80 岁。"曾江说，"我不接受。"

精力充沛的他，在中国内地还有很多电视剧请他拍，但他还是念家，每次只肯去个五六天，就要回香港吃焦姣为他做的饭。最近，中国内地有个买了韩国版权的电视旅游节目叫《花样爷爷》的，还请了曾江、秦汉、雷恪生，和演《三毛流浪记》的童星牛犇一齐到法国和瑞士去，叫了当红的刘烨服侍他们三位老人家，给他们呼呼喝喝，好不威风。

80 岁的曾江，还能迷倒不少女性，她们都羡慕得不得了，向焦姣说："你真好彩，有这么一个好丈夫。"

"你们嫁他试试看！"焦姣放箭。

的确，曾江并不容易相处，这是因为他年轻时在外国念书，一副鬼仔个性，想到什么说什么，听到不愉快的事就要开口攻击。好在目前他的听觉已逐渐退化，想听的话才听，不想听的一律扮聋。

我和王莱姐的缘分来自曾江的第一部电影，叫《同林鸟》，是一部东方的"罗密欧和朱丽叶"。曾江拍完了戏就去美国读工程设计了。

在"邵氏"任职时，王莱姐和我最谈得来，我这个小伙子最喜欢听她说故事、讲故人。在我的印象中，她是一位永远贤淑、高贵的妇女，后来移民外国，近年才回到中国香港，起居有印尼家政助理照顾，生活得颇悠闲，住中国香港就有这么一个好处：可以请到工人，这是在国外得不到的福利。

江青和郑佩佩两人的感情最好，但个性完全不一样。我佩服江青，她嫁人生子后，婚姻并不圆满，她可以毅然放下一切，一分钱也没有，就到外国去追求她的舞蹈生涯，编导过无数得奖的舞蹈作品，颇受外国演艺圈的重视，也接受了得过诺贝尔奖的瑞典籍先生的追求，遂定居该地，在纽约和斯德哥尔摩两地来往。

江青的先生过世时，好友郑佩佩特地飞了过去帮助她。

演艺圈都记得郑佩佩的女侠形象，先是李安请她在《卧虎藏龙》中复出，接着有无数的电视片集都请她，年轻的武术指导要求佩佩吊钢丝绳飞来飞去，说："佩佩姐，你行的！"

佩佩也忘记了自己年过六旬，点点头就上去了，结果钢丝绳断掉，令她摔断脚骨，拄着拐杖半年才恢复。说起这件事，我们这些老友都为她心痛，她自己却若无其事，笑盈盈地继续去拍她的武打戏。

我答应过佩佩为她写《心经》，最近对草书的兴趣大作，每天勤练，记得书法老师冯康侯先生说过，草书最难写得好，大家以为那么潦草，写起来一定很快，其实最慢，要注意着墨，每写数字，必得意在笔先，心里有数，知道什么地方写到墨枯了。

我会记住，等到书法更熟练时才用草书为佩佩写一篇。

江青当今到处旅行，和好友去纽澳①狂欢，也在翡冷翠②住上几个月，我们谈起广场中那档卖牛杂的，大家口水都流出来。和江青，可以聊上几天几夜都不疲倦，艺术生涯中，她结识了数不完的杰出人物，这都在她的书《影坛拾片》和《故人故事》中出现，很值得一读，书店里难于找到，可以在网上订购。

岳华还是大醉侠一名，早年移民加拿大，最疼爱的女儿嘟宝已经嫁人，定居于美国迈阿密，每天还是要通一两次电话。太太恬妮当晚去做义工，没到场。她非常热心。

秦萍和张燕，当年还是邵氏新星，加上了邢慧三人，一起被派到东宝歌舞团到日本留学，我是邵氏日本公司代表，公司要我照顾，但也没做到。秦萍的儿子过几天就要娶媳妇。张燕也是富家少奶奶。只有邢慧命最苦，在美国神经错乱，终客死异乡。

徐小凤的样子一点也没变，正与工作人员开会，准备在中国内地开演唱会，问她是用普通话唱还是用粤语唱，她说一半一半吧。

---

① 纽澳，指新西兰和澳大利亚。——编者注

② 翡冷翠，即佛罗伦萨，其意大利文为 Firenze，英文为 Florence。——编者注

当晚大家聊得高兴，酒也喝了不少，我又拿起筷子扮记者，访问曾江和焦姣："你们结婚多少年了？"

"十几年。"曾江回答。

"哪止？二十几年了。"焦姣说。

曾江笑道："说十几年，才显得你更年轻嘛。"

对的，真好彩，有这么一个好丈夫。

希邦兄

我有一位好友，叫曾希邦。大我十几岁，一直以希邦兄称呼，听起来像是帮凶，有点滑稽，他的英文名译成 Tsang Shih Bong，叫起来像法国小调 C'est Si Bon，他也常叫自己 Si Bon-Si Bon，是"很好，很好"的意思。

初见希邦兄，是当年他也在我父亲任职的新加坡邵氏公司上班，做的是翻译工作，如果说中英文的造诣，希邦兄是星洲① 数一数二的人物。

后来他被报馆请去当副刊编辑，我还在中学，用了一个笔名，大着胆子投稿，被选用了数篇散文，拿了稿费就到酒吧去作乐。遇到了希邦兄，他惊奇地反应："想不到是你这个小子"，从此来往就更多。

---

① 星洲，一般指新加坡。——编者注

一天，他告诉我要结婚了，请我去喝喜酒，记得新娘子非常漂亮。

隔了一晚，他太太跑了，后来才知道这是小说中才出现的剧情：她的情人是一个狠恶人物，说不跟他走的话，会杀死希邦兄。当然，那时候他是不知情的，对他造成的感情伤害，多过失去生命。

从此在夜总会和舞厅中更常碰到他，为了避免谈起此事，我向他聊起其他事。当时我的影评写得愈来愈多，有个电影版，要我去当编辑。我哪知道怎么编？就一直求他教我，希邦兄从排版的一二三细心地指导。第一版出现了，说是我编的，其实完全是希邦兄的功劳。

那时候，我又与几个好友搞摄影，见他愁眉不展，劝他一起玩。这一次，玩得兴起，在他的公寓中开了一个黑房，我们一起冲洗菲林，买Hypo 定影液印照片。[①] 定影液要保持温度，新加坡天热，只有放进冰柜，他的冰柜不够大，我们各人都贮藏在自己家里的冰箱中，友人的父亲半夜找饮品喝，差点被毒死。

到了出国留学的年代，希邦兄与我的书信不绝。隔了数年，知道他在亲友的安排下相亲，娶了现在的太太，是位贤淑的女士，后来还为他生了两位可爱的女儿，大女儿生下后要取名字，希邦兄一向不从俗，就给她取了一个单名，叫"燎"，燎原之火的燎，加上姓曾，更有意义。

多年的报馆生涯之中，他翻译的外电稿，文字简单正确，所取标题也字字珠玑，并非当今报纸的水准可以追得上的。

不过，希邦兄的性格也疾恶如仇，当时有个不学无术的总编要改他标题的一个字，闹得希邦兄差点儿与他大打出手。结果当然是被辞退

---

① 黑房，这里指摄影用的暗房；菲林，即摄影用的感光片。——编者注

了。希邦兄想起此事，说当时找不到其他工作，差点儿饿死。

上苍没有忘记照顾有学问的人，这些年来希邦兄不断地写作，写了《黑白集》《蓝蝴蝶》《消磨在戏院里》《浪淘沙》等散文集和小说。退休后，又有舞台剧《夕阳无限好》，翻译作品有《和摩利在一起》《古诗英译十九首》和《郑板桥家书》，等等。最后一本，由天地图书有限公司出版，叫《拾荒》。

希邦又对书法有浓厚的兴趣，以他的字迹来看，受颜真卿影响颇深，他说过颜鲁公的《争座位帖》，是集合了行、草、楷的大全，为登峰造极之作，如果大家觉得颜体只是招牌字，那就大错特错了。

我40岁时，有幸拜冯康侯先生为师，知道希邦对书法的喜爱，我将向冯老师学到的一点一滴，用毛笔在宣纸上写信向他报告，一方面多一个人讨论，另一方面写了一遍，对书法的认识印象更深。

那么多年来，我一去新加坡，必定和希邦兄促膝长谈，说起我在《明报》和《东方》的副刊上开了专栏，两家报纸的题材，想起来颇为辛苦。

希邦兄即刻把我从前写给他的信寄了给我，好几大箱，加上家父的书信来往，我得到了两个宝藏，题材滔滔不绝，再也不愁写不出东西来。

时间一跳，来到希邦兄的晚年，两位女儿亭亭玉立，家庭生活也颇为温暖。以希邦兄的个性，要交朋友不易，虽说也有数位敬佩他学问的人来往，究竟老了，也有觉得孤寂的时候。

这四五年来，我学了上微博，一种中国式的推特（Twitter），我每天利用一些本来浪费掉的时间（比如早起思想模糊，看到电视新闻的广告时）来解答网友们的问题，玩得不亦乐乎，粉丝也增加至800多万人。

我极力推荐希邦兄也上微博，起初他还有点抗拒，后来他说当自己是老舍的《茶馆》中的一名客人，自言自语，试试看吧。

每天，他发表三条微博，讲翻译、谈人生。微博也不全是一般人士参与，其中做学问的颇多，也都渐渐喜爱上希邦兄的文字，他叫我为他在微博上取个名字，我说他就像一位古时代的老师，无所不懂，就叫"老曾私塾"吧。

这几年来，我看他的身体逐渐转差，好像知道时间已不多了，就鼓励他一起去旅行，两老到了槟城，专程去见一位每天和他交谈的网友，聊得高兴。

终于，由他女儿传来的消息，说他在我生日的 8 月 18 日那天逝世。我人在南美，赶不及去拜祭。前几天，我又在微博上发了一段消息，说我要去新加坡，将代各位喜欢和敬仰他的网友们，在曾希邦先生坟上上一炷香。

相信在下面的希邦兄，看到那么多人都怀念他，也会微笑一下吧。

引老友游微博

老友曾希邦先生，是位做学问很严谨的人，一生从事翻译工作，造诣颇深；也曾任报纸编辑数十年，所有标题，经他一改，哪像当今香港的新闻那么拖泥带水又不通。

退休后，希邦兄研究摄影，精美相机数十架，轮流摩挲，玩得不亦乐乎。为了不令记忆力衰退，他能背诵辛弃疾的诗词上百首，也是我极佩服的事。

近年来学习电脑，我们的交流从书信转为传真，再由传真变为电子邮件。为了更迅速联络对方，我觉得还是引诱他玩微博，随时可以互相传递信息。

对微博不熟悉的人，觉得要注册一个账号是非常麻烦的事，我起初也是那么想。如果是做学问的话，花时间学习和研究是可以的，但如何上微博，像买了一个相机要看那本很厚的说明书一样，不值得花时间。

所以我先请一位叫杨翱的网友代为指导，从一二三做起，一一传授步骤，最终希邦兄也学会进入了。

要是用"苹果"手机的话，那更是易事，在 App 中打入 weibo 的字样，马上出现一个像眼睛的符号，一按即出几个空栏，填上你的账号和密码，便可以注册成为微博的网友。

最初，我们互相通"私信"，他不知道怎么收发，我教他说："先点击信箱，即那个画着邮筒的符号，就可以进入看三个栏目的网页，第一个是'@ 我的'，第二个是'评论'，第三个就是'私信'了。"

通了之后，我接到他的私信，微博的这个功能可以不必让其他人看到，只要你在对方的"资料"上按了"关注"二字即可。

"玩微博真过瘾！"是他给我的私信。

"私信"之外，大家都能观赏的是发在"首页"上的文字，希邦兄发至当今的，共有 65 条。

第一条是："'秀''粉丝''血拼'等字眼的出现频繁，显示中文受污染的程度，已相当严重。采用这一类的音译外来语，是赶时髦，还是想改革古老的中文？"

一下子，39 个网友的评语杀到，有些表示赞同，有些反对，大家的文字运用皆有水准，录几段：

"'血拼'是多么生动啊，言和意都译到了。我不反对类似的外来语，世界大同，也有中国词汇传入外国嘛，无须太介怀。"

"网络的强大抵挡不了这些词语，它能迅速地消除彼此的陌生感，但是，坚信严谨的中国文字仍然占主流，大可不必惊奇。"

总括起来，大家的语气还算客气，但也有些不怀好意的，我们都叫这些人为"脑残"，"脑残"说："守旧之人必遭历史淘汰！""现代用的白话文对于文言文来讲，难道就不是污染？杞人忧天！"

希邦兄感慨地说："破题儿第一遭上微博，略抒有关音译外来语，居然引起众多网友的关注，使我颇感意外。这种热烈反应，也就是微博令人着迷之处。"

另外，他有这种感想："微博像老舍先生写的《茶馆》，在这里面，我跟别人嚷嚷，凑热闹；在这里，我说我讨厌音译外来语，我抱怨这，抱怨那，乱说一通。于是，招来了争执和指责。指责、争执、谩骂、赞扬，都是茶馆里常见的现象，嘻嘻哈哈一阵，事后烟消云散，不必挂在心上，我不会像唐铁嘴那样，被王掌柜撵走。"

我的脾气可没希邦兄那么好，到这年纪了，还听什么冷言冷语？所以我的微博设立了一群"护法"，是一直关心我的网友，他们撵走"脑残"。

说回希邦兄的微博，关注他的网友愈来愈多，短短一两个月，已有700多人，他的回复也多了，其中一条说："在微博大'茶馆'的阴暗角落里，坐着一个白发老头，正在喃喃自语。那老头就是我。我看着刘麻子、松二爷、常四爷等诸多人物，忙着串戏，不敢惊动他们，可是，掌柜的跑来对我说，'别愣着，跟大伙儿谈谈去'。我想，这也好。是的，和大伙儿交流是必需的。"

众网友的评论又杀到：

"能在微博上遇见您，深感荣幸。"

"这儿有清茶和大扁儿伺候着您。"

"期待你更多只言片语，多给我们年轻人一些智慧的分享。"

我想，最令希邦兄哭笑不得的是，当他表明自己已经是 86 岁时，忽然有位小朋友说："爷爷，你很潮！哈哈。"

大班楼的欢宴

在一个懒洋洋的下午，我们去了"大班楼"。

这次本来是想补请钟楚红做生日的，那天她叫了我去，没告诉我是什么聚会，到了才知道，太迟，没礼物。

今天有她的友人傅小姐、Teresa 和 Jenny，以及"大班楼"店主夫妇，总共 7 位，这种人数刚好，太多了话题总是太散。

太阳映照在半透明的玻璃窗上，气氛暖和，有点似曾相识。傅小姐带来的餐酒总是有水平，数支碧维尼 – 巴塔 – 蒙哈榭特级园 2007 年的白葡萄酒、香贝丹 – 贝斯特级园 2008 年的红酒，都是我爱喝的。

友人常问：你不是不喜欢餐酒吗？你不是说所有的餐酒都是酸的吗，而你是最讨厌酸的？

好的餐酒一点也不酸，照喝，今天有非喝醉不归的预想。

酒好，菜呢？

叶一南一早预备的头盘，是冻卤水花椒小吊桶，小吊桶就是小鱿鱼，胖人手指般粗，当今在中国香港已很少见。大厨每天在鸭脷洲等渔船回来，立即搜购，用冻卤水浸够味，扫上自制的花椒油上桌。

味道当然不错，我们一边吃还一边聊，说日本人也把捕捉到的小鱿鱼扔进一大桶酱油内，等小鱿鱼喂饱。用同一个方法来喂卤水也行呀，或其他酱汁，也许有更多的变化，大家都拍手同意。

另一道冷盘是陈皮牛肉，陈皮不易入味，叶一南说试了两年，发现配牛肉最佳，带些甜味更好。说到陈皮，我带傅小姐前些年到九龙城的"金城海味"进了一大批，下次店里不够用，我们自己吃时她说可以提供。

阿红一向酒喝得不多，今天也畅饮，脸红红的，更是好看。

接着上的是咸柠檬蒸蛏子，用的是叶一南去大孖酱园时发现的20年前的酱油，全部买回来，时间累积的醇厚味道不同就是不同，简简单单地用来蒸蛏子，不错不错。

跟着上的咸鱼臭豆腐，原料来自李大姐的手笔，她是唯一一位制作豆卤发酵臭豆腐的，制品与化学臭豆腐当然不同，师傅搓烂臭豆腐，加入上好的咸鱼、马蹄、葱花切丝，捏回方块炸成。

知道阿红最环保，反对吃鱼翅，这一餐什么鲍参翅肚都没有，黑松露、鱼子酱等也禁绝，叶一南说中国的好食材一生一世都用不完。

酒喝多了，阿红说起她在香港演艺界的生涯，前后不足10年，但也拍了五六十部电影，有些还是日夜开工的，累得站着也可以睡着。辛酸虽不少，但她总以轻松口吻叙述，惹得人家哈哈大笑。

这时主菜才上，蝤蛑膏豆仁琵琶虾，是用雌性的小蝤蛑卵做成。在蟛蜞体内的叫膏，成熟后才成为礼云子，产量极少，味奇鲜。

剁椒咸肉蒸龙趸头上桌，大班楼用自己发酵的剁椒，加盐加蒜，发10多天至20天即成，味道很强，配上咸肥肉丝、榄角来蒸大鱼头，旁边有水饺，其实配料的红油抄手做得更好吃。

樟木烟熏鸭需特别预订，体形细小的黑脚鸭，肉很嫩，再用鸡鸭鸽子鹅等切下，广东厨师叫作"下栏"的部分蒸出汁来，比上汤更浓。用它来腌一夜入味，然后慢火蒸4小时，迫出一大半油来，这时才用真正的樟木慢慢烟熏，这个步骤是急不得的。最后用大火焗香鸭皮。

阿红建议烟熏时可加米饭，烟味可更浓一些，来补救味道过淡，叶一南也细听了。

此次晚饭也是来庆祝他和他太太的新婚，这一对佳偶拍拖已拍了20年，刚好在20年前参加过我的旅行团，当时不知他们是不是夫妇，也不便去问，后来才知道是情侣。

他们的婚姻最合佳偶天成这四个字。大家所谈，都是数十年前的事。阿红已故的先生，也是我从小看到他长大的，今天聊起，似是昨日事。

剩下的是鱼汤腐皮豆苗，美人们非吃蔬菜不可，我已太饱，再也吃不下了，但看到蟹肉樱花虾糯米饭，又连吞数口。

最后的甜品是每天现磨的杏仁茶，还有不太甜的山楂糕、杞子糕和绿豆莲蓉饼。糖水则是绿豆加臭草做的，这一餐，完美得很。

主要是人好、话好、食物好，那斜阳的光线，现在想起，是在绘画老师丁雄泉家里，阿姆斯特丹当然没有大鱼大肉，是简简单单的煎葱油饼，但一样欢乐，一样难忘。

埋单时，说是叶一南请客，谢谢他们了。

重逢刘以鬯先生

家父爱读书，闲时吟诗作对，跟了邵仁枚、邵逸夫两兄弟到南洋找生计，还是不忘文艺，在当地结交的也多数是中文底子极深的好友。

其中一位叫许统道，收藏的书籍更是惊人。他知道当年作家们生活贫困，还不断地寄钱寄药。其他朋友，虽然多是商人，谈起诗词来也眉飞色舞。

这群人聚集，偶尔也做通俗的事：打打小麻将，来打发没有四季的日子。今天来了一位贵客，也来玩几手，那就是在文坛鼎鼎大名的刘以鬯先生。

受家父影响，我也从小爱书，报纸当然每天要读，最喜爱的是副刊，而看到了就如获至宝的是刘以鬯先生的短篇小说，对这位作家崇拜得不得了。

刘先生坐在麻将桌之前，我想上前去和他握握手，但有个人一下子把我推开，抬头一看，是一个叫姚紫的，他也是家中常客，写过一两本小说，但是与我心目中的小说家形象完全不同，这个姚紫一点也不紫，是发黑，脸黑手黑，胡子和臂毛，都长满了。两颗西瓜刨般的门牙，中间那条缝把它们分得极开。

"刘先生，您好，您好。"姚紫兴奋地叫了出来。

刘以鬯先生也叫了出来："别那么大力！"

"？"姚紫愕了一愕。

刘先生继续语气不愠不火地说："我是靠手维生的，你那么大力握，握断了骨头，可要向你算账。"

这时大家都笑了出来，我更加佩服刘先生了。

看他打牌也是一件乐事，打到中途，报馆来电话，找到我家里，他接听之后就叫我这个小弟弟替他搬来一张小桌子，拿出稿纸，等人发牌时就把它当成缝纫机，不断地织出文字来。

长大后，就一直没再见过刘先生了，他的书，像《酒徒》《寺内》《对倒》等，一本本看了又看，如痴如醉。

后来，我自己也卖文字，都是一些游戏之作，精神上极受刘先生影响，刘先生的短篇，很像欧·亨利的，时有预想不到的结局。

从此我也学习了这个写作的传统，要到最后一句才说出主题，我的读者们也喜欢，常问我说"英文有 Punch Line 这个字眼，中文呢？"，我半开玩笑地说："叫'棺材钉'好了。"

刘先生的这一类短篇，在南洋时写得最多，当年我也一篇篇从《南洋商报》剪了下来贴成一本，可惜多年来遗失了，一直想重读，也一直没有机会。

来到中国香港定居，经常想念刘先生，但我们这些游戏文章的执笔人，与香港的纯文学圈子无缘，几十年下来，也没见过刘先生。直到最近，做电子书的傅伟强和杜沛梁来电，说约了刘先生，问我有无兴趣见面，我欣然前往。

刘太太罗佩云扶着刘以鬯先生来到，两人依然有才子佳人的影子，一坐下来，我问刘先生今年贵庚。

"100 岁。"他说。

刘太太笑着："刘先生 1918 年出世，还没到 100 岁，他总喜欢说个整数。"

当晚吃的是粤菜，刘先生是上海人，一定想吃些正宗一点的沪菜，我约了大家再去土瓜湾美善同里的一家叫"美华"的菜馆，这里做的蛤蜊炖蛋，还是很正宗的。

见面时刘太太拿出刘先生的《热带风雨》送给我，令我喜出望外，他在南洋发表的那些短篇小说全部集齐，由获益公司出版，这是刘太太花了多年的心血，和多少个不眠不休的晚上，从旧稿中一篇篇地集合起来的。

更可贵的是在内页之中，看到刘先生在 1952 年摄于新加坡的旧照，样子绝对比梁朝伟英俊，也有刘太太 1955 年穿着马来沙笼的照片，我见到她时心中已大赞她年轻时一定是位大美人，证实了我没看错。

"结婚多久了？"我问。

"就快钻石婚，60 年。"刘太太答。

这些年，刘先生的生活都多得这位贤淑的太太照顾，他自己埋首于写稿和他的兴趣里面。玩些什么？集邮票呀、砌模型呀、收集陶瓷呀。刘先生发挥了一边打麻将一边写稿的本领，写着稿也可以一边把模型砌好。什么模型？火车的那种，车轨旁边有房屋、山洞、营帐、驻军，一切照原尺寸缩小，异常精密。

邮票呢？有买有卖，赚了不少钱，刘先生说。也许他们在太古城的房子就是那么买的，当年就算写多少稿，也不容易储钱。至于陶瓷，刘先生已把普通的出让了，留下石湾最精巧的，其中一个公仔，还是倪匡兄送的。

还没有到无所不谈的阶段，但我也绕个圈子问刘太太："当年爱慕刘先生的女人可真多，顾媚在自传中也坦白承认过。"

"那个年代的刘先生，怎会没有女人喜欢他呢？既然说刘先生是心爱的人，就不应该把以前的交往当宣传。"

最后还是不管三七二十一地问了："刘先生在结婚之后就没拈花惹草吗？"

刘太太笑了："这么说吧，我的命好过倪匡夫人。"

家顺

（上）

这次到上海，主要是出席微博网友的见面会，我一直对读者和网友长得是怎么一个样子感到好奇，这一类的活动，我很喜欢。

主办方并非新浪，而是琉璃工房。杨惠姗是我的老友，她坚持当主人，我就依她。在上海田子坊的琉璃工房博物馆地方好大，外面用几朵巨型的琉璃牡丹花装饰，不知怎么烧得出来，晚上打起灯来更耀目，老远就看得到。

馆内摆着杨惠姗和张毅这对佳人的作品，他们入行已有 25 年了，杰作数不胜数，由细小的筷子座到十多英尺[①] 高的千手观音，每一件都是值得观赏的艺术品。

"这么庄严的地方，搞我这种网友见面会，可好？"最初有这个构

---

① 1 英尺 =0.3048 米。——编者注

想时，我问惠姗。

她笑着说："反正是玩嘛，博物馆并不一定是闷，我的原意，也是玩，好玩就是。"

说是好玩，也筹备了将近三四个月。其间，由我的助手杨翱和杨惠姗的秘书孙宇联络，大小事，都没有一件遗漏，安排得妥妥当当。

说到这里，话又要叉开，第一次遇到孙宇，是她来机场接机，人非常健谈，前往上海的琉璃工房工厂路途遥远，又经常塞车，花了不少时间，有她和我聊天，并解释工厂的运作，眨眼间，已经抵达。奇怪的是，一路上我都听到咕咕咕咕的声音。

琉璃工房的厂房开在一个叫七宝的地区，面积好大，有 40 亩地，一共有 800 名员工在这里工作，有宿舍，有饭堂，像个小镇。当今他们的产品供应到全球 80 多个国家和地区，一共有 1700 多人在生产和销售。

惠姗带我看完琉璃的制作过程之后，就到他们的私人餐厅吃中饭。这时走出来的是个子不高、眼睛小小、戴着一副方框细边的眼镜、短头发、身穿洁白厨师服装的林家顺。

我来到上海，当然要吃上海菜，家顺出生在宁波舟山群岛，江浙菜是他的拿手好戏，先来烤麸、熏蛋、鸭舌、酱肉、米鹅、马兰头等小菜，做得十分正宗，其他大菜也好吃。

"手艺怎样？"惠姗问。

"基本功打得稳稳当当。"我回答。

孙宇在一边听到，笑了。原来小她 4 岁的家顺是她的先生。

她走开后，我问惠姗："他们两人是怎么认识的？"

"他们同一天考进了琉璃工房，小宇的工作能力强，一下子成为我的私人秘书，跟着我四处跑，而家顺的志愿是当厨师，一直默默地在厨

房工作，最初我没有注意过他，我们每年依足台湾习俗做尾祃（俗作尾牙），大家吃顿饭，也有员工表演，家顺出来唱歌，和张学友唱得一模一样，看他一身厨师衣服，更是觉得滑稽，后来歌唱只拿了二等奖，服装倒是一等奖。"

这时，小宇又回来了。她和我在一起时，常失踪一会儿，再出现，后来我才知道她是躲起来偷偷吃东西。这个人，不能饿，一饿就皱眉头，那咕咕咕咕的声音，是代表她已经饿了。

"刚刚不是吃过了吗？"我问，看她小巧玲珑的身材，怎会一直吃也吃不胖，真是让人羡慕。

惠姗代她回答："别的什么都好，就是有这个毛病，反正她不爱吃鲍参肚翅，很容易养。"

饭后我回酒店休息，晚上约好到惠姗在新天地开的一家高级餐厅，叫"透明思考"，用拼音首字母简称为 TMSK。这是一家不惜工本去装修的食肆，里面用的琉璃餐具，都是惠姗亲手烧出来的，我真不知道打破了她心痛不痛，反正如她所说，做人，是玩嘛，就让她玩去。

餐前有音乐表演，是张毅兄精心设计的，舞台的光线、服装、气氛，都做得古意盎然，几曲传统音乐之后，又加了西洋的摇滚去混合，娱乐性极高。

吃的还是最重要，由家顺设计的舞台，是他的厨房，里面器具齐全，空间很大。惠姗已当他是另一名艺术家，任他自由发挥。

捧出来的一道道菜，不但好吃，还有气派。

用惠姗烧制的一个琉璃盆子，直径足足有一米多，双人合抱那么大，里面摆满了炖得软熟再去烧烤出来的羊腿，一共有 10 多只，中间摆的是一串串的葡萄，用白醋泡过。客人手抓羊腿大嚼，一腻了就抓葡萄吃，葡萄选的是最甜的品种，但故意用醋来酸化，吃起来还带甜味，刺激了胃，又再去吃羊肉。

家顺没有出来，只在一角落看，见大家高兴，他也高兴。

"这些菜，一般客人来都有得吃？"我问惠姗。

她笑着："家顺当天到菜市场，看到有什么就做什么，我们从来不知道他会搞出什么花样来。"

（下）

之后，我邀请了杨惠姗、张毅，以及家顺和小宇，一齐到韩国的全州去旅行。

我们也到了一个盛产黄鱼的港口。当今这些食材已逐渐消失，得跑到韩国去追寻。

一顿又一顿的韩国大餐，家顺都一一做下笔记，到了尾声，我问他说："学到什么？"

"韩国菜的大气。"他回答，"那种又豪爽，又吃得饱饱的感觉，一点也不拘束，是中餐和西餐中少见的。"

旅途之中有很多闲情，孙宇告诉我怎么嫁给了家顺："工厂里人多，起初我们都不相识的，我们各有各的生活方式，怎么想也不会想到会在一起。后来有一天，家顺鼓起勇气，约我去喝茶，表示对我有意思。

"'你想和我拍拖？'我问他。

"'不拍拖。'他说，'我只想找一个结婚的对象，而且，我是不会离婚的。'

"'我比你大四岁。'我说。

"'我要一个老婆,大不大没有关系,马上结婚。'

"这么一来,我也没话说,就嫁给他了。"

小宇说完哈哈大笑,我又听到她肚子咕咕咕咕,又饿了,找东西去吃。

"做哪行,厌哪行。"我问,"在家里谁做饭?"

"我妈妈也说过,嫁厨师,回家哪肯动手?但家顺不同,他连厨房也不肯让我走进去,因为怕我命令他,当他是伙计。菜都由他做,包括洗碗。"

"这么一个老公,你前世哪里修来?"我又笑她。

"哈哈哈哈,刚结婚时,他向我说'家里所有家具和装修都由你来决定,我只要求厨房由我来拿主意'。我还以为厨房嘛,哪会花那么多钱?就答应了他,哪知装修费就占了全家的九成。"

回到这次的微博网友见面会,在博物馆的大厅举行。来了几百人,吃的喝的,完全由琉璃工房供应。我一个人自说自话枯燥,就请了上海的食家友人沈宏非助阵。他和我到大厅的自助餐部门走一圈,看到的糕点,全是家顺一个人设计出来的。

材料是最简单的大菜糕和鱼胶粉,以各种花样做成透明的甜品,配合琉璃工房的主题,变成可以吃进肚子里的琉璃作品,网友各个大乐。

大会开始,沈宏非的幽默,逗得大家哈哈大笑,气氛热烈,这是我做过的网友见面会最成功的一次。惠姗很有心,花了几晚工夫做了一个我的肖像给我,又把我 42 部书的封面印在一张桌布上,真令我感动。

完毕后,我们到博物馆二楼吃饭,馆中有一个餐厅叫"小三堂",厨房也很大,家顺把食物搬了上来,在广阔的阳台上进餐。

当当当当，一开场，由穿着全白色制服的家顺推出一辆车来，车上有一个古董火锅，青铜制，足足有一张小圆桌那么大，气势凌人。

烈火从锅筒中喷出，整锅高汤沸腾，家顺捧出七八只大龙虾，已斩件，先煲热一小部分让我们送酒，接着再捧出几个千岛湖的大鱼头。另一边，把石卵烧红了，一下子推进大锅之中，水珠跳跃，大鱼头和其他龙虾都倒了进去，即刻煲熟，整锅汤鲜红颜色，是龙虾膏染的。

这道菜把沈宏非和其他人都摄住了，味道更是鲜甜无比，我们围住火锅，各自大吃特吃，还说下次要准备好牛肉羊肉也一齐放进去打边炉，天冷时等到最后，把棉袄也脱了，扔下去滚。

接着的是大碟之中，分两个部分，一边是油泡虾，一边是把河虾剥了壳，只剩下尾，清炒后堆在一起，色香味俱全。面包糯米熏鸡跟着上桌，用面包代替泥巴，好大的一团，打开了，鸡内酿糯米和栗子、香菇、肥猪肉，鸡皮烟熏过，再用荷叶包裹。

又一大铜锅出现，这些餐具都是由家顺多年来搜集的，已是当今的工匠打不出来的，里面的红烧肉配着水笋和茶叶。

另一大碟绿色的，是铺在下面的小豌豆，上面放的馄饨，用冬瓜肉片薄了当皮包，清新之极。

水煮鱼也是大锅子炮制出来的，用的是黄色辣椒，各类菜，以红、赤、绿、黄的主题表现。

压轴的有红酒羊膝，一大锅，有如新疆人的手抓饭，吃的不是肉，而是用甜汁喂饱的大米饭。

另外有吃不完的甜品。

"这小子，从来没有做过这些东西给我吃。"惠姗笑骂。

站在一边的家顺不出声，经过那么长时间的奋斗，身上那套白色厨师制服一点油渍也不染。小宇在我耳边说："结婚那天拍照片，给他多套西装选择，他死都不肯穿，就是挑现在身上这一件！"

即将去世的老友

依照我这个爱逛菜市场的习惯，数十年前我一到东京生活，就往筑地跑。去得多了，对每个摊档都很熟悉，要吃些什么，也知道哪一家最好。筑地，是个老朋友。

而这个老朋友即将死去，只会活到 2016 年 11 月 7 日，剩下不到一年光阴，如果有机会去东京，一定去看看他，叙叙旧。

鱼市从 400 年前江户时代建立日本桥的鱼河岸开始，据说是一些渔民选最好的食材进贡给德川家康，选剩下来的，得到特别许可，就在日本桥一带贩卖，后来发生了一场关东大地震，就搬到筑地来了。

市场分场内和场外两个部分。一般游客只在场外那几条街闲逛，吃吃拉面或啃几块寿司，买点食材当手信，就从来不到场内去。

其实场内才是另有天地，中央一个拍卖金枪鱼的场所，被很多商店和餐厅包围着，供应业内人士们的日常用品和饮食，我最喜欢的，是光顾那家"寿司大"。

东西当然最新鲜，食材从市场中随手拈来；价钱当然最合理，来这里的客人都知道海鲜的来价是多少。我和日本演艺圈的朋友来这里吃早餐，他们不忿："怎会让一个外国人带我们日本人来这里吃东西？"

是的，当年认识筑地的人不多，更没有游客。但市场还是挤满了人，走到场内窄小的路上，一定要学会避开一种圆头的车子，黄颜色的，司机站着驾驶，抓着圆盘形的轭①盘。前轮可作360度的旋转，后面载着货，横冲直撞。顾客买了货，雇请这种车子搬运到他们的大卡车或交通工具上。其他地方看不到这种车子，非常之特别，你去了注意一下，它们在没有交通管治之下保持秩序，这么多年来，从没有撞伤过人。

如果要看一条条像炮弹一样的金枪鱼拍卖，就得早起了。那个时候没有地铁，乘巴士也只有从新桥站坐专线巴士，是载业内人士来的，普通人也能乘，不过巴士5点多开出，赶不上拍卖。5点之前已有人排队，买每天只有两场的票，一共也只有120张，才可入内参观。

一大堆人围着几百条鱼举手握拳叫喊，看了一会儿就厌了，还是看他们买下之后的劏鱼技术有趣，各种解体大刀四五英寸长，是致命的工具。

金枪鱼的零售商有"同虎商店"，设于场外，一块块的鱼生摆在眼前，从便宜的到贵的，由客人自选，总之比其他地方卖的价钱合理。

日本人是不吃三文鱼刺身的，如果你只会吃三文鱼，那么有一家卖盐渍过的三文鱼，叫"昭和食品"，这里可以买到野生的三文鱼，懂得吃的人会买一包包的Harasu，那是鱼腩，日本人爱整齐，把鱼肚最旁边的那片切掉，其实它最肥，最美味，用油煎起来香喷喷，又便宜又美味。

其他鱼类有全国5个鲜鱼协会送来的"筑地日本渔港市场"，什么

① 车毂端圆管状的铁帽，有时也指车轮。——编者注

鱼都有，要即刻弄来吃的话，这里也有食堂、休息室。

要买北海道的螃蟹或贝类，得去"齐藤水产"，鲍鱼、龙虾和生蚝等高级食材也齐全，并能买到不咸的三文鱼卵。

寿司海苔的专门店有"林屋海苔店"，任何种类的海苔都有。

至于昆布，则得光顾"吹田商店"。

要买木鱼削出来的丝，就得去"秋山商店"，煮正宗的味噌汤，一定要用此物，怎么做才最正宗？如果你有朋友会说日本话，店员们会很耐心地向你解释味噌汤的做法。

如果要买劏生鱼的刀，"杉木刃物"从 1830 年开业至今，各种精美的利器都齐全，刀钝了它也可以替客人磨。

爱吃日本鸡蛋"厚烧"的话，可到"玉八商店"，日本人的厚烧带甜，外国人最初吃不惯，喜欢了就会不停地找来吃。

高级日本水果则可以在"定松"买到，比银座的"千匹屋"要便宜许多。

总得坐下来吃点东西，最受欢迎的当然是"井上"，那个老板不断地把面水摔干，仿佛摔到右手比左手长出几英寸①。

最另类的是煮牛杂，"狐狸屋"的店外一大锅，香喷喷，不会错过的，问题是那年长的老板娘凶得要命，要吃可得容忍，年轻的老板娘就很客气地待客。

如果你是自己驾车去的话，可以停在附近的"本愿寺"停车场。

---

① 英寸，英美制长度单位，1 英寸等于 2.54 厘米，1 平方英寸等于 0.00064516 平方米。
——编者注

切记筑地鱼市星期天是休息的，莫落空。

再不去的话，2016 年 11 月 7 日会搬到"丰川"，但也不算太远。我一向住银座的酒店，可以走路去筑地，搬到新址后可得乘的士或地铁，才能见到这位"死去老友"的子孙了。

视死如归

每写完一篇文章，杂志社排好字，就传送给苏美璐作插图，今天收到她的电邮。

> 读过你写的关于死亡，这真有趣，最近我常发白日梦，想经营一个场所，让大家可以好好死去，和平死去，平平静静地死去。
> 我一直希望可以帮助别人，让他们选择自己的死法儿。
> 至于我自己，最好是在早上，吃完了我喜欢的煎蛋和烤面包，到外面散散步，回家用钢琴弹几首巴赫音乐，坐在安乐椅上，喝杯茶和吃几块饼干，来些亲爱的朋友，用漂亮而安静的语气聊聊天，最后让我睡觉。
> 我想他们会把我带到天堂，其他的，我才不管那么多。我就是想开那么一个让人安息的地方，我相信这种服务应该存在。
> 朗，我的先生说，他最好在他钓鳟鱼的湖畔死去。
> 我认为死亡是一种你能盼望的目的，如果你有选择的话。

是的，为什么要怕死呢？

返家，是我们大家都期待的事。

今天，我已 70 岁了。谈死亡，是恰当的时候。20 世纪 70 年代，看《2001 年·太空漫游》，一再问自己，到底有没有机会乘火箭到另一星球？或者到了那个时候，我是否还活在世上？我将会变成一个什么样子？

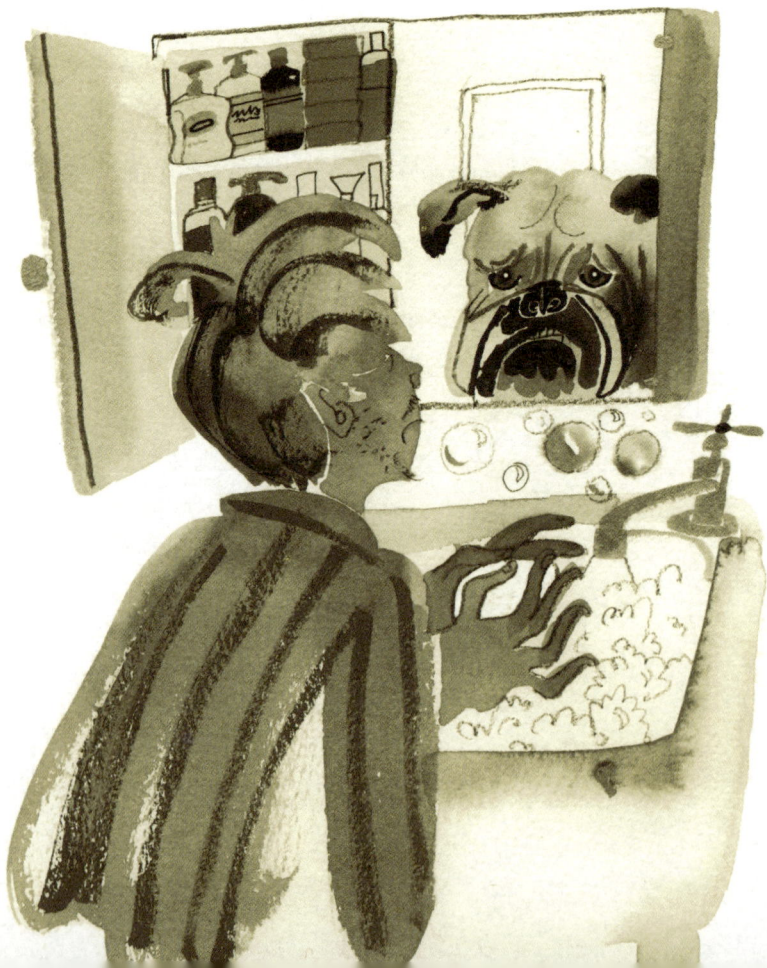

当今，过了 2001 年，还多了 10 年。太空旅行是没法子实现的了；人，倒是活了下来。

样子嘛，照照镜子，还见得人，至少上电视做节目，也没人抱怨。留了胡子，是因为母亲的逝世，2011 年的 2 月 28 日三周年忌，就可剃掉，到时看来是否会更老，不知道。

目前生活并不算健康，还是那么大鱼大肉。酒倒是喝得少了，遇到好的，还是照饮不误。

还是那么忙碌，飞来飞去，但不觉辛苦。稿件已减少许多，每星期在日报上只写 4 篇，周刊写的这篇壹乐也，另有一篇每星期一次的食评和一篇写世界上好酒店的，已占了不少空暇。也许接下来只能再减一点，等到能够把名酒店都聚集成书后，就停写。

每天睡眠有 6 小时，已足够，如果能休息上 7 小时，那算饱满。迎接死亡时期来到，我要逐渐少睡，由 6 小时，减到 5 小时、4 小时、3 小时。

像弘一法师一样到寺庙圆寂，是做不到了。第一，我怕蚊子；第二，没有空调是受不了的。

还是留在家吧，或者到一个美景，召集好友，像《老豆坚过美利坚》（The Barbarian Invasions，又译作《野蛮入侵》）中的主角，一个个向亲友们拥抱告别。

上天堂或下地狱，我不相信有这回事，但还是没有苏美璐那么幸福，不过和她一样，之后管它那么多干什么！

地点最好是在中国香港，如果有困难，还是去荷兰吧。那里有一位我深交的医生朋友，他每次来港，我都大请宴客，荷兰人一向节俭，对东方人的招待大感恩惠，一直问有什么可以为我做到的。

虽然安乐死在荷兰大行其道，但是这位医生受过一点挫折，那是当丁雄泉先生不省人事后，子女把事情归咎在他身上，闹到差点儿上法庭。问题是他肯不肯再牵涉我的事件。

这也好办，事先由律师在场，先签一张一切与他无关的证明，他就能安心替我做这件事了。

遗嘱早就拟妥，应做的事都安排好，简单得很。

我这一生没有子女，在这个阶段，我也没有后悔过。小时听中国人的所谓"不孝有三，无后为大"的话，在我父母生前已解决了。

当年我向老人家说，姐姐2个儿子，哥哥一子一女，弟弟也是，有6个后人，不必再让我操劳吧？他们听了也点头默许。

人活在世上，亲情最难交代，一有了顾虑是没完没了的，我能侥幸避过这一关，应感谢上苍。人各有志，喜欢养儿弄孙的，我没异议，只要不发生在我身上就是。

没有遗憾吗？太多了，不可一一枚举，但想这些干什么？我一直主张人活得愈简单愈好，情感的处理也缩短，简单到电脑原理的0和1计算最妙。不只是身外物，身外感情是个高境界，我是能够享受到的。

很高兴在世上得到诸多的好友和老师，今人古人，都是教导我怎么走这段路的恩人。

最要感谢的是倪匡兄，他是一位最反对世俗的高人，我向他学习了什么叫看开，斩断不必要的情感，尽量做些自己最想做的事，这都要归功于他。

但是我毕竟是一个凡人，所以头发愈来愈白。反观倪匡仁兄，满头乌丝，虽然他自嘲不用脑了，所以没有白发，但我知道，是想开了，所以能够做到视死如归，所以没有白发。

第二章

玩物也养志

笑看往生

香港剩女飙升，三个女人一个独身。

报纸上的大标题。

我对此一点兴趣也没有，不嫁嘛，又不会死人。

会死人的，是接着报告的香港人口持续老化。65 岁以上的港人，将由 2009 年约 13 巴仙①，增至 2039 年的 28 巴仙。1/4 以上的人口是老人。

按比例计算，死亡人数会增加到每年 80 700 个。

那么多人离去，不关你事吗？那是迟早的问题，我们总得走。但是怎么一个走法？没有人敢去提起。中国人，对死的禁忌，是根深蒂固的。

避得些什么呢？反正要来，总得准备一下吧，尤其是我们这群被青年人认为是七老八十的，虽然，可能我们的心境比他们还年轻。

勇敢面对吧。死，也要死得有尊严；死，也要死得美丽。

轮到你决定吗？有人问。

的确如此，但是，凡事都有计划，现在开始讨论，也是乐事。

首先，对死下一个定义："死不是人生的终结，是生涯的一个完成。"

我们要怎么在落幕前，向大家鞠个躬退去呢？最好是照着自己的意思去做，需要一点知识和准备。

最有勇气的死，就是视死如归，说到这个归字，当然是回到家里去

---

① 巴仙：即百分比，音译自英文 percent。——编者注

死才安乐。

但事不如愿，根据一项调查，最后因病死在医院里的人还是占大多数。

为什么要在医院？当然想延长寿命呀。但是已到了尾声，延来干什么！决定自己什么时候走，不是更好吗？

家人一定反对，反对个鸟！不说粗口都不行，我的命不是你的命，你们有什么权力来反对？

友人牟敦沛说过："我一生人做的最后悔的事，就是反对医生替我爸爸终结生命。"

这句话，家人一定要深深反省。

尤其是对患了末期癌症的人，受那不堪的痛苦折磨，家人还不许医生打麻醉针，说什么会中毒，反正要死了，还怕什么中不中毒？

如果你问 10 个人，相信有 9 个是不想在医院死的，但他们还留在医院，也是顾虑到家人的感受，不想给大家增加麻烦，而绝对不是自己所要的。

我劝这种人不必想太多，要在家里终老就在家里终老，反正这个家是你的家，你想怎样做，也没人可以反对，而且可以省得他们整天跑到医院来看你。

虽然说医院有种种设施，但那是救命用的，你不想被救，最新最贵的仪器又有什么用？

在家静养，请个护士，所花的钱也不会比住病房贵呀。找个相熟的医生，请他替你开止痛药、医疗麻醉品等等，教教家人怎么定时送食和打针，也不是什么难事。

但是孤单老人又怎么办？有一个条件，就是得花钱。反正是带不走的，这个时候不花，等什么时候花？护士还是要请的，这笔钱，要在能赚时存下来，所以说对于死，也得做准备，千万不能等。

香港人多数有点储蓄，买些保险留给后人，大家想起老人早走，也可以省下一点，也就让你花吧。

有些人讨厌打针或喝药，也有膏贴的吗啡剂可用，总之不会是愈用愈没劲，不必担心。

我最喜欢看的一部电影，叫《老豆坚过美利坚》，名字译得极坏，其实是一部怎么面对死亡的片子，得过最佳外国影片金像奖，讲的是一个老人得了癌症，离开他多年的儿子来看他，看到父亲被一群老朋友围着谈笑风生。

儿子问父亲能为他做些什么，父亲提出的请求，把儿子吓呆了，后来才发现父亲的乐天个性，并了解人生最终的路途，完成了父亲的愿望。

这些被一般人认为最野蛮的思想，是最先进开明的，影片的原名叫《野蛮侵略》，其实就是这群快乐的人。

最坏的打算，已安排好。万一侥幸能够活到油枯灯灭，那就最为幸福，我母亲就是那样走的。也许，可以像弘一法师一样，回到寺庙，逐渐断食，走前写了"悲欣交集"四字后，一笑归西。

葬礼可以免了，让人一起悲哀，何必呢？死人脸更别化妆给人看，那些钱，死前花吧。开一个大派对，请大家吃一顿好的，有什么好话当面听听，才是过瘾，派对完毕，就跟着谢幕好了。

骨灰撒在维多利亚海港，每晚看到灿烂的夜景，更是妙不可言，你说是吗？

快乐的水

吃意大利菜时，别人白酒餐酒红酒，我却独爱饮一种叫 Grappa 的烈酒，整顿饭从头到尾，喝个不停。

"那是一种餐后酒呀。"守吃饭规则的人说。

我才不管那么多，自己喜欢就是。三杯下肚，人就快活了起来。Grappa 不像白兰地、威士忌，至今还没有中文名，我把它音译为"果乐葩"，又叫它"快乐的水"。

写过一篇关于此酒的专栏，接到一位意大利小姐 Renza 的电话，她通过"义生洋行"找到我，说一口标准的国语，想约见面。

我也好奇。遇到时她说："我代表一家叫 Alexander 的公司，这个叫 Bottega 的家族专做 Grappa，我很喜欢你翻译的名字，向我的老板山度士说了，他派我来邀请你到我们的酒庄。"

原来此妹在北京留过学，当今负责该公司的外联工作，我向她说："啊，Alexander Grappa，我知道，玻璃瓶中有一串玻璃葡萄，是不是？"

这酒厂的产品在国际机场中的免税店出售，瓶中的花样，除了葡萄之外还有种种造型，像艺术品，让人留下深刻的印象。

"你开朗的个性和山度士很相像，你们会一见如故的。"她说。

刚好，我有一个旅行团到庞马①去吃火腿和芝士，就顺道到 Bottega 酒庄一游。我们两人见面，果然如她所说。意大利人热情，像亲兄弟一

---

① 庞马，即意大利北部的城市帕尔马（Parma）。——编者注

样拥抱起来。

在一间露天的餐厅里，山度士把酒一瓶又一瓶拿出来，加上永远吃不完的食物，当天酒醉饭饱，山度士还不让我们休息，带去他的玻璃厂看看。

其实工厂和酒庄离威尼斯很近，只有 40 多公里，也承继了威尼斯做玻璃的传统，请了一批知名的 Murano 工匠在他的工厂大制 Alexander 瓶子。

以为把一串玻璃葡萄放入瓶中是一件难事，看后才知奥妙，原来工匠先用烧红的硅吹出一个个的小泡泡，像串葡萄，然后放进一个没有底的酒瓶中，趁热时连接在瓶壁，最后才封上瓶底，大功告成。虽说简单，但一个瓶子从开始到完成，也得花 45 分钟左右，都由手工制作，永不靠机器，所以每一串葡萄的形状都不一样。

工匠表演得兴起，再把玻璃液沾上红色，捏成一片片的花瓣，再组成一朵玫瑰，又连接在瓶中，众人看了都拍掌称好。

山度士这次又来到亚洲，带了很多酒和饮食界的友人分享，没有喝过的人问最基本的问题："什么叫果乐葩？"

"一般人的印象，果乐葩是由废物酿成。是的，的确是废物，用的是葡萄的皮，大家都以为葡萄汁和葡萄肉最好，但我们知道，所有果实的皮，是最香的，而且不管是汁、是肉或是皮，混成制酒的葡萄浆 Marc，是一样的，最后蒸馏出来的烈酒都相同，只是果乐葩全用皮，香味更重。"

"别的国家没有果乐葩吗？"有人问。

"意大利在 1576 年定下的法律，非常严格管制，只可以用意大利生产的葡萄，在意大利酿制，才可以叫果乐葩。"

"果乐葩有什么好？"这是很多人最关心的问题。

"啊。"山度士笑了，"第一，它使人快乐，喝一小杯，你就快乐，像蔡先生所说，是种快乐酒；第二，它能抗坏的胆固醇；第三，它对心脏好；第四，可帮助预防胆结石；第五，它帮助消化；第六，一大杯果乐葩，比一小杯果汁的卡路里低许多；第七……"山度士滔滔不绝地讲下去，我在他背上一按，他停了下来。

事前，山度士向我说："我们意大利人一开口，就说个不停，你听到我说多了，就在我背上一按好了。"

我们这次试过 Alexander 厂的大部分产品，先从汽酒开始，Prosecco 和香槟相似，Moscato 带甜味，是我上次到意大利时喝上瘾的甜汽酒，酒精度只有 6 巴仙。另一种粉红色汽酒，山度士说所赚的钱，捐给乳癌基金。

接着进入果乐葩，Prosecco 和 Moscato 味，以及藏入烧焦木桶的 Fume 果乐葩，酒精度在 38 巴仙。大家都发现这是一种非常适合中国人喝的酒，烈度有如中国白酒，香味更浓，而且，喝醉了，不会像喝白酒那样，臭个三天。

"还是没有白酒厉害。"有些人说。

山度士又拿出一瓶白金牌，叫 Alexander Platinum，酒精度 60 巴仙，问你厉不厉害。我们逐一试去，最后结论是酒精度愈高的果乐葩愈好喝。

也非一味是烈，山度士说果乐葩很好玩，可剥意大利柠檬的皮，做成柠檬酒，制造柠檬雪糕和沙葩最佳，名叫 Limoncino；另一种 Gianduia，用榛子浆和朱古力制成，是做蛋糕的好材料；Fior Dilatte 则为白朱古力酒；而 Rosolio 有浓厚的玫瑰味。

最后，山度士拿出一瓶香水，原来只是把果乐葩放进精制的香水瓶里，往身上一喷，可以消除身上的异味。

那是果乐葩的效应。

手杖的收藏

向往十八九世纪的绅士拿着手杖的日子，那时候的人已不提剑，用手杖当时尚，做出种种不同的道具，是优雅的生活方式。

手杖（walking stick），中国人称为"拐杖"，要身体残缺时才用，这和我想象的差个一万八千里，故从不喜这个字眼。"龙杖"倒是可以接受的，像寿星公或龙太君用的那根。《魔戒》中甘道夫的手杖也很好看，但都不是我要谈的。

自从倪匡兄因为过肥，要靠手杖支撑，我就每到一处，都想找一支来送他，走遍古董店，不断地寻求。他用的，怎可以是那种廉价的伸缩型手杖呢。

最初在东京帝国酒店的精品部看到一根，杖身用漆涂，玫瑰淌血般的鲜红，表面光滑，美不胜收，我爱不释手，即刻买下。

送了给他之后，他也喜欢得不得了，但是很少用，是因为怕弄坏了或丢掉。所以我得不断地寻求。终于有一天，在北京的琉璃厂看到一根花椒木的，中国人做手杖自古以来都用花椒木，说摩擦了对身体好，买下，是看到它的形状。

枝干四处发展，开杈处刚好托手，杖头有角，像梅花鹿，真是有形有款。拿着它，从古董店走出来，乘人力车经过的洋汉看到，竖起拇指，大叫："Wow! Cool Man, Cool!"

从此，引发起我收藏手杖的兴趣，尤其是我自己也要用上。在做白内障手术前，我一只眼睛看不清楚，感觉不到梯阶，像把 3D 看成了 2D，是平面的，得靠手杖，大叫过瘾，可以一天换一支来用了！

发掘手杖，先从分类开始，有城市用的和乡村用的，前者也分Crooks，是把弯柄手杖，像雨伞那种。杖头前短后长，接连到其杖身的叫Derby，让人带到赛马场去，乡村用的多数是一支过，手把圆形或分杈，种类多得不得了。

Derby手杖的手柄，银制的居多，做成种种动物的形状，有鱼、鸭、狗、狐狸或狮子。这些纯银的头，看银子的重量，有些卖得极贵。

当然也有一拉开就变成一张小椅，杖尖可以插在草地上的手杖，那是特别用处，不值得收藏，还是带有趣味性的好。一谈起有趣的，当然想到杖里剑，我买过一支，剑锋成三角形，一拔出来冷光四射，奈何不能拿上飞机。

有趣的还有扭开杖头，就是一根清除烟斗的器具，还有一根是开瓶器，另外可以掏出五粒骰子来玩。神探 Poirot① 用的那把，手柄可当望远镜，上网一查就能买到复制品。我买的那支杖身挖空了，可以放进三四个吸管形的玻璃瓶，装一个白兰地、一个威士忌和一个伏特加。

到哪里去买呢？世上最好的手杖店应该是伦敦的 New Oxford St53号的 James Smith & Sons 了，它从 1830 年开始，卖的是雨伞，当然也附带生产手杖，最为齐全，也负责替客人保养一世。

当今我常用的手杖，好几支都是一位网上好友送的，她知道我喜欢，在欧洲替我寄来，一支是用黄花梨木做的，杖身很细，但坚硬无比，杖头用鹿角雕出，和黄花梨的接口连结得天衣无缝，非常之优雅。

另一支杖头圆形，用银打的，花纹极有品位，杖身的木头用 Snake

---

① 神探 Poirot：即大侦探波洛，作家阿加莎·克里斯蒂小说中的人物。——编者注

Wood，是极罕见的木头，在中美洲和南美洲发现，特征是分枝对称地长出，做出来的手杖有凸出来的粗粒，坚硬无比，又不很重。

最近寄来的那支，有个包薄皮的长方形木箱装着，打开一看，是用非洲的 Macassar 黑紫檀做的，杖头用纯金打造，有 62.8 克重，刻有法国贵族的家纹，1925 年由当时的巴黎名家 Gustave Keller 设计。

但并非每一支手杖都是名贵的，我在雅典的古董铺中随便捡到一支样子最普通的弯柄手杖，长度刚好，就用 20 欧元买下，陪我走遍欧洲，不见了又找回来，很有缘分，同行的朋友都在打赌是用什么东西做的，有的说是藤，有的说是橄榄的树枝，争辩不休，说回到中国香港后找植物学家证实一下，至今尚未分晓。

值得一提的是游俄国时适逢冬天，我有先见之明，在大阪的大丸百货看到一个铁打的道具，像捕兽器一样可以咬住杖身，下面有尖齿，在雪地上行走也不会滑倒。

上次去首尔，找到一位当地著名的铜匠，我极喜他的作品，杯杯碗碗都是铜制，用铜匙敲打一下，响脆声绵绵不绝。我介绍了许多团友向他买，为了感激，他问能为我做些什么？我当然要求他用铜替我做根手杖，不过他回答铜太重，还是不适宜，即刻跑去找他做木匠的朋友替我特制一支，用的是白桦木，已经削皮磨白，中间那段还留着原木痕迹，手把做成一只鸭头，有两颗眼睛，甚是可爱。

最后一支手杖还没到手，刚从北海道的阿寒湖回来，那里有一位我最喜欢的木刻家叫泷口政满，他的作品布满"鹤雅"集团的各家高级旅馆，我也买过他一只猫头鹰，也曾经写过一篇叫"木人"的文章讲他。这次又见面了，他高兴得很，又问能为我做什么，我当然又回答要手杖了，请他设计杖头像他刻过的"风与马"中那少女，飘起了长发，他答应了。下个农历新年我又会带团去阿寒湖，到时就能有一根独一无二的手杖了。

<h2 style="text-align:right">我的针灸经验</h2>

虽说针灸，其实只是针，灸我没有经验，有被烫伤的感觉，至今还是不敢试，但针灸二字念来较顺口，就连用起来。

第一次被人针灸，是因为患了"五十肩"，有位打麻将的朋友见我痛苦，就叫我让他试试，我反正翌日就要到医院，让西医从骨头与骨头之间注射类固醇，据说那管针像打牛的那么粗大，也就死马当活马医，让他针了一针，果然，当晚睡得像婴儿，从此对针灸有了信心。

为答谢这位友人，我替他开了一间诊所，又免费宣传，结果有很多病人找上门。我也以为今后有什么痛楚找他就是，安心起来。

正在得意时，接电话，说他脑溢血入院，赶去看他时，已不治，我的靠山消失了。

原来"五十肩"是会复发的，之后数次的肩周炎痛苦，找了几位针灸医生，都医不了，非常懊恼。得到的结论是，并非针灸不灵，而是没有遇到好医师！

一次在日本旅行，肩膀又是痛得死去活来，跑去问大堂经理有没有针灸医生介绍，酒店给了我一个电话和地址，我赶快乘的士前往。

医师又矮又瘦，但一副给人有信心的表情。我请他治疗，此君的医术是不留针，所谓不留针，就是扎了一针即刻拔去，再扎第二针。用的针很细，不痛，结果，那晚上我也是睡得像婴儿。

为什么中国的针灸师要留针呢？看《大长今》，也是不留的呀。我比较相信不留针的医法，一留了，即刻心想如果医师忘记了拔一两支，穿上衣服时岂不痛死，而且万一断了的针留在体内，麻烦更多。

留针的，有些还给你通上电流来刺激穴位，说比较有效，我对这种说法也很怀疑，古代针灸师哪知道什么是电呢？

还是那么一句话，针灸是有效的，但看有没有高手罢了。听金庸先生说，他小时候看到一位，治疗时病人不必除去衣服，隔着也能对准穴位针，可真是了不起，当今何处觅？

但即使有良医，针灸也只能针对某些神经反射性的病症，像心脏病等，还是找西医照X光或磁力共振和搭桥通血管比较妥当吧。别的不知，医治"五十肩"之类，针灸一定比西医高明。

西医也开始研究针灸，他们记不得那些玄虚名词，把人体穴位排成一二三四的号码，结果也治好了很多外国人的"五十肩"，流行起来。

穴位的原理，应该是截停痛楚的神经信号，让大脑感觉不到，"五十肩"可以因此减轻。那么戒烟也应该有效吧？近来咳个不停，睡眠质量很差，问好友医生，他们都笑着说："不抽烟就好，抽了烟什么药都没有用。"

刚好在报纸广告上看到有慈善团体做戒烟的疗程，而且是免费的，即刻报名。

第一次治疗是在身上扎了好多针，通电，最后在耳朵上再扎。针刺下去，有时痛有时不痛，通电后的感觉也不好受。医师们有些共同语言，就是永不说痛，时常会问："麻不麻，痹不痹？"

说什么，也不提到痛字。

身体穴位，也许和戒烟有关，但读了很多这方面的书，发现真的功能，还是在耳朵。年纪一大，正好欺负年轻的医师，我说身体不扎了，扎耳朵吧！

用的是一种日本生产的短针，连在一块圆形的胶布上，大头针那么大，在耳朵的穴位一扎再扎，一次就扎八九针，双耳并行。

疗程一共 6 次，到了第六次，还没有什么效果。年轻的医师并不懊恼，还问我要不要试西医的尼古丁贴布治疗法，可以推荐。这一问，我又有了信心，到底对方是为我好的。

归途，又想抽烟，吸了一口，味道并不好，我知道已开始生效。回家即刻再申请一个疗程，继续去扎针，果然，吸烟的次数是减少了，有没有发挥到完全戒烟的地步，我还不知道，但耐心去治。

"五十肩"第四次发作，问年轻医师有没有专治肩周炎的针灸师，他介绍了一位，我报了名，前往。

又是一个新经验，这一位针的不是肩上，而是肚子。在腹部画一个像乌龟的图案，按照穴位针下去，又真出奇，咦，当晚又是睡得安稳，有点功效。

之前，我又试过用粗针来刺，不，不是针，简直是一把小刀，称为小叶刀，那位医师用这门手法左扎右扎，痛得我死去活来，结果无效。又有一位神医，说两针搞掂，也搞不掂。

试过了针肚皮，觉得此法甚妙，针时不会感觉痛，是因为肚子肥肉厚。

看样子，得继续给这位新的画乌龟的去针了。治戒烟的年轻医师说，不只"五十肩"，对减肥也有效，我听了有点相信。那是把食欲的神经干扰，应该信得过。我这数十年来，有人觉得我胖，有人觉得我瘦，但我自己知道，一直保持在 75 公斤，不必去减肥。

团友之中，有很多人一个月花十万八万去减肥，可以介绍她们去针灸，至少，不必再忍受节食和做运动的痛苦，已经值得，哈哈。

我的的士经验

第一次到中国香港是 20 世纪 60 年代，那时候的天星码头排成一列的的士，竟然是被认为高级车的宾士，就感到十分诧异，来香港可以乘到名牌车当的士，多么快乐。

随着时代的变迁，代之的几乎是清一色的日本车，有些为了便宜，还用可燃气体运行。到了日本，更是通街的日本的士，有大小之分，小的当然便宜一点。

在全盛的 70 年代，日本根本叫不到的士。经济的起飞，大家都肯花钱，晚上在银座或六本木叫车，要伸出一至三根手指，表示乘客肯花这个倍数的钱，的士大佬才把车子停下。

经济泡沫一爆，爆了 20 多年，没有起色，日本的豪华奢侈得到了报应，的士行业更是付出了惨重代价，街头巷尾一堆堆的空车，就算长途减价，也没有人坐。所以看一个国家的兴盛与衰弱，看都市的的士有没有人抢就知道，这个指标最为明显。

永远一枝独秀的是伦敦的士，他们从 17 世纪开始有马车的士，现代化之后改为又笨又大的黑色汽车的士。依旧是马车年代的传统，未上车之前先在街边向司机交代要去哪里，如果你跳上车才讲目的地，那你是一个游客而已。

最初用的是 Austin 厂制造的，这种老掉牙的款式，当今已变成博物馆展品，有钱人纷纷买一辆来收藏，记得当年的歌星罗文也拥有过一架漆成粉红色的。

伦敦的士的乘价，可以说是全世界最贵的了，没有必要，无人乘坐。我们这些游客是例外，在伦敦坐的士是一种乐趣和经验，司机永远是一位对所有路线都熟悉的人，他们得经过考试又考试，从不会失手，也没见过他们用 GPS 导航。

在优雅的年代，的士一定是愈大愈有气派，伦敦的用黑色，纽约的则用黄色，不叫 Taxi，通常以黄色车辆 Yellow Cab 称之。

从前，纽约的的士司机对路也熟，而且非常健谈，时常讲些笑话给乘客听，曾经有人结集成书，出版了好几册。

经济转好后，意大利籍或犹太籍人已不当司机了，和杂货店一样，都交给新移民去做，没有卫星导航的年代，走错路是家常便饭。当今有了，照样走错。

纽约的的士司机一向希望得到打赏，故小费不可少，有位富豪的太太初到纽约，没有零钱，在袋中找到了一个铜币，司机收到后大声叫喊："这个女士给了我一毫子！"

说后把那个钱币交还给那位太太："你留着吧，你比我更需要它。"

巴黎也和伦敦一样，是一个最早有的士的都市，乘价也非常之贵，但就算有钱赚，本国人也渐渐不肯干这辛苦的行业。你不搏命我搏命，新移民（如越南人）早做夜做，赚到满钵，但政府怕他们因过度疲劳对交通造成祸害，就用运行时间来控制他们，所以你在巴黎看到的的士，后面一定有个电子时钟，司机超时工作，一被抓到，执照即刻被吊销。

罗马的的士司机最不守规则了，在街头乱窜。他们的话也多，讲个不停，不管你听不听得懂意大利话。兜路的情形也多，尤其是来自拿玻里的司机，那边的人什么坏事都做，带你走远路已算客气的了。

如果说到暴走，那么墨西哥城的的士司机称第二，没人敢称第一。他们简直当自己是飞车手，横冲直撞，用的又是甲虫车，墨西哥自己制造的，钢水不如德国的那么坚硬，一年要撞死好多人，而且，在那么热的天气之下，这些甲虫车多数没有冷气，热得要命。在其他国家，旧款的甲虫车已是收藏的对象，大家都说要找零件很难，那么去墨西哥吧，那边大把，通街都是甲虫车。

西班牙的的士司机也有话多的毛病，一上车，他们都滔滔不绝地说东道西。不过很奇怪，西班牙人老实，我在那边住上一年，从没有遇到会兜路的。当年老旧的车居多，车子坏了，司机也从来不会拿到车房去修理，这辆的士是他的坐骑，不当车，而是马，马病了，主人自己医治，不送医院。

出街能够一招手就有的士停下，是件幸福的事，只有大都市才有。有些例外，像洛杉矶，怎么看也看不到一辆的士，不预早打电话订，根本没有办法找到，有时打了电话也没车。像胡金铨住洛杉矶，驾车拿衣服到城中去洗，出来时车子坏了，怎么叫车都不来，最后只有向郑佩佩求救，从一两小时之外的地方驾车来送他回家。

我们住在中国香港最幸福了，如果要移民，我看我只能选纽约或伦敦，理由很简单，那边叫得到的士。

近年来做的一个最错误的决定

我的听觉迟钝，对精密的音响设备不感兴趣。喜欢听的，也只限于一些古典音乐而已。但老天很公平，赐我很灵敏的嗅觉，注定了我对美食的爱好。

吃过什么，我的记忆力特强，会一一作比较，总要找更高层次的食物来品尝。

几年前，和倪匡兄游南洋，到了一个小岛，当地朋友说有一位富商，做的菜极为出色，想请我们到他家里吃一顿，我问倪匡兄意见。

他摇摇头，说："去人家家里做客，东西差了也不好批评，是件无奈的事。"

我正在犹豫时，友人又劝说，主人家当天已出海钓鱼，非得做出一餐绝无仅有的菜不可。听完说服倪匡兄前往，想不到，这是近年来做的一个最错误的决定。

富商的别墅依山而建，门前摆满豪华汽车，一进去是客厅，卧室设于楼下，而饭厅则在最低一层，要从屋旁一条又深又垂直的楼梯才能爬得下去。

倪匡兄一看，即刻抱紧石柱，说什么也不肯冒这个险，主人只好带我们经过他的睡房，再一层层走下去。

一到饭厅，即刻闻到一阵异味，是因为常劏海鲜而造成的腥臭吗？起初不觉太过难闻，后来气味愈来愈重，已有点不可容忍的地步。

主人躲在厨房中大煮特煮，捧出一个古董陶碗，非常巨大，里面是鱼虾蟹肉烧的卤福建面，老实说，是挺好吃的，接着又每个人送上一大碗鱼翅，我虽不吃，但也试一小口汤，觉得味精下得太重，也就停止。

倪匡兄在一旁看到，也学我不去碰那碗鱼翅，还用餐巾将它盖起来，好让侍者拿走。

富商的儿子和媳妇陪我们吃，我向他们搭讪："你爸爸那么早就出海了吗？"

"哪里，哪里，他到高尔夫球场去了。"富商的儿子回答。

"海鲜从何来？"倪匡兄追问。

"在菜市场买的呀。"

我们一听，都没话说了。

主人满头大汗走出来，我劈头就来一句："怎么会有那么浓的一阵味道？"

"什么味道？"他一点也不察觉。

"那种怪味，怎会闻不出？"我不放过。

"哦。"他说，"我们家养的小狗，一直来这里撒尿，没事的，闻闻就惯了。"

"惯了？"我差点跳了起来。

这顿饭吃得可真辛苦，我们也不客气地尽早起身告辞，没吃饱，跑到街边去试印度人做的羊肉汤，但怎么又闻到那阵怪味呢？是神经过敏吧。不去理它。

回到中国香港，早上散步到九龙城去吃早餐，路经电灯杆，狗常在此小便，那管铁柱，已被腐蚀了，你不可不说，狗的尿可真厉害。

这种占地盘的本性，动物与生俱来，你撒了一泡，我就要撒另一泡来盖住你。你的臭，我的更臭，喜欢狗的人也许闻不到，但那种错综复杂的气味，文字不能形容，要多强烈有多强烈，撒在那富商饭厅里，不只是冲天那么臭，简直是臭了整个宇宙。

　　从此，这阵气味留在我的脑海之中，时不时跑出来偷袭，比寂寞、伤心更猛烈，像是埋藏在心里最黑暗的角落那种罪恶感，怎么逃避也逃避不了。

　　出动了古龙水，我喜欢的帕高，喷了又喷，别人一定侧目，怎么一个好好的大男人，搽那么多香水？

　　好了，以为没事。又来，这股味道变成一个不会停止的噩梦。咦？车上也有了。

　　到北海道旅行，天寒地冻，空气稀薄又清新，在大树林中散步，本来有阵松树的香味，但又看见了一群狗，不断地在树干上撒尿，再仔细看，狗不见了，是我的幻觉。

　　日本友人说："我发明了双氧水，吃过海鲜之后，双手一喷，腥味即除。"

　　好呀，即刻向他要了几瓶，说如果有效的话，一定为他在中国香港做代理，推销到各地去。

　　回来，把双氧水乱喷在车上、房间、厕所、客厅，走到哪里喷到哪里，可以安心了吧？往沙发上一坐，哎吔吔，狗尿味又传来。

　　到百货商场，看见有人在卖一块铁，店员说用来洗手，异味全除。一块普通铁罢了，真那么神奇？示范给我看，先摸摸鱼，再用它洗手，果然见效。想到了，是铁质的道理，像我们吃完大闸蟹后用豆苗来洗手也能解除气味一样。对，对，一定是这样，而且是"双立人"牌的，不会骗人，我即刻大块小块买了一堆回家，左擦右擦。

　　但是，唉，狗尿味尚存，想想，已经几年了，还是阴魂不散，我很后悔没有听倪匡兄的话，不去吃那顿饭，也恨死那个富商。过几天，要看精神科医生去矣。

软食物

我喜欢吃软的东西，从小如此，尤其是对啫喱类的甜品，不吃到拉肚子不能停止。啫喱是英文 Jelly 的音译，来自鱼胶粉的 Gelatine，美国有家厂专出啫喱，名叫 Jell-O，而这个名字，也代表了啫喱了。

问中国内地的朋友，啫喱在中国内地是怎么个叫法，回答说也叫啫喱，亦称果冻。在中国香港最常见的牌子叫"罗拔臣"（Robertsons），有种种水果味的选择，但纯正的鱼胶粉已难觅，可以在高级超市架子上找 Dr. Oether 的产品，就有 100 巴仙无味的鱼胶粉。

啫喱从前是由产鱼子酱的鲟鱼鱼鳔提炼，后改为鳕鱼鱼鳔，但当今大量生产，改由动物的骨头和粗筋抽取，制造公司从不告诉你用什么来做。鱼胶粉有种怪味，不是人人接受得了的，所以要拼命加入水果味。

那些果味也是人工制造的，鱼胶粉一遇到酸性就凝结不起来，故在盒上注明：请勿加新鲜的凤梨、奇异果或番石榴等，否则做不成。

尽管说明书上教你用多少粉、几盎司水，等等，但通常学做，不是太软就是太硬。我因为大量地做，时时做，所以悟出一些简单的道理来。

只要用喝下午茶的茶杯和茶匙来量好了，一至二茶匙溶一杯水，就不会错的。

永远别先下鱼胶粉再加热水，相反才对。如果水不够热，底部还剩下鱼胶粉的话，那么可以放在炉上加热，至全溶化为止，但水切记不可以滚，一滚就完蛋。

冷却后放入冰箱，三四小时凝固。要速成，半杯水溶化之，加入冰块，搅拌后成一杯。

变化诸多，用水果的太过平凡，也不美观。可以让想象力奔跑，趁未凝固前，把做沙拉的食用花用滚水灼一灼，然后一朵朵尾向上放进模子里去，凝固后翻倒出来，啫喱中就有怒放的花团。

除了鱼胶粉，啫喱状的甜品还可以用燕菜，粤人称之为大菜，南洋人叫它菜燕，日本名其为寒天，中国内地叫它琼脂，学名凉胶，又叫洋菜、凉粉、燕菜精和洋粉等，杂货店出售，一丝丝，色如燕窝。

剪成两英寸长，加热后熔化，就成形。质地带脆，又是另一种口感，亦有些异味，因为由海带海藻提炼出来。

做时亦容易失败。或者到印尼杂货店去买粉状的好了，他们叫为Agar-Agar，市面上有"燕子太阳"牌，一包才两三港元，加三四杯水，凭经验加减就是。

若还是太懒，就到卖豆腐的人家去买吧，原味的是在加热过程中打鸡蛋下去，成为一丝丝的，像大理石的花纹。

其他的草莓味、苹果味、荔枝味，应有尽有，放进一个透明塑胶杯中，任君选择，吃之前，店里还替你在上面淋些花牌淡奶。

餐厅里也做，我们的旅行团，出发前每次都在铺记开茶会，烧鹅皮蛋等。我吃的次数多了，最期待的是他们用大菜做的桂花红豆糕，琥珀色，有层次，又香又甜，最美味。

其实啫喱或大菜也不一定吃甜的。咸的冻，天然的在熬猪脚时结成，葱爆鲫鱼也有冻。我做过的鱼冻，是将九肚鱼和雪里蕻煮成浓汤，过滤了骨头和渣滓，再拆开鲤鱼卵，撒在汁中放进冰箱，就是一道很特别的菜了。

外国人常做的肉饼或鱼饼，放在容器中成方形长条，里面是肉，外边是冻，我就专门选冻来吃。

有一回苏美璐在家中请客，问我做些什么小吃，我说反正小岛上新鲜的鱼多，切成刺身不就行了吗？但为了配合西方饭前小点的精神，还是把鱼胶粉溶入煮热的酱油，在凝结之前一点一点地加入山葵，最后切成长方块，一块一点，再铺在鱼上。这么一来，就不必再去蘸，不会弄得一身是酱油。

说回甜品，仙草，也就是凉粉，是好材料。煮了仙草，放进碗中，加其他配料，像水果和果仁、红豆之类。刚煮好时是液体，一面吃一面凉了，就凝结了。过程很好玩，这就是中国台湾人所谓的烧仙草。

另外他们的爱玉，是从一颗果实之中剥出核来，核上有一粒粒像芝麻的东西，用来浸水和搓揉，做出来的就是像豆腐花般的半透明爱玉冻了，名字好听，口感也不错，也是我的最爱。

啫喱食品中，最难吃的是蒟蒻，它是由一种叫魔芋的植物根部磨成粉制作的，加了糖和水果时，就能扮果冻，斋菜也常用它扮鱿鱼，本身全无味道，但因热量低，很受一些女士欢迎。

只限不会中文的老友

为了出版英文书，那段日子每天写一至两篇，日子很容易就过，热衷起来不分昼夜，我们的"忘我"，日本人称之为"梦中"，实在切题。

每完成一篇，即用电邮传送苏美璐，再由她发给她岛上的作家

Janice Armstrong 修改。另外传给钟楚红的妹妹 Carol Chung，她已移民新加坡，全部以英文写作和思考，儿女已长大，较为得闲。经过她的润色，把太过英语化的词句拉回东方色彩，这么一来才和西方人写的不同。

苏美璐的先生 Ron Sandford 也帮忙，美璐收到了文章给他过目，他看完说："蔡澜写的方式，已成为风格，真像从前的电报，一句废话也没有。"

当今读者可能已不知道电报是怎么一回事了，昔时以电信号代表字母，像"点、点、点"是什么字母；"点、长、点"又是另一个，加起来成为一个字。每一个字打完，后面还加一个"stop"，用来表示完成。

电报贵得要命，以每个字来算，所以尽量少用，有多短是多短，只求能够达意，绝对不添多一句废话，这完全符合了我的写作方式。

我虽然中学时上过英校，也一直喜欢看英文小说，电影看得更多，和洋朋友的普通英语对话可以过得去，但要用英文写出一篇完整的文章，还是有问题的。

问题出在我会在文法上犯很多错误，小时学英文，最不喜欢那种什么过去时、过去进行时等，一看就头痛，绝对不肯学。很后悔我当年的任性，致使我没有经过严格的训练，现在用起来才知犯错。

好在 Carol 会帮我纠正，才不至于被人当笑话，我用英文写时一味"梦中"地写，其他的就交给 Janice 和 Carol 去办。

最要紧的还是内容，不好看什么都是假，但自己认为好笑别人不一定笑得出，尤其是西方读者。举个例子，像我有一篇文章讲我在嘉禾当副总裁时，有一天邹文怀走进我的办公室，看书架上堆得满满的尽是我的著作，酸溜溜地暗示我不务正业，说："要是你在美国和日本出那么多书，版税已吃不完，不必再拍电影了。"我回答说："一点也不错，但要是我在柬埔寨出那么多书，情况就不一样了。"

用中文来写就行，一用起英文，Janice 就抓不到幽默，本来有一两段如此，我即刻删掉，但是整篇文章放弃就有一点可惜。我不知道 Janice 怎么会不了解的，Carol 就明白。我到底要不要坚持采用，或全篇丢掉呢？到现在还没有决定，我想到了最后，何必呢？还是放弃好了。

要多少篇才能凑成一本书呢？以过往的经验，我在《壹周刊》写的每篇 2000 字的长文，编成一系列的书，像《一乐也》《一趣也》《一妙也》等，每一个专题从 1 至 10，出 10 本书，每凑够 40 篇就可以出 1 本，以此类推，英文写的文章有长有短，要是有 60 篇就可以了吧？

我现在已存积到第 52 篇了，要是再有 8 篇就行。从 1 至 52 我随意写，想到什么写什么，有的写事件，像成龙跌伤等；有的写人物，像邂逅托尼·柯蒂斯（Tony Curtis）等；有的写旅行，像去冰岛看北极光等。任意又凌乱地排列，等到出书时，要不要归类呢？

我写的旅行文章太多了，只选一些较为冷门的地方，如马丘比丘、大溪地等，要不是决心删掉就有好几本。我那本英文书中绝对不可以集中在这种题材上面，所以把那些写法国、意大利等的，完全放弃。

关于吃的也不可以太多，我选了遇到保罗·博古斯时请他煮一个蛋的经验，做《铁人料理》的评判时又有什么趣事，那些太普通的都删除。

写关于日本的，我出过至少有 20 本书，到最后只选了几个人物。

写关于电影的文章也太多了，只要了"一个怪物叫导演""李云奇里夫的假发"等几篇，都是我亲身经历的事情和认识的人物。

剩下的那 8 篇要写什么，到现在还没决定，脑海中已经浮现了一篇有关微博上有趣的问答、与蚊子的生死搏斗等题材，边写边说吧。

　　把文章组织后，苏美璐会重新替我作插图，众多题材之中都是她以前画过的，现在新的这一批，我有信心会比文章精彩，我一向都是那么评价她的作品的。

　　如果英文书出得成，到时和她的一批原作画一齐展出做宣传，较有色彩。

　　书若出不成，这本书，像倪匡兄的《只限老友》，我的是《只限不会中文的老友》，自资印一批送人，目的已达成。

第三章

潇洒走四方

北京数日

前些时候，到北京 4 天。

此行的目的主要是为我代言的"美亚厨具"做宣传，他们在北京开了一间大门市部，我去剪彩。和美亚高层的合约，是我可以发展我喜欢的产品，他们替我做了一个专门用来炖鸡精的煲，非常精美。

趁机，出席了我的简体版新书发布会。"山东画报出版社"的主编徐峙立和我通信已久，建立了良好关系。她叫到我，我欣然赴约。

晚机到，下榻柏悦酒店（Park Hyatt），当今在北京算是最好的一家，上次住过，房间设计虽新颖，但也舒舒服服，又有喷水冲厕，这是我选择旅馆的主要原因之一。

地点也方便，乘的士的话，如果司机不认路，可告诉他是在中央电视台对面，一定找得到。酒店顶楼有全城最热闹的美人美酒集中点，但我行程紧密，没去喝一杯，倒头就睡。

翌日，媒体访问一个接一个，本来大家一起一次过问答最好，但这个方式行不通，众人都以为他们的问题与众不同，要独家访问，结果来来去去还是那几条。

在外国推销新片，也有同样的情形，宣传大员安排记者一家 5 分钟，坐下来即问，问完即走。我可没有那么大牌，每次 1 小时左右，几天下来，也够呛的。

好在见读者的座谈会是在"时尚廊"举行，基本上它是一家大书店，有茶座和餐厅，装修得幽雅，卖的有英文书，关于品位的也相当齐全，是国内最有规模的一家，没来过还不知有这么一个地方，是个好去处。

此机构还出版《时尚 COSMO》《国家地理》《时尚芭莎》等众多杂志，总经理许志强喜欢摄影，花几个月到南极去出画册。

离开"时尚廊"不远，有一家叫"汉舍"的餐厅，英文名称 Madam Zhu's Kitchen，在上海也有间分店。

地点在一座大厦的地下一层，但阳光透入，地方宽敞，以园林式的绿色装修，像外国咖啡厅多过中餐厅，卖的并不只是一个地方的菜，而是主人从全国收集，采用她认为最好吃的宴客。

最初对它的信心不大，但一试前菜的"秘制鲜辣脆皮鲈鱼"，就感到做得精彩。酱汁酸甜恰好，鱼爽脆之中带有嚼劲，不是高手做不出来。

跟着上的大汤黄鱼，竟然喝出从前黄鱼的香味，当今野生黄鱼被吃得绝种，店里用的也应该是养殖的吧，但能带出味道来，是厨师之功力。

鱼籽干捞粉丝的鱼籽，是飞鱼的籽。此种日本食材已被滥用，做得不伦不类，但这个餐厅弄出来的味道出自蟹膏，和粉丝混成蛋黄红色，非常可口。

家常绍子烧海参亦出色，吃得过瘾，再来一道红烧海参蹄筋，同样好吃。

友人点了降霜牛肉，我兴趣不大，只试了一小口就把筷子放下，去吃最先上桌的凉菜：川北凉粉、芥香海芋、美极黑木耳、菜心蜇皮等，皆美味。

最爱吃的还是面类，一共叫了麻辣小面、豌豆杂酱面、红烧牛肉面和雪菜黄鱼面 4 碗，吃完还喊不够喉。

有一次和国泰假期合作，筹办一个北京美食团，结果吃了 7 天还组织不起来，现在有这家"汉舍"，可做其中之一，各位到北京一尝，必定认为我选得不错。

后来那几餐就一塌糊涂了。友人硬拉去到一家四合院的，装修得富丽堂皇，但没有一道是正宗的京菜，除了在现场煮的玉蜀黍和地瓜，其他的简直是新派得恐怖，像三文鱼刺身派（pie），浸在朱古力酱之中。

正在纳闷，见上了一碟窝窝头，啡色，对路了，是用杂粮做出来的吧？这种老土菜我最喜爱，即刻伸手抓一个吃进口，又差点吐了出来，原来也是朱古力粉做的。

怪不得有些老饕友人说，北京目前的老菜馆，都逼厨子每个礼拜弄5个新派菜出来，正经的没做好，新的又学不像样，糟糕透顶。

还被请到北京最高级的日本料理，做的是怀石，食材用的都是最昂贵的，一切从日本空运而来，日本师傅10多名，侍女10多名，连洗米的矿泉水，也是日本水。

盛惠一人份，有3000元、5000元和8000元的，但主人家说是客人都叫8000元的。问生意好吗？回答道很不错，尤其是在有活动时，还要排队抢位呢。

最后还在"新浪"的总部做采访，我本来极想见见"微博"的一些粉丝，但采访被安排在一个文坛的节目中，由一位叫"文坛"的姑娘做主持，人长得相当可爱，笑时露出两颗虎牙。

返回中国香港后遇倪匡兄，他天天上网，说也见到了。

情忆草原的羊宴

（上）

在中国的每一个城市，我都有一群朋友，对于吃有极深厚的热诚，而且最重要的是，信得过。

到了北京，一定得去找洪亮，微博名叫"心泉之家"，有许多粉丝都爱看他写吃的报告，他是一家名牌摄影机的代理，得到处去巡视业务，他住北京，对北京小吃当然熟悉，对其他都市的认识也多。

"这次来想吃些什么？"他问。

"你知道我最爱吃羊肉。"

就这样，一顿精彩的羊肉宴产生了。

只约六七个好友，多了互相的沟通就不够，我们去了一家叫"情忆草原"的店铺。

地方较为偏僻，装修也平凡，但传来羊肉的香气。洪亮兄告诉我，老板特地指定一只羊，请牧民当天早上屠了空运到北京。事前又预订了一个菜，叫"三胃包肉"。

上桌一看，碟子像个小葫芦，羊有四胃，第三个特别平坦，把胃反过来，可以看到只有五六条皱褶而已。再用羊的肚腩肉切片，塞在里面，以粗线缝起，就那么放进冷水中，滚后转小火，煮个15至20分钟，就能完成。

老板孙文明是个大汉，走进包厢，用利刀往羊胃一割，热腾腾的汤汁流了出来。羊腩肉固然软熟，好吃无比，但还是那口汤留下最深刻的印象，又香又甜，可算吃羊肉的最高境界之一了。

再看桌上，有个碟子装着深绿色的，切成一丝丝，像昆布的东西，那是什么？

名叫沙葱，原来不是切出来的，原形用盐腌制成这个样子，是一种草，试了一口，味道清新，原来吃羊肉配这个，已经不必蘸酱油了。

另一碟绿色的，是用野生的韭菜花磨成蓉。当今农历二月，是吃韭菜的季节，羊肉和韭菜，又是完美的搭配，比西方用薄荷高明。

巨大的炭炉小锅已烧得通红，搬了进来后才把冷水倒进去，即刻嗞嗞地冒烟，据说这才正宗。话题打叉了，什么是涮羊肉呢？

最早的军队，打仗来不及做饭，就把羊肉切成薄片，在锅里一烫就能吃。和平后成为蒙古草原王族的食物，只有他们才能吃。元朝和清朝，王族们带到北京，也不许平民百姓做。后来清朝允许大臣们吃，但皇宫里的御厨不可能走出来，只有找到会处理羊肉的贩子做。最后皇帝开恩，让百姓在特许的两家餐厅卖涮羊肉，就是东来顺和一条龙。

东来顺开了很多家分店，良莠不齐；一条龙在前门步行街上，店里还摆着200多年前皇帝用来涮羊肉的锅，但也因游客多，推出便宜的套餐，羊肉质量大大退步。

一般的店里，只能吃到冰冻后刨成一卷卷的羊肉，冻切羊肉也只不过是20世纪30年代才开始的，当时是肉上放了大冰块，厨师一手按住冰一手切肉，切过10年之后，按冰的手，手指头全部蜷曲伸展不开，成为一种职业病，后来要求技工做出切羊肉的机器，才免了厨师的灾难。

今晚吃的涮羊肉有三种：上脑、后肋条和3D。

"什么是上脑？"我问。

孙老板又走进来解释："就是靠近羊头的部分。"

肉颜色还粉红，只带了一点点的肥，涮了一下吃进口，异常软熟，不错，不错。

"后肋条呢？"

颜色较上脑深，肥的部分又多了一点，花纹漂亮，肉香又比上脑肉浓厚，层次渐进。

最后上 3D。

孙老板说："3D 是挑羊群里面的胖子，要比普通羊肥 40 巴仙左右，然后选第 5 根到第 12 根之间肋条肉，用手仔细地切成薄片。"

"这和 3D 没有什么关系呀。"我说。

他点头："我就那么叫，叫出名菜来了。"

把羊肉涮完，摆上几条沙葱来吃；要不然，就点野韭菜花蓉，孙老板又说："我从来不喜欢什么芝麻或乱七八糟的其他配料，把羊肉的味道分散了，多可惜！"

说得一点也不错，用这么原始和自然的配料，才对得起好的羊肉。

各种肉再上个三五碟，有点腻了，在北京是喝不到浓普洱的，就算去了港澳式火锅店也做不好，请侍者泡杯给我，怎么吩咐也不够浓，一般在香港的店讲个三次就能达到目的，北京的店说了 7 次，还是很淡。对涮羊肉的店别再要求，用啤酒补救好了。

店里的爆腌萝卜，泡了一两天就能吃，非常清新，把吃肉的厌气一扫而空，另外再上一碟老虎菜，其实这菜源于东北，为什么以老虎为名？它只不过是新鲜的辣椒、香菜和黄瓜拌在一起罢了，原来三种菜都是绿色，但用的辣椒特别厉害，一看没事，一吃才知，有如老虎的袭击。这时，胃口又开了。

（下）

见火锅的炭还是烧得那么红，我向孙老板要求："再上一碟尾巴。"

羊尾巴和尾巴没有关系，是完全的肥肉的叫法。普通的羊肉刨成一卷卷，颜色通红，一点肥的也没有。中国香港人打边炉，吃惯了所谓半肥瘦的牛肉，就叫北京店里来一碟，对方一定不知所云，因为一般的羊少有像牛肉般的大理石纹。

这令香港客懊恼。于是我就叫羊尾巴，一卷羊尾巴一卷全瘦的，二卷夹在一起涮，不就是半肥瘦了吗？

涮出来的全肥羊尾巴有如白玉，点了韭菜花蓉来吃，不羡仙矣，孙老板看在眼里，微笑赞许。

写到这里，忘记了说最先上桌的一碟盐水羊肝，很粉，但对不起，还是猪肝的味道好一点。

中间的插曲，是布里亚特羊肉包子。布里亚特是蒙古族的一个分支，大多数人集中在俄罗斯下属的布里亚特共和国，首府乌兰乌德。一小部分的不到一万人聚居在内蒙古自治区，他们做的包子馅是手切羊肉，也有用牛肉，甚至用马肉的，加洋葱或野生韭菜，说是包子，其实像我们的灌汤饺，所以来到这家，不吃羊肉水饺也不可惜，单叫包子好了。

再也吃不下去了，抱着肚子喊时，上了烤肥腰。

一般的烧烤用铁枝吊起，撒上大量的孜然上桌。孜然个性太强，所有的滋味都给它抢去。

但这家的烤羊腰将尿腺切除精光，所以能摒弃孜然，只撒盐也没有一丁点的异味。慢慢地欣赏羊腰，一小口一小口吃，是种福气。

孙老板走进来敬酒，说是 63 度的。我一大口干了，真是厉害，问说为什么开这间店。

"我在草原生活过，和牧民交上朋友，爱他们的热情，回到北京就用这个意思开了这家店，其实也没多久，只不过一年多罢了。"

"羊肉呢？"

"从不同地方运来，像你们吃的上脑叫杜泊上脑，杜泊羊是一种高产的羊，对环境要求不高，但肉质好，长肉快。最早来自南非，分黑杜泊羊和白杜泊羊两种，肉质没有分别。其他部位的肉来自内蒙古自治区呼伦贝尔市新巴尔虎左旗，那里的草，种类丰富，肉味才不会单调。"

"哇！"这么讲究，我叫了出来。

这时，整顿饭的压轴出场，是一条巨大的肋骨。

"这就是我们的手把肉了！"孙老板宣布。

那么大的一条肉，也是放在冷水中煮，滚个 15 分钟就熟。骨上的肉，有肥有瘦，孙老板抓着骨，用刀把肉一块块切下。

我先选一块瘦的，再来一块肥的，两种风味完全不同，但都是我吃过之中最好最香最软熟的，差点把那三胃包肉比了下去。

一般港人，尤其是女的，看到孙老板那么抓法，一定不敢吃，我们这群人一点也不在乎地狼吞虎咽。也许，只有这种食客，才会被孙老板接受吧。

"整条骨那么长那么大，那羊呢？"我问。

"是只四齿羊。"

"四齿？"

"对，羊每年长两颗牙，你吃的是两岁多快三岁的羊，肉味才够浓，乳羊不行。"

"唔，我们煲汤，也要用老母鸡才甜。"我说。

"说到汤，我把汤拿来煮粥给你们喝。"

以为胃再也没地方装，也要连吞三碗粥下去。

"担心你们吃不完，没叫鱼。"

"哈哈，还有鱼吃？"

"一般的鲫鱼有几两，我们的是两三斤。"

"怎么做？"

"到时你来，就知道。"

"还有什么我们今天没吃到的？"

"牛扒呀，我们牛扒也做得好，和西餐的绝对不同。"

"还是喜欢吃羊，有什么其他羊菜？"

"羊脖子呀，把羊的颈项切成一英寸厚的一块块，拿去煲汤，骨髓才容易吸。"

一听就知道好吃："还有呢？还有呢？"

"蒸羊排蘸酸奶。"

不太喜欢酸的，但可以试试看："还有呢？"

"肥羊肠。"

对路了。孙老板说："这次等你们来，三胃包是先做好的，下次再来，等你们到了才去煮，趁煮得胀卜卜时上桌，味道更好。"

好，重复一次菜单：三胃包肉、羊脖汤、蒸羊排蘸酸奶、羊肚肠、牛扒、牧民式的煮鱼，发达喽！

大连之旅

又要到大连去公干。上回去，已是十几二十年前的事，年老神倦，已经忘记了，没有什么印象，连在什么地方吃早餐也想不起，就在微博上发一条消息，请教当地人。

经三个多小时飞行，抵达时已晚，也不出去，在酒店胡乱叫些房间服务算了。这回下榻的是希尔顿，这块牌子在中国香港已消失，在中国内地还是很吃香，说是当今大连的最好。

翌日一早起身，查微博，网友们纷纷推介，出现一个很出奇的名词，叫"焖子"，都说焖子一定要试。到底是怎么样的东西，好奇得不得了。

还有访问要做，不能去得太远，问酒店哪里有焖子吃？都笑说那是下午和晚上的玩意儿。那么你们大连有什么值得吃的早餐？年轻人都回答不出，微博上有人提到"兄弟拉面"开 24 小时，对方想起回答附近有一家。

驱车去了，是家连锁店，墙上挂的餐牌，选择并不多，我们只有两人，把所有的面条都叫齐，满满的一桌菜。并没留下印象，反而是冷面不错，味调得好，可以和韩国的比拼。

心中又嘀咕，如果每一个城市，都和武汉一样，注重早餐，花样多得数不胜数，像"过年"一样，把吃早餐叫为"过早"，那有多好！回到中国香港才想起，在我那本《蔡澜食单·中国卷》找到大连那篇，记载了在菜市场吃的早餐，才大打自己的屁股一下。当年我还在那里吃了海胆捞豆腐脑呢。

回酒店，开始工作，记者问当今的大连和十几年前的大连有什么不同？我回答说从前还有些古老的建筑物，当今给全国相同的大商家广告牌包住，中国的都市，愈来愈长得一模一样了。

吃还是不同的。溜了出去，到我信任得过的网友韩大夫推荐的"大连老菜馆"。特色在于一走进去就看到水箱，里面应有尽有的海鲜，摆在你眼前。

我问说有没有不是养殖的？店员搔搔头皮，指着黑色的鱼。什么名字？黄颜色的叫黄鱼，黑颜色的就叫黑鱼了。只有这种鱼是野生的，当然要了。请店里蒸，不会做。炆吧？好，炆就炆。肉质是粗糙的，味道是淡的，所以不蒸，也是对的。加酱油炆才有味，如果像从前的黄鱼那么美味，早已被吃得绝种。

焖子呢？我要吃焖子，传统的，什么料都不下的那种。回答说，我们只有三鲜的。好，三鲜就三鲜。

上桌一看，只见海参、虾仁和螺片，用筷子拼命找才找到带青绿色，半透明的固体状态方块，这就是著名的"焖子"了！

海参本身无味，养殖的虾没什么好吃的，螺片硬得像老母鸡皮。焖子一吃进口，满嘴糊。又是一种新话！像羊肉泡馍的一种传说！记得我第一次去西安，就不停地找泡馍，这个名字给我无限的想象，听了那么久的当地人歌颂，不可能不好吃！结果上电视时被问，我说大概是从前人穷，吃不到白饭，只有用面皮搓成一粒粒，扮成米饭吧？当地人听了差点翻脸，我运气好才逃得出来，最后就学会了永远不能批评人家从小吃起的食物。

叫的那一桌菜吃不完，三鲜焖子更是原本的一整碟，本着不能浪费的精神，请店里打包。

到了傍晚，肚子有点饿，找了那焖子来吃。咦，柔滑中还有弹性，海鲜的味道渗入其中，愈嚼愈好，一下子把焖子都找出来吃光，反而剩下海参、虾和螺片。

吃出瘾来，冲出酒店，跳进的士。司机问说去哪里？有卖焖子的小贩摊在哪里，就去哪里。他瞪了我这个疯子一眼，也不敢反驳，开车送我去中山公园菜市场里。

看小贩小火加热，放进切成小块的焖子，用筷子翻动着把皮煎得焦黄，放入盘中备用。另一厢，用臼子里捣碎的蒜泥、小磨磨出的麻汁，还有浓郁的鱼露，大量地淋在刚煎好的焖子上面，我大声叫"蒜泥多一点，蒜泥多一点"，这种小吃，蒜泥不加到口气浓得叫人避开三尺不可。

就那么一吃，哈哈，中了焖子的"毒"。来了大连，值回票价。

工作完毕，已是 10 点了，《味道·大连美食》的作者王希君特地请一间叫"日丰园"的老板娘等着我，另外约了大连名厨董长作和一群好友，浩浩荡荡地赶去。

吃些什么？桌子上摆满了令人垂涎的菜肴，但和饺子一比，完全失色。

饺子 6 种，一款款上。最先是红萝卜馅，说明是除了盐什么调味品都不加的，怎么那么甜？仔细品尝，还是会发现有鲜蚝掺在其中，不过分量少得令人不觉察而已。第二款是芸豆水饺，里面有少许的蛤肉。第三款是黄瓜水饺，加了蚬。第四款是鲹鱼水饺。第五款是茭瓜水饺，加了扇贝。

压轴的是韭菜海胆水饺，被誉为大连第一厨娘的孙杰道歉说："当今的海参很瘦，韭菜又硬，都不是时节菜，请各位包涵。"

哪有时不时节的，这一道水饺的确是天下美味，一吃就知。大连，又有一样令你感到不枉此行的美食。

洪泽湖大闸蟹

"有人找你推荐宿迁的美食。"助手杨翱说。

"宿迁？在哪里？"我听都没听过。

"属江苏省，据说是省内最贫穷的地方。"

有兴趣了。

刚好有公事去北京，宿迁的泗洪县委朱长途和当地的电视台台长金同闯以及工作人员，一行七八人跑去北京见我，带着两大箩大闸蟹。当晚就请餐厅蒸了，果然不错。

就约好时间去考察，地点是泗洪洪泽湖的湿地。从香港飞南京，抵埗后再乘汽车，3 小时车程。抵达高速公路的路口，看见几个大广告牌，有我的照片，拿着螃蟹，是那天见面时拍的。

当地政府投下大量资源，开发洪泽湖的旅游业，在湖畔建了多间度假屋，该晚适逢中秋，被安排在那里下榻。

真是孤陋寡闻，原来洪泽湖是中国第四大淡水湖，面积有 1600 平方公里，水涨时还达 3500 平方公里呢。靠近宿迁的泗洪这边，湖水很浅，而且由淮河流入，出到大海，是活水，最适合养殖大闸蟹了。

正因为湖浅，湖底有茂密的猪鬃草，栖息在这里的大闸蟹在水草上爬行，与水草不断地摩擦，所以肚子都是洁白的，背壳也干净，青墨绿色，故称之为青背。腿毛金黄，长达三四厘米，爪更是长而有力，但这些特点，以前的阳澄湖大闸蟹都具备的呀。

当今阳澄湖的大闸蟹年产量是 300 多吨，哪够全国的需求？而洪泽湖的年产量 3000 多吨，比阳澄湖多出 10 倍，据说还多是由这里拿过去，"洗澡"一下的。是不是真的不去研究，我试过了，觉得分别不是很大的。

很明显的是，泗洪的人吃蟹没有苏州人那么讲究，我问说那么多的螃蟹，有没有人做"秃黄油"呢？他们那边的人听都没有听过。大闸蟹的副产品，包括了蟹粉和酱蟹，是多么丰富的一种资源，为何不去发展呢？

在中秋时分吃到的洪泽蟹，膏没那么饱满，因为这里的温度比阳澄湖的低。其实，因为气候转变，中秋时吃的阳澄湖蟹，也没那么多膏，中秋已不是一个好时节，都要往后推。

听当地人说，洪泽湖大闸蟹可以吃到农历年，愈迟愈好，这倒是一个商机呀！开头不必和别的地方的蟹竞争，打尾好了。一直卖，卖到过年去，占多么大的优势！

湿地公园的特点也胜在没有完全开发，有许多候鸟都集中在这里，当今国际观鸟协会每年举办的比赛都在别处举行，洪泽湖的硬件已有，开了多间高级酒店和度假屋，加以宣传之后，定会吸引世界上的观鸟人士来到。

我们乘船绕湖一圈，看到一望无际的芦苇，在荻花盛开的时候一定壮观。还有那无穷尽的荷花，在野生状态下观赏，和小池塘中看到的完全不同。一面赏荷一面摘莲蓬，2元一个，大得不得了，慢慢剥开来吃，带点苦涩，但非常之香。菱角更是便宜，大大小小的，各种没见过的，都可在这里享受。

洪泽湖的菜，不像江苏菜，也不像安徽菜，是水上人家独有的吧。莲茎是每吃一餐必上的，这种充满气孔的茎部，和莲花一样出淤泥而不染。日本人多数用来生吃，爽爽脆脆，切成薄片一片片上桌，蘸了酱油生吃；这里的用来焖，加湖鲜的，加豆酱的，花样甚多。

有了湖就有鳗鱼和泥鳅。鳗鱼是小种的，像黄鳝和血鳝，红烧来吃，没有上海菜的炒鳝糊那么考究。泥鳅是一尾尾整条地焖了，因为肥大，也没那么多刺，每口都是肉，好吃得不得了。如果当地人做得仔细点，把泥鳅饿个两三天，再倒入蛋浆中，喂饱了再炮制，更是好玩又美味。

当然也有甲鱼了，我在洪泽湖吃到的最精彩的一道菜就是甲鱼焖饭。大片的甲鱼肉和裙边红烧透了，铺在白米饭上再蒸，好吃得不得了。洪泽湖的大米很有特色，一粒粒肥胖得很，又不像糯米那么黐黏，香味十足。用这里的大米来炊饭，也不逊五常的，又是输送到外地的生意。

吃完饭再到养殖场去参观，在湖边有无数的小屋子，别地多是用简陋的建筑材料搭成，这里的是钢筋水泥，一家人可以住得舒舒服服。旁边就是浅水湖，围了起来养螃蟹。从蟹苗到饲料都可以从当地购买，能养多少完全靠场主的劳力，蟹一肥大就能出售，政府全部收购，若嫌价钱便宜，则可自由直接卖到客人手里。时代到底是不同了。我问蟹农最大的可以养到多大，回答说肥起来有一斤多，即是五六百克了。

回程，在南京住了一晚，是因为听了洪亮的介绍，在香格里拉酒店里有一位扬州菜师傅，名叫侯新庆，做的菜精彩。当晚有狮子头、红烧肉和蟹粉年糕，留下深刻印象。狮子头的确能做到肥而不腻，当今客人都忘记狮子头应该吃肥的，其实狮子头的肥也因时节而变，所配的食材也不同，有些人说肥瘦比例五五，有的说三七，健康人士更是非全瘦不可。我来吃，最好八二，当然肥的是八了，哈哈。

吴门人家

受苏州大学邀请，去向学生讲一次课，并被聘请为兼职教授，当然要趁机大吃苏州菜了。

那边的人也说，甚少见我写关于这方面的内容，到底是为什么？理由很简单：不了解。我去苏州次数不多，在香港和其他各地的苏州餐厅也少，就没机会认识了。

从前去时留下的印象有如雷贯耳的松鼠鳜鱼、鲃肺汤和奥灶面。松鼠鳜鱼被油炸得又枯又老，酱汁特浓，只剩下糖和醋的味道。鲃肺汤用的鲃鱼是养殖的，无毒，也无味，虽与河豚属于同科，但与野生河豚一比，一天一地。

只有平民化的奥灶面最好吃，也许我是一个面痴之故，对一切面食都觉得美味。

这回有幸来到苏州最好的餐厅之一"吴门人家"，第一天预订了吃午餐，休息之后，晚餐也在这里解决，翌日在大学演讲之后午饭在食堂解决。试过两餐，印象大好，没有机会尝试苏州早餐，我就向"吴门人家"老板娘沙佩智说："午餐来你这里，但是请你做早餐给我吃。"

沙女士点头，就那么决定了。

第一餐有：美味鱼脯、干贝豆仁、陈皮牛肉、火腿松仁、水晶鹅片、蜜汁糖藕、糖醋山药、蘑菇油、马兰头香干和拌双笋 10 个冷菜。

印象最深的是"火腿松仁"，这道菜把火腿最精美的部分撕成细丝之后再切为细方块，松子仁春碎，加糖和芝麻，就那么爆，上桌时堆砌成一个"福"字。

试了一口，咸得恰好，不太甜，满嘴香味，火腿加松仁加芝麻，怎可能不香？各位听我这么一说，也已能够体会到这道菜的美味。我向沙女士要求，晚餐也要重上此味。另有制作过程极为复杂的蘑菇油，看起来平平无奇，蘑菇用菜油煎了一次，取出，再煎，来来去去一共 5 次，油才会有蘑菇味。

热菜有官府虾仁、鱼油鳗片、慈禧樱桃肉、南巡莲子鸭、吴门蟹粉、藏剑鱼、雪莲子炖金耳、虾仁香菇春笋、荷塘水仙和雀圆炖菜汤，也是 10 道。

扮相最美、味道又好的是南巡莲子鸭。和莲有关，就那么简简单单把一个红洋葱破开成八瓣，只取最外层，一朵荷花的造型就出来了，中间看到一粒粒的莲子，堆成圆球形，哪里有鸭呢？原来鸭是切成极薄极薄的一片片，把莲子包裹着。

松鼠鳜鱼这里叫为藏剑鱼，用一把小型的真剑做装饰，鱼炸得外干内软，而且是刚刚熟的，像广东人的蒸鱼一样，真是见功夫。淋上去的酱汁，其酸味来自杏，苏州盛产黄色的杏，水果摊到处可见，用它来做酱，就好像咕噜肉用山楂一个道理，哪来的什么番茄汁呢？

点心和甜品，有苏式阳春面和玫瑰酒酿件。

吃完了去餐厅前面的狮子林逛逛，也到了贝聿铭的老家巨宅，都因为遗传基因好，又从小受最佳的庭院园林熏陶，才培养出那么优秀的建筑师来。

晚餐更丰富了，菜单写在一个小灯笼上面。

冷菜 12 道：油爆虾、鱼松、姜松、干贝松、辣白菜卷、兰花茭白、蒸笋鸭丝、金圣叹花生米、苏式卤鸭、蜜汁南瓜、金针药芹和素火腿。

都精彩，单单举一道姜松吧，所谓松，就是切成极细小，再去炸出来。最普通便宜的姜，做出来之后，竟然吃出甜味，问有没有下糖，沙老板摇头。完全靠刀功，而这种刀功不像把豆腐切成发丝那么夸张，感觉上也不会有沾了厨师的手味，是非常好吃的。

热菜 11 道：虾仁饼、御赐鹿筋、芙蓉塘片、蒸窝鸭丝、杏燉四美羹、八宝梅花参、一品腌笃鲜、凤尾蟹、奶油白菜、植物四宝和碧绿鸽蛋茶。

那道八宝梅花参，是我吃过的把海参做得最入味的佳肴，用筷子一夹就行，不必动用刀叉，比其他名厨做得更好，不相信各位去试，就知道我没说错。

印象最深刻的反而是最平凡的家常菜腌笃鲜，这里已分开一人一盅炖出来，盅底有鲜笋，上面一方块，有片火腿、肥肉、瘦肉，再夹火腿，再夹肉，最后用稻草包扎起来，仔细一看，不是稻草，是腌笋尖撕下来的丝。我后来把照片在微博上一发，众网友惊叹其功夫之细，只有韩大夫看得出来，其汤不浊，是清的，入口鲜甜无比。

点心 3 道：小馄饨、炸团子、萝卜丝饼。

翌日的早餐，冷菜有干鱼松、苏式爆鱼、小虾炒酱、苏州咸菜、红枣莲心、香卷豆腐、炖白菜和笋干黄豆。点心有豆腐花、吴门烧饼、杏仁酥、松糕、烧卖、茨饭糕、蟹壳黄、糍毛团、粽子、春卷、桂花鸡头米、青菜扁尖瘪子团、两面黄、青团子、臭豆腐、赤豆糊团子、苏式船点、八宝饭和乌米饭。

　　说到此，大家会问什么是鸡头米，我最初也被这名称搞糊涂，原来就是新鲜的芡实。植物长在清水中，生出一个有冠有啄的果，像鸡头。打开，内有圆实，再把硬皮剥脱，就是芡实。苏州人从小吃到大，思乡病重，非常喜好，我们都觉得平平无奇了。反而是样子像芡实的糊团子，用糯米搓成一粒粒小丸子，用红豆来煮，吃完了整体的印象是，苏州菜像苏州女人，可以用"细腻"二字形容。

湖南湖北之旅

（上）

　　为了宣传我的自选集，到中国各地去做签书活动，三联同事认为二三线的都市后来再做，我自己却颇为注重，一听到湖南长沙有书店邀请，即刻联想到湖北武汉，那里有一位我的读者叫张庆，常出现于电视电台，又主编一本当地畅销的杂志叫《大武汉》，在当地声誉甚佳。

　　"武汉离长沙多远？"我在微博上问张庆，当今的联络方式，微博比电话、电邮、传真更直接。

　　"乘高铁，只要一个多小时。"她回答。

　　就那么决定，来一个湖南湖北之旅。其实，去的只有省会长沙和武汉，乡下就没时间到访了。

乘港龙，不到两小时就飞抵长沙，当时是春天，应该是百花齐放的时节，公路上有一株株的大树，只有白花，不见叶子，问叫什么名字，回答："迎春花。"

第一次见，但被污染的大气层笼罩，整个城市黑漆漆，夜沉沉，花再美，也没心情去欣赏了。

下榻的喜来登酒店为五星级，很像样，干干净净，房间冷，空调控制器上写着温度，怎么调也调不高，只有请服务员多来张被单。

放下行李，就往主办单位的书局跑，那里有茶座和餐厅，中午两餐就在此解决，菜一道道上，来到长沙，不吃红烧肉怎行？

上桌一看，颜色和光泽是对路的，一吃之下，肥的部分烧得极好，味道也不会太甜，由中国香港带去的助手杨翱问道："瘦肉应该那么柴吗？"

柴，粤语为又老又硬的意思。当然不应该做成这样，我吃过好的，肥瘦皆宜，不是菜的问题，是厨子的问题。

菜一道道地上，我一早吩咐，中午时间随便来碗面好了，但是还是不见面，只见菜，款式虽多，留不下印象，要到吃了蔬菜和鸡蛋，才大声赞好。

原来是由当地美食家古清生先生供应。古先生著有《人生就是一场觅食》和《食有鱼》二书，他在一个叫"神农架"的地区，自己种植蔬菜和放养鸡，听到我来，特地老远地带给我吃，真是有心了。

古先生还有自己的有机茶园，沏了红茶，味甚美。绿茶我一向不喝，但他以冷泡方式做出，非常清香。这种沏茶法在各地流行，把干净的茶叶放进矿泉水中，浸它一晚。翌日饮之，喜喝热的加滚水好了，不然就喝常温的，至于会不会释放出大量的茶碱，就不去研究那么多了。

晚上做的读者见面会也很成功，发问的多是较为有知识的话题。完毕后主办单位很客气地招呼我们去娱乐场所："长沙叫脚都。"

原来，就是沐足的意思。长沙人喜欢做脚底按摩，那么多人做，有一定的水准吧？就和大家前往，结果，也不过如此，普普通通。

按摩这回事，不可能每一位技师都是标青①的，一定得找"达人"带路才行，那就是专家了。我自己不敢自称为吃的专家，但如果我在中国香港带人去吃，水准就会有保障。

翌日一早，到当地人认为最好的一家叫"夏记米粉"的小店去吃早餐。长沙人不太吃面，只吃粉。所谓的粉，像上海面或日本乌冬一样的白面条，和广东的沙河粉或越南的 Pho 又差甚远，没什么味道，吃时在上面加料，就是沪人的"浇头"。

店里也卖面，要了一碗，是种干瘪瘪的面条，全无弹性，又没味道的东西。在长沙，没有吃面的传统，和兰州的拉面一比，就知道优劣。

长沙在打仗时，实行焦土政策，烧毁了整个城市，没什么古迹，路上的砖头重新铺过，用图案设计，较其他城市有文化得多，我们一路散步到江边，这里的建筑仿古，但一点古风也没有，甚至带点俗气。

中午被邀请到全市最有代表性的食肆，叫"火宫殿"。这是游客必访之地，又被称为长沙小食速成班，只要吃遍这家餐厅的食物，就能了解长沙的饮食文化。

该店主人知我前来，很客气地安排了一个很大的套间。

桌上出现了春风才绿、桩蕨双笋两种冷碟，接着的传统湘菜是：五

---

① 标青，粤语，意为"出类拔萃，非常出众"。——编者注

彩裙边头、阳华海参、毛家红烧肉、东安炸鸡、发丝牛百叶、蛋黄卤虾仁、豆棒蒸桂鱼、腊味合蒸、小炒花猪肉、熏灼冬苋菜。

再有经典小吃臭豆腐、糖油粑粑、龙脂猪血、葱油粑粑、芝蓉米豆腐、脑髓卷六种。

到了我这个阶段，可以不必说客套话了，那么多菜，并没留下什么深刻的印象，总之最想吃，又觉得长沙人会做得最好的是红烧肉，结果都是肥肉不错，瘦肉没有一家做得好，也许家庭妇女才会烧得出色。

至于黑漆漆的臭豆腐，外面都烧得脆，而里面不嫩的居多。而那些叫什么粑粑的民间小食，纪录片拍起来美，外地人吃不惯而皱眉之时，都会被当地人骂为土包子。一笑。

无论如何，传统的东西，都较外来的好。被当地美食家们请到一家被认为最高级的餐厅去，出来的第一道菜，竟然是一个大碟，储满冰，上面几片颜色鲜得暧昧的三文鱼刺身，更是啼笑皆非了。

（中）

从湖南的长沙，到湖北的武汉，只要 1 小时 26 分钟。中国高速铁路的发展，令到武汉为中心点，从前被认为交通不发达的工业城市，当今已成为旅游都市了。

高铁的发展惊人，速度不必说，车厢是干净的，座位是舒适的。一等座和二等座的分别，只是前者的腿部位置更为宽阔而已，而从长沙到武汉的票价，一等座只是 264.5 元，二等座则便宜了 100 元，怎么说，票价比日本的新干线合理得多。

很安稳地运行，不觉摇晃，只是靠门空位上有数张塑胶凳子，咦，是干什么来的？一问之下，才知道给买不到座位的客人坐的，而塑胶凳子是谁供应的？谁带来的？就问不出所以然来了。

湖北话很像四川话，但在车厢中听到的方言，就一句都不懂了。妇女们大声在手提电话中交代家佣琐碎事，几条大汉的对白听起来像争执，这1小时26分钟的车，没法子休息一下。

长沙的火车站建得美轮美奂，武汉的也一样。网友张庆和她的同伴小蛮来迎接，是《大武汉》杂志的主编，同时来的还有"崇文书局"的公关经理熊芳。

车子往城中心走，看到大肚子的烟囱，像核发电厂数十米高大的那种，才想起这是武汉钢铁厂；读书时课本也提起，武汉是中国重工业基地。

酒店在江边，五星级的马哥孛罗，这几年才建的，我记得上次来武汉，已是10多年前的事，当时恰逢夏天，大家都把很大张的竹床搬在街上，一家大小就那么望着星星睡觉，问张庆还有没有这回事，她摇头，说星星也看不见了。

这次同行的还有庄田，她是我微博网上的"护法"，特地从广州赶来，还有网上"蔡澜微博知己会"的长老韩韬，他是济南人，在长沙读博士，和太太一起来，一群人分两辆车，浩浩荡荡来到酒店，把行李放下，先去酒店的餐厅医肚。

如果你稍微注意，就知道武汉人最喜欢吃的，就是鸭脖子了。也不顾餐厅同不同意，张庆的同伴小蛮就把一大包鸭脖拿出来。

肚子饿，菜没上，就啃鸭脖子，我对那么大块的鸭颈没有那么大的兴趣，最多吃的是天香楼的酱鸭，脖子部分也切得很薄，仔细地咬出肉来。这里的，酱料有点辣，友人都担心我吃不吃得了，她们忘记我是南洋人，吃辣椒长大的。

味道不错，同样卤得很辣的是鸭肠，我还以为鸭脖子是湖北传统小吃，原来是近十几年才流行起来的。大家爱吃颈项，那么剩下来的肉怎么处置，原来真空包装，卖到外省去也。

食物也讲命运和时运，10多年前来时，流行吃的是烧烤鱼，用的是广东人叫为生鱼的品种。这种鱼身上有斑点，身长，头似蛇，故外国人称为 snake head fish，东南亚和越南一带卖得很便宜，至今，武汉的街头巷尾，已少见人家吃了。

这次行程排得颇密，也是我喜欢的，既然出外做宣传活动，就得多见传媒，多与读者接触，这几天我的肩周炎复发，睡得不好，但还是有足够精神和大家见面。

第一场安排在"晴川阁"举行，崔颢的名句"晴川历历汉阳树"描写的便是此处。当天下着毛毛雨，张庆担心这场户外活动会打折扣，我倒觉得颇有诗意。这地方我上次来过，有些名胜是去了多次都记不起，这次我一重游即刻认出，想想，也是个缘分吧。

搭了一个营帐避雨，但是等到读者来到时雨已停了，现场气氛热烈，所发问的题目也多是高水准的。我问怎认识我，是通过电视的旅游节目，还是看过我的书的？答案是后者居多。

活动后就在"晴川饭店"吃饭，地点在晴川阁后花园，由一群志同道合的文人雅士合办，布置得并不富丽堂皇，但十分幽雅。主人很用心，当日专诚雇了一艘渔船，在长江中捕获河鲜，有什么吃什么。

菜单有传统的周黑鸭、凉拌野泥蒿、洪湖泡藕带、长江野生虾、莉莎霞生印、沔阳野山药煮桂鱼丸、乡村野蛋饺、花肉焖干萝卜、腊肉菜薹、黄坡炸臭干子、野蕨芹炒肉丝、野藕炖腊排、鸭片豹皮豆腐、腊肉煮豆丝，还有记不得的多种小吃与甜品。

　　未去湖北之前，我对闻名已久的洪山菜薹大感兴趣，菜薹就是广东人最熟悉的菜远，也叫菜心，但洪山的，梗是红颜色的，红色菜梗的菜心，在四川各地也有，香港地区罕见，只在九龙城一家闻名的药店旁边的菜档子有售。这种菜心很香，吃起来味道又苦又甜，口感十分爽脆，可惜当地人说已经"下桥"了，这是过季的意思，学到这两个字也不错，下回遇到湖北人，就能用上。

（下）

　　晚上，张庆替我找到针灸医生，治肩周炎。

　　门打开，见到一中年人，带着一个年轻的，原来后者才是医师，叫范庆治，只有 27 岁，前者才是他的助手。

　　范医师是"中华第一针"尉孟龙的得意弟子，扎了几针，睡了个好觉。

　　翌日精神饱满，吃早餐去。

　　武汉成为旅游都市之后，有两个旅客必到的名胜，那就是武汉大学的樱花大道和这条专吃早餐的"户部巷"了。户部巷长不过 150 米，只有 3 米宽，在明朝嘉靖年间的《湖广图经志》中已有记载，所谓"户部"，是掌理财政收入和支出的官署。

　　最先到的店铺叫"四季美汤包"，张庆面子广，一向老板说起，当天就不做生意，把店铺留下来让我们吃个舒服。

一大早，将巷子里所有的小吃都叫齐，除了汤包，有"徐嫂鲜鱼糊汤粉""馄饨大锅""老谦记枯豆丝""滠林记热干面""豆腐佬"，种种记不起名来的小食。

汤包蒸起，一打开来看，笼底用针松叶子铺着。皮薄，里面充满汤，和靖江的汤包可以较量。武汉的汤包从前重油，看到蘸醋和姜丝的碟子中，有一层白白的猪油，当今已无此现象。

鱼汤粉是把小鲫鱼用大锅熬煮数小时，连骨头都化掉，再加上生米粉起糊，撒上黑胡椒粉去腥。软绵绵的细米粉用滚水一灼，入碗，浇上熬好的鱼汤、葱花和辣萝卜。上桌后，武汉人把油条揪成一小截一小截，浸泡在糊汤里，冬天吃，也会冒汗。

馄饨本以武昌鱼为原料，纯鱼，不用猪肉，包得比普通馄饨大两倍，无刺无腥，比猪肉细嫩，当今武昌鱼贵，改用鳊鱼制作。

枯豆丝是用大米和绿豆馅浆做的湖北主食，可做汤豆丝、干豆丝和炒豆丝等，炒时分为软炒和枯炒。枯炒，主要是多油煎烙，制后放凉，等它"枯脆"，另起小锅，将牛肉、猪肉和菇菌类用麻油炒热，浇在枯丝上面。

热干面，就是把面渌熟后加芝麻酱的吃法，湖南和湖北的干面下很少的碱水，面本身不弹牙，一方人吃一方菜，当地人极为赞赏，像广东人赞赏云吞面一样。

豆腐脑则是有甜的有咸的，通常只叫一种，但武汉人是又吃甜的，又吃咸的，两种一块叫来吃才过瘾。

吃完早餐，又吃中餐，我们在武汉好像不停地在吃。和张庆的朋友们跑到东湖，原来杭州有西湖，武汉有东湖，东湖的面积，比西湖大个10倍。我们就在湖边烧火饮茶，颇有古风。

湖的周围兴起了好几间农家菜式的土餐厅，用湖中捕捞到的鱼，做出来的菜并不出色，如果有哪位湖北人脑筋一动，到顺德、东莞等地请几位师傅，把鲤鱼、鲫鱼、鲩鱼和鲇鱼的蒸、煎、焗、煮，变化了又变化，一定会让客人吃到前所未有的惊喜，反正菜料是一样的，何乐不为。

饭后到崇文书城去做读者见面会，地方大得不得了，武汉看书的人比其他城市都多。问说他们的电视节目，有没有湖南卫视做得那么好，大家都摇头，说喜欢看书，多过看电视。

书店经理熊芳说：这次签售会，参加的人数比历来的纯文学作家都多，我庆幸自己是一个不严肃的"纯文学"人，吊儿郎当，快快乐乐。

为什么武汉人不爱看电视，到了武汉大学就知道，这个大学之大，简直是一座城市。

武汉大学校园里种满樱花，成为可以收费的景点。

我们到达时，和洪山菜薹一样，樱花已经"下桥"了。

在大学校园中做的那场演讲，是我很满意的，学生发问踊跃，我的答案得到他们的赞同，大家都满意。

离开之前，张庆带我到"民生甜食店"吃早餐，当今已成为连锁，但这家总店是最正宗、最靠近原味的。

印象最深刻的菜叫豆皮，用大米和绿豆磨成浆，在平底大锅中烫成一张皮，铺上一层糯米饭，撒卤水肥肉丁、将皮一反，下猪油，煎熟后用壳切块（当今改用薄碟和锅铲），早年不用鸡蛋，生活好转后再加的，我怕这种手艺失传，把过程用视像拍下，上了微博，留下一个记录。

同样拍下来的还有糊米酒，锅中煮热了酒糟，在锅边用糯米团拉成长条贴上，烙熟，再用碟边一小段一小段切开，推入热酒中煮熟，味道虽甜，但十分特别。即使不嗜甜的人都会爱吃，另有一种叫蛋酒的，异曲同工。

其他典型的地道早餐有，重卤烧梅。烧梅，就是我们的烧卖，糅合了糯米、肉丁和大量的猪油。另有灌汤蒸饺、生煎包子、红豆稀饭和鸡冠饺。鸡冠饺其实就是武汉人的炸油条，炸成半圆月形，又说似鸡冠，薄薄的，个子蛮大，像饼多过像鸡冠，内里肉末极少，这才适合武汉人的口味。

北京叫首都，上海叫魔都，长沙叫脚都，武汉本来可以叫大学之都。当今大家生活水准提高，都懒于吃早餐，早餐文化在城市中消失，武汉还能保留这文化传统，而且重视之，当成过年那么重要，叫为"过早"。所以，武汉应该叫为"早餐之都"吧。

厦门之旅

（上）

出发去厦门之前，我已在微博中询问各位网友，说早饭对我是很重要的一餐，有什么好介绍的？

回应纷纷杀到，有沙茶面、面线糊等，连土笋冻、海蛎煎、薄饼也介绍过来，但后面这三种不是早餐吃的呀，网友们太过热心！

早上的港龙，飞 1 小时就从香港抵达厦门，这回有刘绚强和卢健生二位陪同，他们都常来，结交的朋友也多，安排是错不了的。

午饭时间，先去民族路 76 号的"乌糖沙茶面"。墙上写着：瘦肉、肝沿（包着猪肝的那层薄肉）、大肠、猪脷、小肠、猪肝、猪腰、猪心、猪肚、鱿鱼、虾仁、大肠头、肉筋、肉羹、猪肺、海蛎、海蛏、丸子、鸡蛋，各种配合，任君选择，像香港的车仔面，加上面条即成。

好吃吗？厦门海产丰富、新鲜，拿来灼汤，当然甜美。但加上的沙茶酱，从南洋传了过去，这是近几十年才有的配方，而非闽南传统。所谓的沙茶酱，有点辣，有点香，和南洋的差远了。而且，厦门人显然对面条的要求不高，油面干干瘪瘪，无咬劲，弹力也不足，这种小吃，也只能充饥。

友人见我不满意，说有家吃炖汤的要不要试试？当然去，接着到了一家叫"宝贵"的，老板娘亲切相迎，言语幽默，说店名叫宝贵，丈夫叫她宝贝。

里面有什么？种类多得不得了，先是看到箱子里炖的各种汤类，有点像从前香港街头的蒸品，一盅盅，里面的黄脚鱲已引起我的兴趣，这种在香港已罕见的鱼，那边还能钓到野生的，炖了汤，鲜甜至极。

另外有弹涂鱼、黑油鳗、大块的马友、鲍鱼、海参，还有乌龟也炖了出来。

蒸笼里的饭，粒粒晶莹，白饭的咸鱼吊片，糙米红饭的腊味，引人垂涎。菜不够可叫各类的杂煮、干笋猪内脏、猪尾花生、大肠咸菜、卤肉卤蛋……

再往前走，就有海蛎煎，那是潮州人叫蚝烙，香港人称蚝煎的料理。蚝新鲜，粒粒拇指般大，肥肥胖胖。还有炸芋头丸子、五香肉和包薄饼的选择，在这里，反而吃到传统味道了。

厦门当今有许多大厦式的新酒店，但刘先生还是喜欢海边的马哥孛罗，只有 8 层楼，房间舒舒服服，很干净。

　　放下行李又去吃。"宴遇"开在市中心，走年轻人路线，装修新颖，很受当地人欢迎，客人涌涌，坐完一轮又一轮。我们是冲着大厨吴嵘去的，他是受了严格闽菜基本功训练，又能创新的年轻一辈，和另外一位名厨张淙明是师兄弟，两人不因同行而对敌，反而非常友好。

　　吃些什么呢？先上风味九龙拼，共有土笋冻、章鱼、杜果酱油、五香卷、炸菜圆子、海蜇头、葱糖卷、沙虫和卤鲂鱼。

　　值得一提的是章鱼，白灼，如果你对八爪鱼的印象是硬的，那就错了。闽南的章鱼是又软又脆，和一般的不同种，绝对不容错过。杜果当前菜也是特别的，蘸酱油吃的作风不知是从南洋传过来，还是从这里传过去，有时还加白糖、加辣椒丝呢。

　　接着有佛跳墙，是一人一盅的迷你版本。厦门喼汁 ① 煎大斑节虾、银丝烩金钮、鱿鱼面、煎蟹、鸡汤余西施舌、葱香汁蒸黄鱼、芋泥响螺片、传统蟹肉粥、韭菜盒、猪油炒味菜、迷你榴梿粽、花生汤和水果。

　　煎蟹是闽南名菜，做法简单，把一只膏蟹斩为两半，肉朝下，就那么在锅中干煎起来，一大锅二十四块上桌，很有气势，只要蟹肥满，不会失手。

　　西施舌是一种颇大的贝壳类海鲜，是香港所谓贵妃蚌的高级版本，吃时连带两条翅，是生殖器官，此蚌雌雄同体。昔时在香港的"大佛口"，把所有蚌翅都集中了，一只蚌一条，共有数百条，当为鱼翅来吃，记忆犹新。

---

① 喼汁一般指辣酱油。——编者注

　　韭菜盒也是闽南名菜，去了厦门非试不可，用韭菜、豆干、猪肉碎和春笋当馅，酥皮焗出来。芋泥甜的吃多了，这里和响螺片一起做成咸的，也很特别。

　　吃得很饱，睡得很熟。翌日行程排得满满的，非吃一个大早餐不可，有什么好过到菜市场旁边的小食档去呢？其实选择也不是很多，厦门人的早餐说来说去还是那几种，对早餐并不重视，不像武汉人，把早餐称为"过早"，吃得像过年一样丰富。

　　约了些当地老饕带路，有名厨张淙明和吴嵘、吃海鲜吃出名堂的海鲜大叔、饮食名记者、以喜欢电影《牯岭街少年》为名的少年，还有"古龙天成"酱油厂东主颜靖。

　　闽南人最爱吃的是"香菇猪脚腿"罐头，用它来炒面线，已变为他们的名菜。而生产此罐头的"古龙食品"公司，要用大量酱油，自己设有酱油厂，后来生意做大了管不了，就让给颜靖去打理。

　　我们几个人浩浩荡荡，往厦门最古老的菜市场"八市"出发。

（下）

　　"八市"菜市场在厦门无人不知，最为古老，由几条街组成，食材齐全，目不暇接，所有海鲜和广东沿海一带相似，并没有让我感到新奇的。

　　有种叫为"鲥鱼"的，很像鲥鱼，不知是否同一家族，闽南人也有"鲥鱼炖菜脯，好吃不分某"。某，妻子的意思，自己吃，不分给老婆吃，也应该相当美味吧。

　　小巷中有个石门，另有个石牌，只见一个石字，其他已模糊了，旁边有档卖海蛎的，老太太在这里剥蚝壳已剥了 60 多年，她家的生蚝最新鲜，厦门人绝不叫为蚝，只称海蛎，友人林辉煌是厦门人，常说小时候没饭吃，一直在海边挖生蚝充饥，羡慕死付贵价在 Osyter Bar 开餐的时尚年轻人。

　　菜市中心广场，有个叫"赖厝古井"的名胜，一群老年人坐着矮凳泡茶喝。老厦门人也真悠闲，一早去买几个甜的馅饼或绿豆糕，沏铁观音或大红袍，看报纸，又是一天。

　　这里，地道的早餐店有"赖厝扁食嫂"，所谓扁食，是小馄饨，还有拌面，另外有"友生风味小吃""陈星仔饮食店"的面线糊和咸粥，"阿杰五香"的五香卷等，算是厦门最地道的早餐了。

　　有力量去冲刺了，上午到"纸的世界"书店去，这是一家把书堆到天花板，要用梯子爬上去找书的店铺，很有品位，店名也取得好。

　　我们早到，只有一排客人买了书正在等着付账，我请同事打开一张桌子，说是为你们签了名再去给钱吧，众人大乐。一下子，大堂已挤满了读者，有三四百人之多，又和大家开始问答游戏，最后一一合照，众人大乐。

　　我的护法"木鱼问茶"和"青桐庄主"也由泉州和福州赶来，好不热闹。厦门读者消费力强，这次的签售会一共卖了 8000 本书。

　　接着上电台节目，主持人洪岩问我会不会说闽南语，我用纯正的闽南语说了一个笑话：有个厦门男子去了四周是陆地的安溪做茶生意，婆了一个乡下老婆，带到环海的厦门，见一大船，后面一小船，老婆大叫"夭寿，船母生船仔！"

　　午饭去了一家叫"烧酒配"的餐厅。烧酒配，下酒小菜的意思。留下印象的，是一道"葱糖卷"，这是福建薄饼的另一个版本，馅和普通薄饼相同，但下了大量的糖葱和酸萝卜泡菜，吃起来爽爽脆脆，酸酸甜甜，儿童最喜爱，我的"花花世界"网店拍档刘先生是个大小孩，吃了四卷还嫌不够。

下午在一个叫"中华儿女博物馆"的地方，与各个传媒的记者做见面会，到了会场，见几张椅子，让我们几个主持人坐，而记者席离得远远的，我一下子把椅子搬到人群当中，让大家像老朋友一样聊天，这一来即刻打破了隔膜。

晚上，到厦门最高级的食府之一"融绘"的东渡店。由名厨张淙明创办，东渡店位于东渡牛头山，是厦门的地标，我们从停车处经过一条山径，再乘坐依山而建的38米高的电梯才能抵达，包厢中看到360度的海景，厦门大桥就在眼前。

包厢分两个部分，十几人坐的圆桌，和一个开放式的厨房。不坐圆桌，就在厨房柜台边进食也行，那样比较直接和亲切，坐圆桌的话，能看到一个电视大荧光幕，现场拍摄和播放着张淙明师傅的手艺。

第一道菜就是我最喜欢的包薄饼了。凡是闽南人，到了过年过节必做这道菜，吃法简直是一个仪式，过程繁复，要花上两三天工夫准备。从前家家人都包，当今在香港地区已罕见，我一听说有哪个福建朋友家里包了，即刻挤进去吃，而且百食不厌。

厦门一带，都叫为薄饼，传到南洋也是那么叫，泉州则称为润饼，泉州文化传到台湾地区，故台湾人也跟着叫润饼。

餐桌上已摆好所有配料和主馅，最重要的，也是薄饼的灵魂，是海苔，叫为"琥苔"，或"浒苔"，把海藻爆炒得极香，没有此味，这个薄饼就逊色了。另外有舂碎的花生酥、加力鱼碎、蛋丝、肉松、炸米粉、京葱丝、炸蒜蓉、银芽、芫荽共 10 种。南洋人吃，豪华起来，还用螃蟹肉代替加力鱼肉。

薄饼皮当然挑选最好的，在碟子上铺好之后，就在薄饼的一边摆上自选的配料，另一边把葱段切成刷子，涂上蒜蓉醋、芥末、辣椒酱和番茄酱，最后才在中间放主馅，用高丽菜丝、红萝卜丝、冬笋丝、五花肉丝、豆干丝、蒜白、荷兰豆、虾仁、海蛎、大地鱼末、干葱酥去翻炒了又翻炒，太干了加大骨汤。闽南人说隔夜翻炒，才最美味。

这一顿最正宗的薄饼，吃了其实不必再去加菜，但让人抗拒不了的佳肴紧接而来：茶浓响螺片切得极薄，用铁观音灼熟即食。豆酱三层肉煮斗鲳，斗鲳就是鹰鲳，有七八斤之大。固本酒焗红虾，红虾是闽南极品，非常甜，不逊地中海者。海蛎煎当然是蚝烙了。土龙汤用猪尾和鳗鱼来炖。闽南芋包用芋泥蒸成皮，包着猪肉、虾仁、冬笋和马蹄。杂菜煲用古龙猪脚骨头焖大芥菜。冷鱼三吃是手撕剥皮鱼、噏汁巴浪鱼、秋葵拌狗鱼……

已经吃不下，也数不完，大家自己去品尝吧。

绿岛之旅

我们听到了《绿岛小夜曲》，都会哼几句，但从来没去过绿岛，不知是怎么一个样子。

电视节目拍的中国台湾，多数是把 101 大楼、诚品书店照一照镜，远一点的地方都不肯跑，当今自己做了，就决定去些别人没有到过的地方：绿岛。

途径只有乘飞机，或者从台东坐船前往，我们选了后者。之前，熟悉当地旅游的朋友已经警告："夏天才是好季节，风平浪静；冬天去，浪很大，不适宜。"

一向不喜欢人挤人，又为了要赶着电视节目的播送期，走就走吧！活到当今，还有什么风浪没有见过？

从台东的码头出发，看见那艘双艇身的飞翼船，和去澳门的一样大，安心得多了。一整队工作人员10多个，搬了笨重的摄影器材，上了船。

也有些年轻游客，以及热爱自然环境的外国人，也一齐去了。船上有三四成人坐着，引擎开动，一路有些轻微的摆动，算不了什么。

忽然，来了一个大浪，把船像过山车一样地抬高了又冲下，年轻人惊叫出来，也觉得刺激和过瘾，笑了出来。

接着，浪从左右打来，船两边晃动，乘客们的脸开始发青，静了下来，看到有些人猛吞晕浪丸，有些人吃话梅八仙果，船上鸦雀无声。

又一声尖叫，船像在海中打了个筋斗。

这时，几乎所有的人都在拉开船上供应的塑胶袋，准备呕吐，接着的声音是稀里哗啦，胃里的早餐都掏了出来。

我坐在船头，用双脚顶着前面的栏杆，任船怎么晃动都不去理睬，只要自己不被拖出去就是，但在座位旁边放的是一个垃圾桶，后面的人将一个个的塑胶袋提起来扔进去，我拼命避开，要是被溅到污秽，可是倒一辈子的霉了。

浪还是不停地打来，要到什么时候才能看到岸上呢？强忍又强忍，看到塑胶袋中，有的装的只是黄色的液体，是不是胆汁呢？

开始五脏移动了方位，我到底忍不忍得了，万一我这个领队也作呕，跟着的工作人员岂不跟随？把目光放到远方去！只见天空旋转。

终于停了下来，这 1 小时的航行，像挨了 2 小时。

抵达一看。绿岛，真的绿。

岛屿为火山岩形成，其他的岛还看到秃出来的石头，绿岛的都被树和草遮盖，一点黄色和灰色的空间都没有，名副其实的绿。

横 4 公里，直 3 公里多的小岛，全面积有 16.2 平方公里那么大罢了，岛上总人口是 3000 人。在清康熙 35 年开始有文字记载，在《台湾府志》上，称此岛为"尚仔屿"。

绿岛的别名还有"鸡心屿""南谧东屿"等，其中以"火烧岛"最为人知。为什么叫火烧岛？问居民，论说纷纷：有的说汉人移居，斩伐所有树木当柴烧；也有人说是在山顶点火，引导渔船。我最喜欢的一个说法是：日落时，背着光，整个岛像在燃烧一样。

岛上活动甚多，可以潜水观鱼，考察生态，等等，路旁停着几百辆小型摩托车，是租给旅客作环岛一游的，当今不是旺季，无人问津。

景点有将军岩、睡美人与哈巴狗等，根据矗立岩石形状而取。

吸引我到绿岛的，是一个叫朝日的温泉，就在海边，泉水从岩缝及沙层中涌出，又流入大海，非常干净，为台湾最值得去一浸的温泉。我们等着太阳升起到那里去，可惜天公不作美，但心中有个日出就是了。

吃的当然是海鲜了，不过台湾人都不会蒸鱼，只是炸或红烧，就不去谈了。那边好吃的是一种叫"铁甲"，又称为"石鳖"的贝壳，像鲍鱼，我是第一次尝到。另有花生粉做的"荧粿"和花生豆腐。海藻汤鲜美。绿岛人包的粽子，用鱼为馅，也很特别。

回程本来想坐飞机，但遇到乡长，是位女士，她拍胸口说，回去时会顺着潮水，一定没有问题。

飞机小，坐不了那么多人，我又不想离开大队，乘船就乘船吧！

这一来可惨，浪比来时大 10 倍，船在汪洋中，像捕蟹纪录片《致命捕捞》(*Deadliest Catch*) 一样的情景。奉告各位，游绿岛时，千万别在冬天乘船。

善心大厨与狗仔粉

一直听说爱民邨有一位善心大厨，每天煮大锅粥，免费分赠各位父老，非常感动。

今早，特地亲自去看看。

爱民邨在何处？原来每天过海时经过，就在红磡隧道前面。这是一个建筑得较好的早期政府屋群，记得在邵氏公司工作时，有位当化妆师的同事也住在那里。

约了好友一家前往，他太太从前在爱民邨长大，当今也在附近买了房子，由她带路，我们停好车，步行到冬菇亭去。所谓冬菇亭，外地的人也许不熟悉，那是市政局盖的熟食中心，头上有瓦，但四处临风，样子像把大雨伞，亦似冬菇，故名之。

当今也用塑胶布围了起来，可挡风雨。施赠粥水的那家叫"明利"，招牌旁边写着油器^①粥品，一大早就在那里炸油条。一大锅一大锅的粥，生滚着，菜牌是明火白粥 6 元，滑牛、状元及第、猪肚等 19 元，最贵的是滑鸡粥，22 元，还有叉烧、牛肉、虾米肠粉，各 12 元，便宜得令人发笑。

一名伙计用大锅炒米粉，另一锅炒面，大力翻兜，这种功夫不是人人可以担任，米粉或面，每包 10 元。

问老板在吗？回答说去买菜未返。不见有人等着吃免费餐，时间尚早吧？先坐下来吃点东西，煎炸的我一向没有兴趣，看到餐牌上有南瓜肉丸粥，引起了食欲。粥上桌，尝了一口，味道实在不错，粥底煲得绝不偷工减料，加上南瓜的甜，味精无用。

又从旁边的点心档要了虾饺烧卖、排骨、鸡扎等，再来两个大包给友人小儿子陈正朗享受，吃到一半，店主提一大堆菜回来了。

看样子，50 出头吧？身体健硕，天那么冷，只穿件单衣，前额的头发已有点稀疏，笑嘻嘻地前来打招呼，问贵姓，称李松兴是也。

"还是每天施粥吗？"我问。

李先生摇头："不了，体力吃不消。现在已变成一礼拜一次，到了星期天才做。"

"还是施粥吗？"

"今天在菜市场看到些新鲜的菜肉，换换口味，做狗仔粉。"他宣布。

狗仔粉？外省人听了一定是以为用狗肉做的，其实原意也是施赠，本来叫为"救济粉"，粤语音似，后来名字就变成了狗仔粉。

① 油器，粤语中对油炸米面制品的总称。——编者注

菜谱如次：黏米粉加热水，用手心窝搓成粉团，起在竹筲箕面或桌面上，搓成两头尖的短条备用。

另一边厢，做汤，用的是便宜的食材，叫为下栏汤。以大量的鱼骨煮萝卜，虾米少许，猪肉冬菇丝下锅炒香，再下汤去熬。

花生也炒过压碎，和葱及盐回炒。芹菜、冬菜切碎，汤煮浓加入狗仔粉，主要是汤必须浓到能挂在粉上，最后加芹菜，食前另加冬菜。

我们李先生的做法不同，他先在大锅中下猪腩的肥膏，加热后炸出油来，然后将带肉的猪油渣捞起。

繁忙之中，李先生指挥他的手下：一群妇女熟客，都是来当义工的，把菜和肉切好。

菜有当造①的荞头和芫荽，另外加老菜脯，潮州人用来做菜脯蛋的那种。

"要切多细？"一位义工问。

李先生半开玩笑地呼喝："做了那么多年家庭主妇，还得问？凭自己的感觉去切不就行吗？"

村妇们被李先生命令得有点手忙脚乱，他也不理睬，继续做菜。

把买来的鱼，好几大条，叫为大眼鸡的，不是很贵，劏好了，加水、加盐滚起汤来，又把菜脯、白菜仔、荞头和冬菇等放进去，滚了又滚。最后，还没有忘记放大片的姜。

"粉呢？"我问，"为什么不是自己做？"

"传统的狗仔粉很硬，煮起来花时间，老人家等不及，我到杂货店

---

① 当造，粤语"时令""应季"之意。——编者注

买了日本乌冬来代替。"

义工们拆开包装，将乌冬弄散交给李先生，他放了进去，大力翻动，一面做，一面吩咐友人的小儿子正朗："那边有一堆新买的面巾，你给老人家送去，一人一条。"

不知不觉中，一群长者已悄然地坐在对面花槽的石头上，很有次序，一点也没有争先恐后的现象，正朗可出一分力，乐得很。

狗仔粉终于大功告成，香气喷来，别小看那一锅，至少可以分四五十碗。

冬菇亭中有 3 张空桌，老人家依年龄坐下，大家同住一村，相互熟悉，知道各人有多少岁。李先生亲自一碗又一碗地捧上。吃的是热的，心头也是热的，这个场面要是拍起纪录片来，一定十分感人。

李先生可以休息了，他坐下来，没有抽烟，只是擦擦汗，开心地笑。

乘车到澳门

友人梁冬，自从他在中国香港凤凰卫视任职时开始认识，我一直欣赏他的才华，当今他创办了一家叫"正安"的公司，另有个医疗中心，叫"问止中医"，集中名医为患者看医，在北京和深圳各有分行数家，美国两家，深圳 5 家。

治好的病人经常集会，成了梁冬粉丝团，这次在澳门相聚，要我也去一趟，向各团做一讲座，我欣然答应。觉得也不必过于严肃，决定在"龙华茶楼"举行，一面饮茶吃点心，一面交谈，轻松一点。

整个讲座两小时左右，我在澳门又没其他事，可以即日去即日返，当今有了港珠澳大桥，更是方便了。

怎么一个走法？相信很多香港人还没有利用过，需时多久也少人知道。先给大家一个大概的观念吧，全程的计算，是从香港市中心到赤鱲角的距离，另加一倍，就可以从香港到澳门了。

我们常去旅行，到机场需要多少分钟，大家会很清楚，乘车的话，经赤鱲角，转入一条通往澳门的公路，当今少人利用，至少不会塞车。

这条路走到尽头，就会进入一条海底隧道，出来之后，再上公路，行走 20 公里，便抵达澳门了。

我们在飞机上往下看，见那条很长的公路，忽然进入一个岛屿式的建筑中，就不见了。到底是怎么一回事？我这个方向白痴也一直想知道，为什么不全程都用桥梁，从香港走到澳门呢？

要让船经过呀，有人说，是因桥梁到处建得很高，小船从下面通往，是没有问题的，但巨大的商船或邮轮，就钻不进去了，公路钻入海底隧道的目的，就是让大船从上面过，我这次才弄得明白。

要不要经过关口呢？当然要，为了避免将来交通的繁忙，建了一个人工岛，专门处理进入澳门和珠海的手续。乘车的话，不必下车，把证件交给海关人员就是。

出了香港关口，经由澳门，一路就很顺利地抵达，各加起来，全程需要多少时间呢？

这要看你问谁了，驾直通车的司机会告诉你，全程 1 小时 15 分钟。这个计算太过乐观，我觉得非常非常顺利的话，1.5 小时足够，如果你约了人在澳门见面，预定 2 小时，就很保险了。

最多人第一个问题就是，车费多少？

用的都是丰田产的埃尔法七人车，集团经营的每程约港币 3000 元，往返大概 6000 元。

一般游客会嫌贵的，但是一家大小前往，一辆车可乘 6 个人，行李不必搬来搬去，再扣去每人单程就需约 200 多元船票，有闲的人还是会利用的，尤其是怕晕船的人，更会考虑。

至于怎么向大集团租车，上网找寻就知道。

上次到澳门，是和一群饮食界的朋友专程去吃友人廖启承开的法国餐厅，地点在贝聿铭设计的澳门科学馆，占地两万多平方米，楼顶极高，餐厅名叫"Le Lapin"，法文意思是小兔。之前我在专栏中写过，那已是 3 年多之前的事了，经过一场大火，自动花洒喷出的水淹至顶，好在藏酒没受到伤害。说到藏酒，这家人可说是港澳之中数一数二的。只要你说得出的佳酿，都可找到。

经 3 年的全新装修，2019 年 11 月重新开业，可说是浴火重生。这回吃的又和上次的完全不同，Tasting Menu 有 10 道菜，老板兼主厨的廖启承特别花心思，道道菜吃上不同的口味，也不只是鹅肝酱、鱼子酱和黑松露那么简单。廖启承加上东方色彩来变化，像白面豉鳕鱼配茄子、油甘鱼刺身配红菜头冻汤等，大胆创新。

这位世侄从小喜欢看书，我最疼爱。

他知道我喜欢吃雪糕，专诚为我做的香草软雪糕，是我此生吃过最软绵最惹味的，大家去到，不可不试之。

中午那餐，带大家去廖启承另外一家餐厅，那是他开来孝敬老父的大排档，什么小吃都有，食物种类是传统的，但用食材将水平提升，非常美味。众友人看到侍者，怎么那么面熟？原来都是法国餐厅的员工，他们白天到这里来服务，报答店主在火灾休业 3 年这一段长日子，还是照发薪金给他们。

饱了，带各位去买我最喜欢的葡萄牙芝士，像一个迷你小鼓，揭开上层的硬皮，里面就有可以用茶匙勺来吃的软芝士，非常美味，也很特别，价钱又不贵，只在一家餐酒的进口商公司买得到，若想购入，得先打电话去预订："太白洋行 Vino Veritas。"

海浪号火车

旅行，除了乘飞机，还有邮轮，较少人懂得享受的是火车。

火车是那么浪漫的，尤其是对阿加莎·克里斯蒂的书迷来说，看过她的侦探小说，都会爱上那辆东方快车。

但火车始终是由一个站到另外一个站，不像邮轮一样，可以停泊在一个小岛玩一轮，晚上在船上睡觉，翌日又到另一个旅游点观光，这是邮轮的长处。

综合了邮轮和火车的旅行，有苏格兰那条线，游威士忌厂，睡在火车包厢中，第二天又到另一个厂去喝个饱。上回去过，非常之喜欢。

在亚洲，有东方快车的版本，从新加坡，经柔佛海峡到吉隆坡，再抵达槟城，然后去泰国曼谷。这条线，当今也开到老挝去了，如果进一步入中国云南，当然值得走一走，可惜它也只是在各个都市停一停，不像邮轮那样带乘客去观光后再上车。

较为像样，也很少人知道的，是韩国的"海浪列车"，英文叫 Haerang Railcruise，Railcruise 这个字观其名，即知是列车（railway）和邮轮（seacruise）的综合，去到那里停一停，睡在火车中，再旅行。

我们这次乘的是"海浪号"的 Similrae 线，一夜两天行程，Similrae 是韩语"永远的朋友"的意思。

从首尔的火车总站 Korail 出发，踏入火车，先看豪华包厢，面积比起亚洲东方快车的总统套房还要大，一张双人床，一套观景的沙发，并非日本列车那样折叠起来，而是安安稳稳地摆着。浴室、洗手间也都大，一节火车车厢，只给 3 间房占着。

整辆的餐车一节，观光客厅在另一节车厢，公共享用场所宽敞，全部列车只乘 50 多位客人罢了，怪不得车长宣布，韩国人口 5000 万人，只供百万分之一的人享受。

列车缓慢行走，和当今的子弹快线有强烈的分别。除了机头组，全部工作人员出来相迎，在观光厅中做自我介绍，是一群精挑细选出来的英俊男孩和漂亮少女，个个身兼数职：侍者亦是魔术师，登台表演，手法不逊职业性的；少女为我们铺床单，亦做导游工作，闲了就载歌载舞，忙个不停。

午饭时间到了，吃的饭盒菜式非常丰富，饭是热的，当然少不了各种泡菜，还有一碗热汤。啤酒是任饮的，酒徒们已开始微醉。回到房间，小睡一会儿，已经抵达一个叫顺天湾的车站停下。客人坐上了巴士，咦，车长不是刚才弹古筝的那位女子吗？她一路解说各地风光，说顺天湾是世界五大湿地之一，为韩国最大的自然生态公园，拥有芦苇群 200 多万平方米，是两条大川和海湾的交界地域，白头鹤等 200 多种鸟类的栖息地。

说完韩语，见我们是中国人，还用汉语解释一遍，好奇地问她怎么会说的？她娇声说："不会讲中国语，就做不了导游工作了。"

到达，看那一望无际的芦苇，要是秋天的话，开起白花，可是世界上也找不到的美景，如果张艺谋在这里看到了，一定多拍几部武侠片。

我们在芦苇丛中散步，植物都比人还要高，从高处俯望，人那黑发像火柴头乱窜，蔚为奇观。另一处是一片泥泞，黑漆漆，细腻如丝似锦，长出无数的蚬蚶，肥大甜美，在小食中烫熟来送酒，一流。那里喝到的土炮玛歌丽，也是我在韩国喝过最好的，各位有机会试试，也一定会认同我所说的值回票价。

参观完后又到宝城绿茶园，韩国喝绿茶的历史并不悠久，新辟的茶园是根据山形种植，很艺术化地设计成一个巨型的图案，又有高耸入云的笔直巨杉点缀，茶可醉人，景亦醉人。

又开始想喝酒了，车子载我们到一个乡下餐厅，火车职员充当招待，又劝酒又唱歌，大家大吃大喝，当然有大量的蚬蚶和各种山珍海味，这一顿饭，名副其实地不醉不归。

回到火车上，摇摇晃晃地让人入眠，但对于睡眠不安的乘客来说也不用紧张，火车到达了目的地光川之后就停下，可以一觉睡到天明。

我认为光川是韩国美食最佳的地方，刚起身火车就供应白焓汤饭，六点半出发带各位去锦湖水疗村，有 213 间按摩房，泡温泉之后休息，再去美得可以让李安拍另一部武侠片的竹林，午餐吃竹笋餐，下午三点返回火车。

或者可以像我们那么另安排行程，去一个叫"灵光"的地方，那是北济年代佛教第一次登陆，有座很宏伟广阔的寺庙，寺庙下面，就是黄鱼收获得最多的渔港，中国内地的黄鱼快被吃光，这里还有大量野生的，售价虽不便宜，但可以畅怀大吃，蒸、煮、烧烤的黄鱼大餐，吃得过足瘾。

火车折回首尔，晚上抵达。

另一条线，是从首尔去釜山的，有不同的旅游点。

对浪漫的火车旅行有兴趣的朋友，不妨上网看看资料。

韩国欢宴

刚从济州岛回来，大啖韩国料理，不亦乐乎。

我对韩国菜是百食不厌的，尤其是他们的金渍（kimchi）。种类之多，怎么吃也吃不完。

停了几天，又心思思，想起那一大碗的杂菜饭（bibimpa），刚好银行高层友人冯小姐来电，说约了查先生、倪匡兄夫妇、堪舆学家阿苏和他的友人爱美夫妇，连同名模阿曼达·斯特朗（Amanda S.）和我，一共10人，在铜锣湾罗素街的"伽"韩国料理晚宴，大喜，欣然赴约。

"查先生不是只爱吃上海菜的吗？辣的他惯不惯？"我问冯小姐。

她回答："这一餐是为了查太太，她最近猛追韩剧，愈来愈对所有韩国东西着迷。"

原来如此，这也好，有我这个韩国料理通来点菜，花样有更多的变化。韩籍经理前来，我向她叽里咕噜，对方一直点头，说"耶、耶"。

　　那是"是、是"的意思，看不配音韩剧的人都听得懂。《大长今》里，皇后一命令宫女，她们都回答："耶，妈妈。"

　　"韩国话你也会讲？"查太太问。

我笑道："只限于点菜而已，其他的一点也不通。"

人多，菜可以大叫特叫。我要了蒸牛肋骨、生牛肉、肥猪腩包生菜、海鲜汤、煎葱饼、杂菜饭、辣捞面等。平时不点烤肉，但查先生爱吃牛舌头，再来烤的，还有牛肋骨、牛肉碎和记不清的一大堆。

菜还没上，桌面已摆满免费奉送的小菜，有辣有不辣。查先生不吃辣，查太太细心地叫了一碗温水，把辣菜冲了一冲，才夹给查先生吃。

人参鸡接着上，查先生说这道菜吃得惯，很喜欢，我们才安心下来。

接着查先生和父亲是法国人的阿曼达以法语交谈，那可不是点菜那么简单，两人对答如流，轮到所有的人都听不懂。

金渍之中，也分腌久的和新鲜腌的。后者在上桌之前把白菜烫了一烫，然后揉上大量的蒜蓉和辣椒酱，即吃即做，阿苏师傅特别喜欢，一碟吃完还要另一碟。

"Hana Toh。"我向韩籍经理说。

对方又是"耶"的一声退下。

"那是什么意思？"阿苏问。

"Hana，"我说，"发音像日文的花，是'一个'。Toh 发音像广东话的'多'，就是'多一个'。"

黄鱼接着上，虽不是游水的，用盐腌了一夜，由韩国空运来。当今中国野生黄鱼被吃得几乎绝种，都是养殖的，韩国有真正野生的黄鱼。烤过之后一阵阵的久未闻到的黄鱼味，吃得倪匡兄这位江浙人大乐。

冯小姐爱吃牛肉，对韩国的生牛肉情有独钟。做法是把最上等的生牛肉切丝，伴以蜜糖、雪梨、大蒜和生鸡蛋，特别美味，比西餐的鞑靼牛肉好吃几倍，但是吃不惯的人还是居多，我把别人吃不完的那几碟拿来，又一下子扫光。

本来有一道菜是卤猪脚切片后，用来包生菜的，但我嫌有时猪皮还是太硬，改点了白灼五花腩来包。这道菜用高汤来生灼，不逊台北"三分俗气"做的"白玉禁脔"。吃法是把一叶生菜或紫苏叶摊开，肉放其中，上面放大蒜片、韩国辣酱和不可缺少的小鱼小虾酱，有点像南洋人做的 Chincharo，然后包起来一口咬下，甜汁流出，是仙人食物，也再次证明了肉类和海鲜加起来特别美味，韩国人早明白这个道理。

"Hana Toh，Hana Toh。"阿苏师傅已食了三四碟新鲜泡菜，还不断地向女侍说。

"请她们打包，给你带回去？"我问。

阿苏点头称好，但店里的人说其他泡菜可以打包，这是现做现吃的，不行。我哪听得下？向韩籍经理说："把辣酱和灼好的白菜分开包，回家后自己混在一起吃，不就行吗？"

当然得逞。

已吃饱，以为再也吃不下时，阿曼达拿出两个自制的蛋糕宴客。她将要开店，也趁这个机会向阿苏师傅请教。阿苏其实并不姓苏，他只是非常谦虚，每次大家赞他算得准，都会说"soso"罢了，故名之。

蛋糕水准很高，上回拍节目时倪匡兄吃了一口，就把整个捧回去，不让别人尝。这回他也大吃，虽然做得不是太甜，但也有点口干，看到面前有一碗番茄汤，就喝一口来中和，突然喷出来。

原来，他喝的，是查先生洗了辣椒酱的水。

重访北海道

10 多年前，国泰因生意不佳，停止直航北海道札幌的最后一班机，问我有没有兴趣包下商务舱那 30 多张票。回来把酒店和餐厅一算，5 天 4 夜，包吃包喝包住，竟然还有一点纯利，就把团费定为 1 万港元。

当今当然像广东人所说：冇呢支歌仔唱啦（已无此曲可唱）。不过，香港人乐此不疲，香港札幌这条复航的直飞线班班爆满，我们也不必去东京或大阪转机，不止我们，星马泰 [①] 的、中国内地的，北海道已成为中国人的天下，到处可见，每个地方都有中国字标语。

很高兴看到日本人能赚那么多游客的钱，北海道区并没有受到太多的日本中央政府财政支持，公众设施各种福利，还是刻苦经营的。

到处都看到雪，中国游客大为高兴，尤其是第一次见到雪的南方孩子们。日本游客是绝对不来的，他们只享受夏日的避暑，雪对他们来讲并不稀奇。本来冷清清的冬天，居然引进那么一大批中国游客，日本人也不得不高兴。

可是单单游客是帮不了北海道的，一个地方的经济好或不好，一看他们的的士就知道，街头巷尾排着一条空车的长龙，车价也不是几十年不变的，一直维持的上车 650 日元，为了竞争，让车主自由定价，有些降到 550 日元，到了小樽，咪表起价只是 500 日元而已。

生活虽苦，也得活下去，北海道的白领，已有 10 多年、20 年没有

---

① 星马泰，即新加坡、马来西亚、泰国。——编者注

加过薪水，不被老板炒鱿鱼已算幸运，他们咬紧牙关活下去。

都市人已那么惨，乡下呢，耕田的呢？请各位别替他们担心，基本上日本已没有穷人，每家各户都有洗衣机和电饭煲，空调设备都做得极好，洗手间的地板也加了热，他们在冬天不会冷到，甚至连喷水马桶的厕板，也是暖的。医疗保障更是做得不错，有许多老人把出入医院当作日常娱乐。

饿死是不会，冻死有可能，大雪把乡下的马路封闭，人在车中出入不得，时常有父母为保护年幼子女而丧命，这是北海道人接受的事实。

农村不断地缩小，年轻人多到都市去工作，人口老化，许多木屋都荒废了，如果有人肯到那里生活，随时可以免费入住，但那种乡下连医院也没有，需要很大的体力劳动和忍受寒冷才能活下来。

还是有些人够勇气的，像环保分子，自耕自足；像艺术家，他们宁愿孤独地在雪中做玻璃工艺品，雕刻湖中漂流来的木头等。

遇到几位，他们说："有什么苦过战后的日子？人的忍受力极强，不是那么容易冻死饿死，北海道是我们的故乡，总比到一个陌生的地方生活好。"

我们游客，当然不必去体会，入住温泉旅馆，泡泡露天风吕，优哉游哉。札幌至今还没有所谓五星级的酒店，从前的 Sapporo Grand 或 Park Hotel 垂垂老矣，当今最高级的算是火车总站的 JR 酒店，出入方便，要购物，楼下的"大丸"走几步就到。

最贵的料亭餐厅还是"川甚"，我们这回又去光顾，老板娘穿着和服笑盈盈地招待，一看可知年轻时是一位美人，问她女儿呢？她回答已经嫁人，现在又收了另一位养女，样子过得去，培育为接班人。

"寿司善"还是城中最好的一家，在最旺的街上那间是分店，要吃总得到日元山那家总店去。北海道一向因为食材最丰富最新鲜，而养不出好师傅来，但这家人是例外，主理板前的厨子像个飞刀手，先把一块姜切成数十薄片表演一下，问你：服了吗？

海鲜到处有，到了小樽，更是充满玻璃店，我这回去是找杯子的。为什么老远跑到小樽？我有一个朋友，宴客时大干茅台，一下子都醉，所以要用最小的杯子来干，怎么找也找不到理想的小杯，只有订制。

有一家店叫"小樽手造硝子工房"，硝子，就是玻璃的意思，那里有一位上浦斋的师傅，听客人要什么就做什么，而且非常有艺术性。

向上浦先生说明来意，他拿出几种样板，我都不满意。我的要求是杯子看起来不能太小，太小就小家气。他说可以用玻璃来托底，玻璃是透明的，看不出。但单单是个玻璃杯看起来也不高级，是否可以刻出花纹？他说这是另一门工艺，有专门切割玻璃的师傅，不是他拿手的。上浦先生建议把彩色混入玻璃中来烧。我们把造型研究了又研究，又聊了一番颜色如何配搭，最后他说，先烧一个样板，再进一步讨论。问价钱，他说："这是一个挑战，你识货，满意了再给我一个合理的，就行了。"

再到福井吃蟹

恭贺新岁，照惯例到日本去，不知不觉，已连续了 20 年。

这次是到久违了的福井，当然是为了吃螃蟹。越前蟹是稀有品种，而福井的更是不出口到外县去，东京只有一家，为的是宣传福井县，当地政府补贴的"望洋楼"可以吃到，旁的皆非正品。

这种蟹能够保持质量，也是严守着休渔期，每年只有在 12 月、1 月、2 月这段时间解禁，又因海水逐渐暖化，产量越来越少，当今大的也要卖到六七万日元一只了。

今年刚好赶上农历正月在公历一月，豪华点，一共吃两餐全蟹宴，先在最好的"望洋楼"来一餐，翌日再在旅馆中吃第二餐，没有一个朋友说吃得不够瘾了。

抵步大阪后大家已迫不及待地先到下榻的丽思·卡尔顿酒店（Ritz-Carlton）附近的拉面店"藤平"，这已是友人不成文的"仪式"。说好吃，其他的拉面大把，但众人之前试过这家之后觉得味道难忘，非来一碗不可。

休息过后驰车到神户，三田牛专门店的"飞苑"当今已将神户市中心三之宫的门市关闭，集中在远一点的大本营，大众化的和高级化的齐全。入口处照样挂着金庸先生的题字"飞苑牛肉靓到飞起"。店主蕨野说：很多中国内地的客人听了你的介绍来，见到这幅字都纷纷拍照片留念。

牛肉一大块一大块烤得完美，让大家任吃，不够不停地加，也用各种方法改变口味，像添了一大匙伊朗鱼子酱、铺大量黑松露和夹乌鱼子等，我们反而钟意吃三田牛的舌头，厚厚的一大片，吃完大呼朕满足也。

走过隔壁去看平民化的食肆，同样三田牛的烧烤，一个人平均消费 10 000 日元，包括汤和饭。

饭后走过附近的药房，本来想买口罩送人，但看到一大堆的存货，为了不想多带行李，又可以再逗留多日，就暂时不买了。

翌日一早乘一辆叫"Thunderbird"的火车，从大阪到福井，1 小时45 分钟就抵达，直接到"望洋楼"去，这里的越前蟹都是店主包了船出海捕捞的，爪子上钉着望洋楼专用的牌子，保证质量。

先有鱼子酱的凉拌，再出螃蟹的各种吃法，当然有刺身，一蘸了酱油，肉散开，像花一样地开着，初吃时以为师傅的刀功厉害，后来才知是自然散发，鲜得不得了，吃刺身也只有这种福井蟹最安全。

接着便是全蟹一大只一大只地蒸了出来，再由侍女用纯熟的手法剥开，诸友把一大撮熟肉塞入口，那种鲜甜味道，的确只有福井这个地方才能尝得到，最后更有蟹肉饭，两大铜釜任吃，众人已不会动了。

一面欣赏蟹肉一面望着大海，"望洋楼"这张招牌名副其实，也是日本最高级的餐厅，亦可入住，有望洋的温泉。

人就是这样，吃过之后，对什么"蟹将军"之类的食肆已经没有兴趣。人，是走不了回头路的。

入住有 130 年历史的"芳泉旅馆"别馆的"个止吹气亭"，最为高级，最大的房间当然有私家花园和露天风吕，走了进去，会迷路的。我已和女大班和经理混得很熟，像回到家，他们也用这句话欢迎我。

第一晚因中午已吃过螃蟹，我留着胃口到第二晚才吃，当晚大师傅出尽法宝，什么活烤鲍鱼、生劏龙虾等齐出，我推荐大家吃的是甘虾刺身。到处都卖，有什么出奇？福井的甘虾大为不同，又不出县，要吃只能来福井。分两种，一种是一般的红颜色，另一种是灰灰暗暗，叫 Dasei虾，一吃进口即知输赢，那种甜味到底和别的不同，而且分量极大，怎么吃也吃不完。

第二晚再吃蟹，最后大家只有说可以打包就好了。

中午，旅馆的老板娘带我去一家吃鳗鱼的，没有汉字招牌，就叫Unagiya，尝到野生肥美的，有机会不可错过。

福井这个地方还有一颗宝石，那就是日本三大珍味之一的酱云丹。云丹就是海胆，这里的只有乒乓球那么大，味极浓，腌制成酱，一瓶要用上百个以上，故价甚贵。周作人在散文中提到念念不忘的，就是这种酱云丹。店里的新产品是制成海胆干粒，来一碗新米白饭，撒上一些，已是天下美味。

店名：tentatsu

回到大阪，大家购物去也，才发现各药房的口罩又被人抢购一空，事情变得严重，但我们有美食搭够，跑去"一宝"的本店吃天妇罗，这家人知道我们来，特地从东京的店把大哥调过来炸东西给大家，吃完什么病都不怕了。

芳泉

自从我在专栏和电视上介绍了福井县之后，许多读者和观众都对这个地方产生了很大的兴趣，有些朋友竟然说有生之年，一定要去一次。

有这么大的吸引力吗？镜头上出现了一大碗饭，足足比餐厅的汤碗还大，里面装着用了8只雌蟹的肉和膏，又红又紫又白，的确引人垂涎。

是的，福井县吃得真的好，它在于冷暖流交界之处，所产螃蟹之质素比北海道的还要高，从不出口到其他地方。加上一个叫三国的地区的甜虾，也是别处吃不到的，其他野生的海产如鲍鱼、赤鱲和河豚等，都是最高级的，食这方面，可以放一百个心。

至于住，这个从前的穷乡僻壤，长年被雪封闭的寒冷地区，不可能有什么好的旅馆吧？

我来这里，找了好多家，最后给我发现了群马县的"仙寿庵"、长野县的"明神馆"之外的另一颗温泉旅馆的珍宝，那就是福井县的"芳泉"了，绝对不会令大家失望。

这次农历新年，我又组织了一个旅行团，带各位团友来到福井，入住"芳泉"。今年大年初一，众人外游，我请了一个假，躲在房间内写稿。

一大早，大家吃完丰富的早餐之后出发，我先到大浴场去泡了一会儿，这里的温泉，分旧馆五楼的整层大浴场，还有新馆的"个止吹气亭"的桧木浴室，我去的是后者，那阵桧木的香味扑鼻，浸在巨大的池子之中，身心舒适。

出来，遇到专务山口贤司，是第二代传人，山口多年前一直喜欢看《铁人料理》这个饮食比赛的电视节目，因我当过多次评判，对我有认识。他也热爱中国香港，去过无数次，都是拿着我那本日文版的餐厅指南去找。这回我们来住他的旅馆，他感到特别高兴，安排最好的服务。

"这家旅馆，是经济泡沫前建的吗？"我问。

在那经济起飞的年代，日本人忽然得到大财富，到处兴建最好的酒店，一家比一家豪华，但金融风暴一到，又一间一间荒废或倒闭，惨不忍睹。

"不是。"他说，"是经济泡沫爆破之后才起的。我们从前开的是一家普通的旅馆，到1973年才起这间新的旅馆。我们知道，当日本经济萎缩时，我们应该来一家更美更好的，才有资格和别人竞争。"

"真是够勇气。"我说，"以什么招来？"

"每一间房，都有私人的露天浴室呀。"他说，"你对日本那么熟悉，应该知道，就算最豪华的，有私人风吕的只是一两间，最多也数不出 10 间来。我们这里，一开就有 28 间。"

"哗，"我说，"厉害。"

"像你们这种高级旅行团，房间的分配，有些有私人浴室，有些没有，客人一定觉得不公平，到我们这里，就没这种问题。"

"我们一共住两晚，吃的都是一样的？"

"不。"他说，"福井县以吃螃蟹出名，但我们也不会给每个顾客都只是蟹，第一个晚上有牛肉、鲍鱼和河豚等。另一晚才是全蟹宴，雌蟹一只、大的松叶蟹一吃就是三只，什么做法都有，叫做蟹尽，是所有螃蟹都吃尽的意思。"

"日本温泉旅馆，吃的什么都有，但是什么都是一点点的，不懂得什么叫吃得痛快的道理。"我批评。

"洗耳恭听。"他说。

"像你们的甜虾最肥美，而且只有这地方才吃得到，从来不出口，为什么只给三四只，应该给客人吃个过瘾，才能留下深刻的印象。"

"知道了。"他即刻会意，"今晚就照你的吩咐，出 20 尾，让大家满足。"

满足，是他们的口号。这两晚，不但吃得又饱又痛快，而且浴室中设有韩国女子的擦背，和扬州师傅那一套不同，全身每一寸肌肤都洗得干干净净，痛快到极点。

"你们的新馆叫'个止吹气亭'，是什么意思？"

"那是先用汉字来发音的，叫 Kotobuki，是'寿'的意思，表示一住下来，一定可以活多几年，哈哈哈哈。"

从其他都市来福井县，其实不如想象中那么困难，在名古屋下机后坐巴士，3 小时就能抵达。路上吃吃停停，有它的乐趣。不想乘那么久的车，由大阪有一列叫"雷鸟"（thunderbird）的火车，非常之舒适豪华，2 小时就到了。不然由东京坐飞机来到小松，再转车也方便。

入住旳客人只要早点通知旅馆，他们会派专车到车站来迎接。山口贤司说，3 年后才有新干线从东京直达，那时游客就会多了。

我们当然希望福井县繁华，但还是趁这个时候去好了。一个外国游客也没遇上，是个幽静休闲的好去处，吃得好住得好，不必考虑太多，即刻出发吧。

重游京都

众人从大阪返港后，我到京都住几天。

下榻与大阪同系的丽思·卡尔顿酒店，贪它在市中心的鸭川岸边，出入方便。酒店很新颖，设计带古风，和一般的美国连锁旅馆不同，舒服宁静。

第一件事就是到附近的茶铺"一保堂"，1717 年创立，我在 50 年前抵埗时光顾的第一家就是这家人，坐在长条柚木的柜台前，有个大铁壶，日本人叫为"铁瓶"烧煮滚水，用把竹勺子舀起，倒进一个叫"水指"（Yuzamashi）的容器，来冲泡"玉露"茶。

玉露是日本最高级、最清洁的茶叶，纤细得很，不能直冲热水，只可用水指来放凉至 60 摄氏度左右，如果没有水指，那么连续倒入三个空杯，也能得到相同温度。

喝了一口，简直是极美味的汤。从此上瘾，一到京都，第一口非到此来喝不可，成为一种仪式。因为干净，茶叶可以不必冲洗一次，我常买回家后用冷矿泉水来浸泡，更是另一种享受。

店里挂着一幅字"万壑松风供一啜"，是节录宋代释智朋的"瓦瓶破晓汲清冷，石鼎移来坏砌烹；万壑松风供一啜，自笼双袖水边行"。一保堂用的都是中国味道的东西，包装纸是木版刻印的陆羽茶经，很有古风，我把它装裱后挂在办公室墙上，记忆犹新。

喝完茶在附近散步，上苍对我不薄，误打误撞地找到一家炸猪扒店，没有店名，招牌布帐帘上写着一个大大的"技"字。走了进去，的确是靠厨技弄出来的美食，才 2000 多日元，尝到日本最好的猪扒店之一。若大家有缘，可一试。

家里的茶杯被助理打破得七七八八，来京都之前请好友管家推荐了几家陶瓷店，都去了也没有我喜欢的大小，反而在高岛屋的家器中找到一式五个的蓝色杯子，爱不释手，价钱也比古董便宜得多。

京都寺庙从前去得多了，这回只到南禅寺去吃豆腐，怀旧一番。豆腐汤表面冷却之后变成的腐竹，一张张捞起浸入酱汁中吃，再喝清酒，诗意十足。

接下来的数餐晚饭，都是吃怀石料理，有的旧式，有的新派，都没有我最爱的"滨作"好，它是第一家可在柜台前吃的怀石，非常创新，早年厨师怎样做菜，是不让客人看到的。可惜去的时候这家人正在装修，只有等它重开再光顾。

这回吃的怀石，从价钱最便宜的"平八茶屋"开始，这是一家有440年历史的食肆，作家夏目漱石常来，庭院幽静，但料理平凡，可当成怀石的入门，里面有8间房供住宿。

中价的有"近又"，已经到第七代，店主叫鹈饲治二，此家人亦可住宿，食物应有尽有。说到怀石，食材一定用最早上市的，当今是菜花的季节，百货公司的食品部也还看不到，这里有得吃。

最贵的是一家叫"米村"的，一共有十几道菜，都是法国和日本混合的料理，什么都有，但什么印象都留不下，只知吃到一半已大叫老猪饱矣。

本来我是一个手杖狂，去到有手杖专门店的都市，第一件事就是去看看，京都有好几家，当然也去了，但发现货品都是似曾相识。我的手杖收集，已进入另一层次，那就是要买独一无二的，只有请木刻家专为我制作，对普通店的产品已不感兴趣了。

不如到古董店找找，也许有奇特的手杖，京都有条艺术街，也在新门前通，逛了好几家，还是没有满意的，这次一支也没买到。

还是吃最实在，到了京都，不可不去山瑞料理店"大市"，介绍的朋友去过之后都大赞，变成头号粉丝，我50年前吃了，至今不忘。

只有很普通的几道菜，先来一杯汤，即大赞，跟着是几小块肉也美味得出奇，再把剩下的汤煮成粥，打了鸡蛋下去，鸡蛋鲜红，是特别养的。一吃进口，连略焦的底部都想挖干，侍女也知道会有这种情况发生，特别关照说千万别把那个大土锅弄坏，这已经是古董，一个煲用上几十年。

几十年和店龄相比不算什么，这家人已开了340多年，卖的是同样那几道简单的料理，一成不变，变的只是价钱，至今一客要 2000 多港元了。

九州之旅

多年前，我在日本冈山吃过水蜜桃之后，就深深地"中了毒"，上了瘾。其他地方的桃子，试了又试，都找不到比它更好的，就算够甜，也不能像冈山白桃一样，用双手左右一拧，大量蜜汁喷出，这才叫水蜜桃。

今年又去了，雨量不多，桃更甜，吃过的团友，没有一个不赞好。

又住回"汤原八景"旅馆，这家没有室内温泉浴室，要浸可得到地库的大浴池，或平台的露天风吕，最有特色的，还是步行到旅馆前面那条溪流，三窟温泉涌出，浸时往自己身上一摸，滑滑滑滑，一连四个滑字，才知它是日本露天温泉之首。

最主要的还是先去探望我喜欢的女大将，这女人有相当的岁数，但怎么看都不老。

大厨是打败过"铁人"的师傅，他用一个双人合抱的大铁锅，放水加面酱，滚后把一尾尾活的鲇鱼放进去煮熟，就此而已，那么简单的料理，那么美味！

肉方面，当然到神户我的好友蕨野的"飞苑"吃三田牛，两顿，第一餐是他太太处理，将肉切条，放在备长炭^①上自己烧，另一顿在蕨野的私房菜，我说在"麤皮"吃过三田牛的 Blue，你弄几块给我试试，看有什么不同？结果拿出来的，不逊"麤皮"，价钱更是便宜得多。

五天行程很快过去，大家回去时，我得和助手荻野美智子又上路视察，九州已经有好久未去了，各团友都想念大分县臼杵郡的河豚，只有那边还可以生吞最剧毒的河豚肝，没有危险。

九州要怎么去呢？从中国香港当然有直飞福冈的港龙，可惜商务位不够！还是从大阪转机为妙，至少前后二晚，又可以再在神户大啖蕨野的三田牛了，这次吩咐他第一餐改韩式的烧烤，加 Bibimpa 野菜辣椒膏拌饭，加一贯的三田牛肉杂菜汤一大碗，后一餐吃他的私人会所高级料理。

这次准备的是新年团，一定得不惜工本，入住九州最好的由布院"龟之井别庄"，连住两晚，旅馆大餐的变化也得先尝试有什么不同。

天气一冷，没有水果，日本果农一律种植夏天的草莓，果园设备也应该去看看。还有什么吃的？"稚家荣"的海鲜不错，他们用和牛做的包子，吃过的人都念念不忘，我们再去试试看有没有走味。

九州的手信，有著名的明太子^②，煮一碗香喷喷的日本米饭，送咸中带甜的腌鱼子，很不错。他们的冬菇，也堪称是日本最好的。

又到福冈的"一兰"本店去吃拉面，他们的手信有三种干面，釜酱豚骨、淋酱的干捞和夏天的冷面，只要把面条煮个两三分钟，即可食

---

① 备长炭，一种以橡木为原材料的高碳含量的木炭，因在日本的备中屋长左卫门开始制作而得名。——编者注

② 日本料理中"明太子"通常是指经过腌渍的"明太鱼鱼卵"。——编者注

用，最新产品有用昆布包着的明太子，试过觉得十分美味。

这次九州观光局郑重其事，叫了大分县、熊本县和长崎县三个地方的专员来开会，希望我能去为他们拍一个旅游节目，把所有详细资料集中让我参考，可惜行程太紧，有些值得去的都到不了。

大分县的观光局要员陪我们四处走，参观了酱酒厂"原次郎左卫门"，他们出的鱼露是用高级的鲇鱼来做的，又有用鹅肝和鸡心做的酱油，另一种很浓的柚子醋装进尖嘴的塑胶筒中，可让厨师在碟上画画。

我们又去了一间地狱蒸，让客人自选食材，放在自然的温泉热气上蒸熟来吃，如果在店里看不见喜欢的，也可到别的食材店买，再拿去店里蒸，也有趣。

几个县都在九州，但是车程还是十分遥远的，我们组织的行程是在大阪住了一晚之后，第二天10点乘新干线，中午抵达福冈，先到"稚家荣"去吃一顿丰富的海鲜以及和牛大包，再乘车往果园去。

自摘最甜的草莓，日本人将草莓箱吊高，伸手就能采到，处理得干净不沾泥土，一摘就能吃，不必弯腰，不觉辛苦。入园时各给一个塑胶盒装草莓，另有一格装着炼奶，草莓已经很甜，要更甜的话可以蘸炼奶。

到了旅馆，浸一浸温泉，就可以吃大餐了。翌日早餐也在旅馆吃，吃后在旅馆附近散步，各精品店的品位甚高，也有各种风味的软雪糕，吃个不停。

中午乘车，从由布院到臼杵去，那家"喜乐庵"的女大将都十分端庄，家族生意已做了100多年，庭院不变，风雅得很，在那里吃一顿最丰富的河豚餐，当然全是野生的，试过了那种甜味，之后养殖的河豚再也难于入口。

农历新年时节，天气最冷，河豚最肥，还有那白子①，吃刺身也行，用火灼一灼，更是毕生难忘的美食。

回程心急，再到大阪去疯狂购物，只有从大分县乘飞机直飞大阪，30分钟车程就从机场到市中心，刚赶上午饭。飞机不大，行李不便同载，另雇一辆货车直送。

在神户吃三田牛私房菜，返港那天去黑门市场买食材打包返港，临上飞机再来一顿螃蟹大餐，这个农历新年，怎么也要过一个豪华的、愉快的。

亚洲东方快车

受好友廖先生夫妇邀请，我又去了一趟星马泰。

这回乘坐的是火车，早年旅行家们形容冗长的航海为"开往中国的慢艇"（Slow Boat To China），与当今高铁的速度相比，可以说是"开往东方的慢车"了，从曼谷到新加坡，一共坐了三天三夜。

当然是在豪华的"亚洲东方快车"（Eastern and Oriental Express），我们都受克丽丝蒂的侦探小说影响，一说到东方快车，满脑子都是挂满水晶灯的餐厅，穿着晚礼服的风流人物，随着浪漫古典音乐传来。

---

① 白子，一般指鱼白，即鱼类的精巢。——编者注

东方快车当然已失去昔日的光彩，但在今天来说已算是一程非常舒适和难得的行程，没经历过的旅者都可一试。

这已是我第二次乘坐，最先陪伴着查先生夫妇，从反方向的新加坡到曼谷，那已是 1993 年的事。刚好友人送了我一瓶同年入樽的格兰花格（Glenfarclas）威士忌，一路慢慢喝，有梨木桶的浓厚香味，比火车供应的免费鸡尾酒好得多。

有什么不同呢？已找不到当年穿着马来传统服装的少女，代之的是服务周到的泰国火车少爷，火车照样缓慢开动，因为车轨一直以来都没有更换，相当窄小，所以晃动起来剧烈，开动和停止时发出碰接的巨响，也是非常恼人。

火车停下来时，我们特别请火车上安排了一个烧菜的课程，教的菜有两道：冬荫贡和辣肉碎，下车后先由导游带我们到当地的泰市场走一圈。

我最喜欢吃的是肉碎捞面 Ba Bi Heang，找到一家最传统的，连吞三碗，又汽水又炸猪皮又甜品，加司机和导游大吃特吃，也不过港币200 元。

吃完到岸边上船，是艘驳拖艇，平底的，航行时稳如平地，由当地名厨教导怎么用椰浆、虾汤、南姜、香茅、咖喱叶、草菇、鱼露、芫荽和辣椒粉煮成一锅汤来，冬荫贡的"贡"字，是"虾"的意思，一看大厨用的是海虾，已知不对。

海虾的膏比不上河虾多，煮出来的汤没有那种诱人的又黄又红的颜色，虽然用辣椒油来取色，也不够红，而且很多大厨永远搞不懂的是，椰浆一滚，椰油的异味就跑出来，我再三指出，但都被他们敷衍了事，唉，算了！

继续上路，第二个可以停下来的是看马来西亚的橡胶树，当今这一种工业已没落，但看女士们怎么割取乳白胶液，对游客们来说还是有趣的。

车上的时间，可做足底按摩，还有相命师解答疑难，餐车有两个，一个高级，一个平民化，可以轮流来吃，这是高铁做不到的。

食物更不是高铁比得上的，基本上是西餐，但也有时供应叻沙之类的当地食物，早餐更是送进房来，鸡蛋要怎么做都完美。廖太太是位牛油狂，我本来不太喜欢面包的，也受她影响，一大块一大块牛油，撒上盐，主食还没上前已吃个半饱。

车厢一样，这次入住的房间也和上一回一样，是一辆车只有两间的总统套房，名字好听，但也不宽敞，浴室只有花洒，车子停下来时冲凉较稳，车上遇到几位肥胖的外籍人士，如果能挤得进去，就不怕摇晃了。

火车从曼谷中央车站出发，客人们都早到了，没事做，待在休息站中干等。可以建议大家勇敢一点，走到一般火车的大堂，就可以买到大量的腰果、开心果、鱿鱼干等零食，一大堆捧到车厢，可以解闷。

火车慢慢开出，"轻空轻空"作响，左左右右摇动，吃了晚餐特别容易入睡，发现不动了，原来是火车停了下来，让客人安眠。

又发出巨响，已闻到早餐香味。过了不久，我们的第一站，就是桂河桥站，这里对英国兵来说不是很光彩的史迹，当今当然一点战争痕迹都没有了，代之的是一个避暑胜地，12月初，凉风阵阵，根本不像身置南洋。

这次才知"桂河"的桂字，原来在泰语中是河的意思，照土语来念，变成了"河河"。

最后一节，是开放的车厢，可以吸烟和吹风，日落、日出没什么看头，不像在邮轮上那么过瘾。

酒吧有位上了年纪的歌手，有时打扮成艾尔顿·约翰（Elton John），花花绿绿，用钢琴弹出各种乐曲，看什么人弹什么歌。

原有的东方快车，尤其是冬天时雪茫茫，一路有城堡、酒庄的风景，但这辆东方快车，最初看到橡胶树时大家还会拿起手机拍风景；经过河流，小孩子跳下嬉水，但是连续几天还是那些东西，大家还是躲进酒吧去了。

终于到了新加坡，火车站这块地是属于马来西亚的，没什么发展，和数十年前一样。前来迎接的车子已停好，廖先生廖太太迫不及待地跳上车，赶着到"发记"去吃蒸鲳鱼，还有他们念念不忘的甜品，那是用猪肉蒸芋泥的失传潮州名肴。

大吃特吃，在新加坡停了两天，拜祭父母，到第三天，又飞回吉隆坡，在那里，我要为 2020 年的书法展看场地和做准备了。

不丹之旅

（上）

不丹，和中国的台湾省差不多大，一个打横，一个打直，人口却比中国台湾少得多。

不丹，有"树木最茂盛的国家"之称，法律上每砍一树，必得种上三棵树来抵偿，但一路上看的还是枯枯黄黄的感觉，远不像中国台湾那样，整座山都是绿色的，这都是亲自观察、比较，才得到的结果。不丹，像不像外面传闻的那样，是全球生活快乐指数最高的一个国家呢？

我们从赤鱲角起飞，经曼谷，转乘"雷龙航空"的不丹机，中途还在孟加拉停下加了油，才抵达这个山城。说是山城，不如说山国，不丹整个国家都藏在山中，从一处到另一处，非得经过弯弯曲曲的山路不可，唯一平坦的道路，也只有帕罗（Paro）机场的飞机跑道。

Paro 是唯一和外界连接的机场。不丹国内也有航机，从西至北，班次极少，跑道在山与山之间，降落时有点像从前的启德，以高山代替了大厦。

踏入不丹，就会发现空气并不如传说中那么稀薄，不像去了九寨沟患上高山症，不丹没有问题，大家想去的话，也不必担心那么多。

要注意的反而是看你会不会晕车，马来西亚的金马仑高原那段路，和不丹的山比起来，简直是小巫见大巫。我们在不丹这 8 个晚上 9 个白天的旅程中，在车上过的时间真多，不停地摇晃，刚想睡上一刻时，即摇醒。怕走山路晕车的，还是别去了。

第一家酒店位于首都廷布（Thimphu），从 Paro 机场到酒店虽说只要一个半小时，也坐了差不多两个多小时的车，那边的导游没什么时间观念，照他所说的加上一半，就是了。

全程入住当地最好的安缦酒店，每两晚换一家。大堂、客厅和餐室各不同，房间的格式倒是差不多的。这系列的酒店有一个特点，就是一眼望不到，总是要经过山丘或小径才能抵达，像走进一个新天地。

建筑材料尽量用自然的，石块堆积的广场、原木的地板、一片片的草地，衬托着远处的高山，巅峰积着白雪，直插入天的老松树。

窗花不规则，太阳一升起，在白墙上照出各种花纹，仔细观察，像一部经书，这些情景不能用文字形容，我拍下照片放在微博上，各位网友看了也惊叹说和梵文一模一样。

这一家一共有 11 间房，再下去的两个酒店只有 8 间，最大的在 Paro，有 24 间。舒服的大床，浴缸摆在中间。最有特色的是个火炉，有烧不尽的松木，不丹早晚温度相差甚远，晚上生火，相当浪漫。其他设备应有尽有，就是不给你电视机。

下午活动可到镇上一走，所谓的镇，不过是几条大街，布满货物类似的店铺，如果你觉得不丹是落后的，那么你不应该来，到这里，就是要找回一些我们失去的纯朴。

吃饭时间，先有喝不完的鸡尾酒。传说不丹禁酒，其实没有，机场也卖，还有当地的白兰地、威士忌和啤酒呢。前二者试过，不敢恭维，啤酒有好几种牌子，最浓也最有酒味的叫"二万一"（Twenty One Thousand），不错。

三餐酒店全包，吃饭有不丹餐、印度餐或泰国餐及西餐的选择，虽无中菜，也不感到吃不惯，反正有白米饭，配一些咖喱，很容易解决，到了这里，不应强求美食。

翌日上午到一间庙走走，下午安排了一个散步活动，在平地上走个 3 小时左右。这是让你热身的，再下去就要爬山了，运动量很大，体力不够的人还是别参加，不然会拖累同伴。来不丹，应该趁年轻。

再多睡一夜，就往下一个目的地甘唐（Gangtey）^①走，绵延不绝的山路，弯转了又转，何时了呢？问导游，回答说全车程 6 小时，喔唷，那就等于 9 小时了，不会走那么多路吧？一点也不错，连休息，一共是 10 小时以上，要了半条老命。

沿途的风景相当单调，无甚变化，偶尔，在灰黄的山中，还看到一些大树，长着红花，应该属于杜鹃科，杜鹃在不丹的种类最多，可以在途经的国家植物园中看到数十种。

为了破除路途上的沉闷，我准备了很多零食，加应子、甜酸梅、薄荷糖、陈皮、北海道牛奶小食、巧克力等，又把长沙友人送的绿茶浸在矿泉水中过夜，10 多小时后色香味俱出，可口得很，我不知丹宁酸是否过度，也不管那么多了，用纸杯分给大家喝，我自己则用一个虎（Tiger）牌的小热水壶泡了一壶浓普洱，慢慢享受。

为了赶路，也不停下来吃午饭，酒店准备了一些俱乐部三文治，糊里糊涂吃了，车子不停地摇晃，坐得愈来愈不舒服，也只有强忍下来。

到了一处，导游说前面的山路要爆大石，可得停下来。问等多久，回答半小时。唉，有一小时没事可做了。正在发愁，导游果真细心，拿出一张大草席，铺在石地上，另外从座位取出枕头来。

前一晚没有睡好，又已经 8 小时车程了，看到那平坦的地面，不管多硬，就那么躺了下去，果然睡得很甜。如果在这种环境能够入眠，还有什么地方不能睡呢？

① Gangtey，多译为"岗提"。——编者注

（下）

　　Gangtey 处于一个山谷之中，周围也没有什么好看的，此地盛产薯仔，大大小小的各个不同种类，喜欢马铃薯的人一定会高兴，但我一向对这种叫为土豆的东西没有好感，怎么吃也不觉得味道会好过番薯，当晚的薯仔大餐我可免则免，见菜单上有鳟鱼，好呀，即点。

　　一路经过的清溪不少，鱼也多，一定不错吧？一吃，我的天！一点味道也没有，原来不丹人不主张杀生，一切肉类，包括鱼，都是由印度冷冻进口，供应给游客，自己不吃。

　　要钓吗？可以，向政府申请准许证，外国人特许，不过我们不是来钓鱼的。

　　酒可以喝，烟就不鼓励了。抽烟的人不多，年轻人去印度学坏了，回来照抽不误，但会遭到同胞白眼。

　　从 Gangtey 北上，整个行程最值得看的寺庙普那卡宗（The Punakha Dzong），就在一条叫父河和一条叫母河的交界处，1635 年建立，几经地震和火灾，丝毫无损。寺庙的宏伟令人赞叹，巨大的佛像安详，皇族的婚礼都在这里举行。寺庙中几百个僧侣一起敲鼓打钟之声音也摄人心魄，在这里的确能感受到宗教的神秘力量。

　　看完寺庙后，酒店依照我们的要求，在河边设起帐篷，来一个烧烤，一切餐具都是正式的，喝酒用玻璃杯，吃东西用瓷器碗碟，这个野餐真是不错，要不是苍蝇太多的话。

　　餐后，酒店员工们设起不丹的国技射箭，他们的弓是用两枝木条拼成，得用相当的力量才拉得开，箭抛弧形地向上发出，不容易掌握。模式和工具不同，又没有大量经费支持，这项国技至今还打不进奥林匹克运动会。

Punakha 的安缦酒店是由一座藏式旧屋改造，当年是贵族居住的，建于山中。我们得爬过吊桥，再乘电动车才能抵达。环境优美，房间舒畅，为最有特色的一家，虽然和 Gangtey 那家一样，只有 8 间房，但这里的气派得多。

不丹是一个山国。老百姓住在哪里？当然是山中了。看到一间间的巨宅，根本就没有路把建筑材料运到，全部要靠人工背上去，可见工程之浩大。

那就是贵族或地主生活的地方，一般人只有建在公路旁边，但也得爬上山，只是没那么高。这一间那一间，虽然简陋，但有这种小屋居住，已算幸福。

电视的接收，令人对都市向往。地产商脑筋最灵活，开始筑起公寓来。所谓的公寓也不是很高，七八层左右吧。按照国家的法律，所有的窗门还是要依照不丹式建筑，这一来把西方高楼和不丹低层楼勾乱了，变成非常非常丑陋的样子。但很多人都想涌进去住，大家挤在一起，买起东西来方便嘛，小社区就那么一个个地出现了。

我们的最后一站，折回有机场的 Paro，经过用针松叶子铺成地毯的小径，又听到流水，就到房间。

我把从香港带去的即食面、午餐肉和面豉汤全部拿出来，大家吃得高兴。

来 Paro 的目的是爬山，最著名，也是最险峻的"虎穴"（Tiger's Nest）就在这里，虽然设有驴子可以骑，但只到一座山上，另外还是要靠自己爬上爬下，才能到达其他两个高山寺庙，这不是一般人可以吃得消的。

真的值得一看吗？也不见得，爬了上去，再不好看也说成绝景了，而且这里的空气也不是特别的清新，通常到一个山明水秀的地方，我们都会感受到的灵气，在不丹是找不到的，一切都被旅游书夸大了，这也许是我个人的观点。

如果你是一个购物狂，那么导游都会劝你，在别的地方别去找，去到 Paro 才有东西可以买。而买什么呢？一般游客都会选一些带有宗教神秘色彩的手工纪念品，精明一点的购物者就会去找冬虫草了。这里卖的比西藏还要便宜 1/3，我们都不是中药专家，货好不好也分辨不出，价钱更是不熟悉，当然不会光顾了。

没有特别想要的，在一家家的工艺品店找找有没有手杖卖，买一支给倪匡兄。找来找去，都不像样。走进一家小店，店主听完之后拿出一支。

一看，是桦枝杖，桦树我们看到的是白桦居多，不丹有红颜色的，还很漂亮，样子又自然，预算四五百块也可以出手时，店主说："送给你。"

"不行呀，又没买什么。""不要紧，不要紧，本来是买给父亲用的，但老人家一看到手杖就摇头，放在店里也没用，就给你吧。"

真是感谢这位好客的古董商。

幸福吗？不丹人。

联合国调查中，他们被列为全球幸福指数最高的居民。可他们脸上笑容不多，失业人数还是高的，在山中的生活并不容易。看见一位年轻妈妈，背着已经长大的儿子，还要爬上山去，脸上的表情，是无奈的。

曼谷 R&R

不丹之行，餐厅再好，也是食之无味，回程经泰国曼谷，可得好好享受。英文有 R&R 这句话，第一个 R 是休息（rest）；第二个 R 则是消遣、恢复身心（recreation）。其来自美国用语，打完了战争，上司们让大兵到东南亚各地去大吃大喝，我们就是怀着这种心情去曼谷的。

到泰国玩，最好乘坐泰航，要是头等舱的话，简直是一大乐趣。物有所值，走下飞机，闸口有专人迎接，坐高尔夫电动车直达海关，特别通道，不必排队，连同行李，一下子运到旅馆的专车之中。

我一向住文华东方酒店，这次依同行的孙先生推荐，在素可泰酒店（Sukhothai）下榻。想不到市中心也有那么一家花园楼层式的豪华旅馆，不错不错，周围是商业和使馆，找小贩摊子的话，得搭车。

放下行李后，我就往唐人街跑，"银都鱼翅酒家"已光顾多年，主要的还是去吃烤乳猪，翅是不碰了。当晚，7 个人，差不多把整个餐厅的菜都叫齐，有螃蟹粉丝煲、红炆鱼膘、蒸鲈鱼、肉臊草菇汤、七八种炒蔬菜、各种炒面、捞面、汤面等等等等。不要紧，不要紧，吃不完打包，结果都打包到肚子里面去了。

第二天，经常来载孙先生的两辆七人车来酒店迎接，一辆送两对夫妇去打高尔夫，另一辆和我们 3 人逛菜市场。车辆由阿新和阿志两兄弟经营，他们是当地潮州人，能操熟练的广东话，要去哪里先打电话或电邮和他们联络，不必麻烦友人，我试探他们的能力，问最好的榴梿档那两家小店在什么地方，他们也即刻回答得出。

车资为 3000 ~ 4000 铢一天，很合理。

．

一早先到酒店附近的公园去散步。多年前第一次去曼谷时入住的都喜天阙酒店（Dusit Thani Hotel）就在对面，那时觉得很高，当今一看，在大厦丛中，像个侏儒。最记得是酒店走廊养有一头小象，到处走动，可爱到极点，后来在一次服务员的罢工中，没人喂，饿死了。

公园中有大批人在打太极拳。我们是为了小食档而前来的，叫了潮州糜的咸菜煮鲨鱼、菜脯蛋、炒芥蓝苗、五六种不同的鱼饭、卤大肠、鹅肉、羊肉炒金不换、咸鱼、咸蛋等，数之不清的菜，一碟又一碟上，配着潮州粥，要不了多少钱。

吃完又吃，接着去被称为百万富豪菜市场的 Or Tor Kor，名字发起音来像日本话的男人 otoko，很好记。在这里，最高级的当地食材，包括蔬菜、海鲜、干货及水果，应有尽有。

当今是榴梿季节，泰国人嫌剥榴梿麻烦，干脆用利刀劏开，取出果实，一公斤一公斤卖，依价钱，选喜欢的品种，最贵的 1 千铢 1 公斤，味道还好，但绝对比不上马来西亚猫山王，而且，泰国人吃榴梿，喜欢有点硬的，像意大利人吃面，我吃不惯。

来这里主要的是找熟食档中的干捞面 Ba Mee Heang，我对这种小吃有点着迷，一家又一家试，失望又失望，都已经没有以前的味道了。

不放弃，终于来到住惯的文华东方，喝了一杯下午茶，在河畔看到一条船经过，隔了半小时，又见同一艘船，如此三四回，一样的船看了又看，友人都不相信自己的眼睛，怎么有这种怪事？

原来，河流入大海，刚遇潮涨，又把船冲了回来，小艇摩打①加强，

---

① 摩打，粤语词汇，即马达、引擎，英语单词 motor 的音译。——编者注

再冲江口，但又无奈地被潮水再次推回原位之故。

喝完茶，就到酒店附近的菜市场，这个只有本地人才会去的地方，有一档卖面人家，夫妇两人死守，已有三四十年，在这里，我叫了一碗 Ba Mee Heang，啊，一切美好的回忆都重返，以潮州话问店东："怎么保持的？"

"其他摊子，都不用猪油了。"当头一棒，怎么没有想到这么简单的答案。

见有粿汁卖，即要了一碗，这种潮州小吃，除了府城和汕头之外，已完全地消失了。

此行又与友人试了多家泰国餐厅，但都不值一提，最后一晚，还是去了 Ban Chiang，这家全曼谷最地道的泰国菜，数十年保持水准一致，原汁原味，每一道菜都不让本地旧客和外国老饕失望，价钱也便宜得令人发笑。

味觉这种东西很奇妙，吃过好的，知道有些泰国菜怎么创新都不够好吃，来了曼谷，就不必浪费时间。也不肯去试大家推荐的意大利菜和法国菜，就算多好，也好不过到原产地去吃。

到达机场，第一个闸口就是泰航，行李全交给地勤员工，顺顺利利，快快捷捷地走进候机室，里面的泰国餐厅应有尽有，连 Ba Mee Heang 也供应。吃完，还有时间，免费做个全身按摩，若要赶，也可以捏捏脚，服务真是好得没话说了。

小睡一下，抵达香港。

北极光

中国香港人真会旅行，先是星马泰，接着到日本韩国，再去欧洲，美国也打个转，加拿大不当玩而去移民。古迹一个个走，长城不算，近至吴哥窟，远至金字塔，连什么马丘比丘也发掘了，愈来愈刁钻。

当今最热门的，是去看北极光。

之前在杂志的照片、电视的旅游节目中不断出现，那一整片又绿又蓝的天幕，不断变动，是多么摄人心魄，非亲身观赏一下不可！

怎么去，我们这次是乘友人的私人飞机，在乌鲁木齐停一个晚上，吃吃烤全羊，再到赫尔辛基加油后直飞冰岛。

从窗口望去，一片雪地，进入一个白茫茫的世界。在雷克雅未克着陆，所谓首都，也不过是一个小镇，颇有圣诞老人故乡的感觉，一间间彩色的小屋，像个玩具城，我们不住西方人信任的希尔顿，在镇中一间很舒适的四星小旅店下榻，晚上就在附近的一间食家们推荐的餐厅糊里糊涂吃一顿，来到这里，美食不是主要的目的。

第二天就搬到一家专门为了看北极光而设的酒店，周围除了雪，什么都没有。木造的建筑，简陋得很，已算是冰岛全国最贵最好的了。为了看北极光，皇亲国戚都住到这里来，身上带的，全是最高级的摄影器材。

当今我旅行，已以最轻便为主，拍照片全靠那个 iPhone 手机，知道来到这里是不管用的，先打听一下，有什么光圈最大的傻瓜机，结果是个哈苏的 Stellar，相比别人的，有点寒酸，但我也不在意。

放下行李，到旅馆的酒吧走走，我们这三天的活动范围都在这里，喝喝酒，吃吃东西。冰岛最好的啤酒牌子是 Gull，多喝无益，还是抱着自己带去的威士忌狂饮。

大堂摆了一只北极熊的标本，比我高出两三头来，被戴上了个圣诞老人帽，样子不凶恶了。此外，除了有个桌球室，就没什么设施了。还是躲进餐厅去。

在冰岛最好吃的还是羊肉，不受污染，鲜甜软熟，但千万要吩咐是Rare，一过火就老得像咬柴，奇特一点的是 PUFFIN 野鸟肉，没什么个性，也不及鸽子美味。

酒店经理走进来宣布："今晚的天气清晰，看到北极光的可能性极高，各位好好休息，一出现我们即刻通知大家。"

早上去了看冰川，又见喷泉，还有利用火山热气的发电厂，有点疲倦，又喝了酒，半夜也听不到什么消息，就睡到天亮。

"没那么好运的。"友人说，"上次我们去芬兰看，那边的酒店很好，有个天窗，可以睡着看，但睡了三晚，也没看到。"

第二晚，不喝酒了，早点回房，到了半夜，果然有报告："出现了，出现了！"

兴奋到极点，谁说很难得？我们只等了一个晚上就能看到，运气真好！赶紧起身穿衣服，这次有备而来，在大阪的"西川"买了一件羊驼的底衫底裤，比什么羽绒还管用，手忙脚乱地穿上。

打开落地窗走出阳台，哪里有什么北极光？

看了老半天，原来远处的天边有些白白的光线，只听到其他住客的相机噼噼啪啪地按着快门的声音，大家捧着笨重的三脚架乱拍一通。

一下子，那些小小的白光也消失了，只听到众人骂声不绝，我没那么好气，脱了衣服回床睡觉。

今晚，也是最后的一个机会了，全球暖化，北极光也许再也不出现了呢?

"很有可能! 很有可能! "酒店经理又宣布，"今晚又没有月亮，各位都知道，月圆的晚上北极光不会出现，请各位耐心等待! "

唉，干脆不睡了，一面喝酒一面和你拼个老命!

一片欢呼声! 有了上一次的经验，这次已把穿衣服的次序搞清楚，从容地一件件披上，走出去看。

天上，像黎明一样发光，左一片、右一片的白光飘来飘去，北极光大放光明。

但是，哪来的绿色? 哪来的蓝色? 不过是一片白的。也用了我的傻瓜机拍下，翻看刚才的白光，才看到蓝色。原来，北极的蓝光，肉眼是看不到的，要经过镜头的折射，才有变化。

一切，是骗人的!

可是经过那山长水远，花那么多的气力去看，回来后当然不会告诉你: 原来北极光是白色的! 大家都说美不胜收，人生必看的经历，不来看后悔终生，漂亮呀，漂亮呀!

和去了不丹一样，人们并不像传说中那么幸福，风光并不如传说中那么美好。

苏美璐在电邮中问我看北极光的印象，我老实回答了，她说: "我在北极圈中住了十几年，也没有看到什么值得大惊小怪的现象。"

这就是北极光了!

米兰之旅

（上）

题目说是"米兰之旅"，其实我们的第一站是直飞科摩湖（Lake Como）的，再游比蒙山区（Piedmont）和庞马（Parma），最后才停米兰。

国泰的飞机可以直飞欧洲各城市，如果抵达后再要即刻转机，就较为辛苦，只有一站的话，舒服得多。虽说需 12 小时，午夜航机，吃饱饭，看看电影，睡一觉，黎明抵达，也不觉时差。

经过海关，可以马上看到意大利人的个性，随随便便，糊里糊涂。不必填表格，只瞄护照一眼，盖上印，就让旅客出来。

九月中入秋的天气，最为清爽，身上有些余暖，不觉冷，大家都穿的短袖，就那么坐上车去。

直达科摩湖畔的市中心，还早，很多店尚未开门。众人散步的散步，看教堂的看教堂，已感到有点冷，去买件披肩，有一小间的百货公司已营业，但货色不多，皆来自中国。

我第一件事就去找雪糕吃，若说天下极品是北海道的浓牛奶软冰淇淋，那么意大利的比它更胜一筹，他们叫作忌拉图（Gelato）。如果用英文问意大利人哪里有 ice-cream 卖，他们一定会明知故问："什么叫 ice-cream？ Gelato 就有！"

湖边那家雪糕店，什么味皆齐全，装在一格格的大箱中，任君点食。樱桃的、芝麻的、椰子的、草莓的，但说到最滑最香，还是纯牛奶的云尼拿[①]。若贪心，则可多加几大匙焦糖（caramel），包你吃过不羡仙。

游览完毕，乘车到半山一家著名的餐厅，叫 Nabedano，黄色小屋，花园种满各种树木和香料，爬墙的花更美，里面古画不少，但没有庄严气氛，天冷了可烧壁炉，一切给客人舒适和温暖的感觉。

女主人已是第四代传人了，在等食物上桌时带我到偏厅的小花园，种有一棵分叉的梧桐树，说已有 200 年。树干外皮剥落，成彩色缤纷的图案，餐桌的布，依此设计，极为调和。她又说我坐的那张桌子，是好莱坞巨星乔治·克鲁尼（George Clooney）最喜欢的。这家伙懂得享乐，在科摩湖边买了一栋别墅。

冷盘为地中海虾沙拉，接着是乳牛扒、鱼和小种龙虾配自家制的短面，水牛芝士配煎庞马火腿，甜品是我点的忌拉图，先将面包条烤成花纹，雪糕和糖片最后才加上去，漂亮到舍不得吃。

饱饱，走下山坡，见地下有几颗大栗子，抬头一看，巨树参天，结满带刺的栗苞。大家像小孩子，脱下鞋往上一抛，又肥又胖的栗子掉得满地都是。

折回码头，我们的酒店赛尔贝罗尼（Villa Serbelloni）的游艇前来迎接。以为乘船一下子就到，上了船问船长，才知要 1 小时，原来科莫湖甚大，有 146 平方公里，水更深，达 400 多米，由阿尔卑斯山融化的雪水蓄成。

整个湖呈人字形。经过无数的小镇和半山城区，湖畔的房屋一间间，五颜六色，远看似玩具，近观甚为宏伟，皆有私人码头，其中最著

---

① 云尼拿，音译自英文 Vanilla，即香草。——编者注

名的别墅不是大明星那间，而是意大利科学家伏特住过的，我们的电压单位"伏特"，就以他的名字命名。

赛尔贝罗尼别墅大酒店建于 1788 年，本为私人别墅，后来给美国的洛克菲勒基金买去，改为五星酒店。

下船后再爬阶梯才能抵达大堂，高楼顶，空间尽情浪费，处处大理石、水晶灯、古董挂墙地毡，布满古画。落地玻璃窗望着湖景，每间房皆有向湖的阳台，房间巨大，让客人觉得住入古代贵族的家里。

小睡之后，醒来已入夜，走进酒店的餐厅，吃意大利菜，看明月，人生乐事。

头盘是瑶柱刺身，另一道是低温处理的鸡蛋加鱼子酱、自家制水饺，上面铺庞马山芝士和黑松露菌；接着是鱼；最后以烤乳猪收场。

大厨埃托雷・博基亚（Ettore Bocchia）前来打一转招呼就走，前面几道菜都不错，最后的烤乳猪的皮并不脆，侍者前来问意见，我坦白告诉他。

吃完时，大厨才出现，拼命解释他们的乳猪皮当然没有中餐的好吃，他到过中国香港，吃过，很喜欢，知道我的评语是对的。原来这个人是派了小侍者当密探，先听了才跑去报告，他中间失踪，是先想好了怎么应答，也难为他了。

翌日的早饭为自助餐，老实说，我宁愿这种方式，好过一份份的。当然从数十种面包的选择开始，其他应有尽有。摩科湖靠近庞马，火腿当然一流，最过瘾的莫过于吃附近山区比蒙（Piedmont）的芝士了。

国家地理杂志出版的那本《一生的美食之旅：全球 500 处必访美食胜地》之中，也列出该区的芝士为必食的。早餐中的芝士种类数不清，我一一试之，又香又硬的当然好，还是喜欢口感如丝的软芝士，全天然，毫无防腐，实在大开"口"戒，每样一小块，已半饱。

芝士配水果刚好，当今的梨最成熟，甜得很，但不及藏在冰桶的那两瓶阿斯蒂莫斯卡托（Asti Moscato）。这种独一无二的甜汽酒，酿制方法为世界历史最悠久，一般酿酒的葡萄很酸，这一带用的是最甜的品种。放在密封的木桶中发酵，会产生5～7巴仙的酒精，这时自然产生气体，冰冻了喝。

这两大瓶酒没有客人去动，我不客气地干了一半，吃着上好的芝士。这一天，将是美好的一天。

（中）

从酒店往庞马（Parma）走，车子要爬过一座高山，路弯弯曲曲，虽然说风景漂亮，但也不该受此折磨，即刻请导游公司安排一艘船，回程可以走水路。人数不多就有这个好处，随时改变为更舒服的行程。

进入 Alba 山区，再经过以酿甜汽酒著名的阿斯蒂，抵达庞马。此地的生火腿近年来被西班牙的光芒盖住，其实一点也不公平。意大利餐中庞马火腿配蜜瓜，还是重要的一道菜，这种颜色橙红，又不是太咸的风干肉片，百食不厌。

不过来到了庞马，就要吃甚少输出到国外的另一优良品种，叫库拉特罗（Culatello）。

我们到专门做库拉特罗的工厂参观，制作过程是这样的：选上等猪肥肉，去皮去骨，选最精美的部分，略为抹上一层盐，然后取出一片像塑胶袋的东西，原来是晒干的猪膀胱皮。用水一湿，软了，就把整块腿肉塞了进去，然后以熟练的手势用绳子左捆右捆，扎了起来，好似一个篮球的大小。

把这个东西挂了起来，在室内风干。庞马的气候和风力最适宜制作火腿。两年后，大功告成，已缩成一个沙田柚般大的肉块，不必用防腐剂，只有盐。工夫大，没有多少家肯做，一年只生产 13 000 个。

切片试吃，和一般的庞马火腿比较，色泽较深，香味更浓。肥的部

（编者注：图中文字为"米兰之旅"。）

分占十分之一，其他脂肪进入肉中，和日本大理石牛肉一样。风干了那么久，下的盐又比普通庞马少，一点也不咸，细嚼之下，还产生甜味。很奇怪的，在西班牙火腿变成天价时，库拉特罗便宜得很。

到小卖店去，要了真空包装的 300 克，才 200 多港元，反而只是肥膏的白库拉特罗 Branco Di Culatello 不便宜，200 克要卖 80 多港元，是天下最贵的猪油了。意大利人拿来搽面包吃，说比牛油美味。

附近的山村里，有一个大胡子巨汉在等候，身旁一只狗，是《花生漫画》史诺比 ① 的比格种。由它带路，我们走进森林找松露菌去。

大汉说我们来得正好，9 月 15 日是挖松露菌的解禁期，必有收获。果然看到史诺比的亲戚一个箭步冲前，即刻猎到。虽说不用猪，用狗来寻找才好，史诺比表弟一口把松露菌吃了下去。

大汉把它的口掰开，取出来一看，是小颗的黑菌，就赏了给狗吃。"表弟"大乐，继续找，愈挖愈巨型。我们看到大汉诚恳地笑了出来，这种乡下人，是不会事先把菌埋了来骗我们的。

回到村屋，大汉拿出各种比蒙芝士，毫不吝啬地把挖到的黑松露菌刨在上面，香味扑鼻，我们吃到不能再吃，方罢休。接着他把浸黑松露菌的橄榄油拿出，大量地淋在刚出炉的面包上。怎么饱，也要再吞几块。

接着，我们到庞马市内的 Stella D'oro 去，食物精致得很，当然由库拉特罗开始，接着是山羊奶酪卷烟肉，下面铺小苦菜，黑猪猪肩肉饺子

---

① 又译为"史努比"。——编者注

和黑松露菌汁，庞马猪脚，用 Mascato 甜酒代替焦糖的布甸①，等等，这家餐厅也经营酒店，经花园的二楼都是客房。

建议各位，游庞马区时，干脆就住在这家餐厅里面，吃完睡，睡完吃，其他要做些什么，随你。

但是说到最精彩，还是翌日下午吃的 Restorante San Macco 了。

一进门，就看到一大盘的白松露菌，个个拳头那么大，以为是给客人欣赏，原来全部让我们享用，是一顿松露菌大餐。

当然，配鸡蛋、薯仔蓉，当成肉酱淋猪扒牛扒等吃法都齐全，相信大家也试过，并不出奇。但有一道菜，我想不会有太多人吃过。

上桌一看。

竟然是一条餐巾，卷起来铺在碟上。搞什么名堂？

餐巾餐？

一摸，很热。

仔细打开来一看。

里面包的竟然是几颗小意大利饺子。

浓浓的一道香味扑来。

原来，白松露菌也要吃当天挖到的，不然已没那么香，而且一被削成薄片，味道消失得厉害，只好把饺子渌熟时，迅速削片，即刻用餐巾把它包裹，让煮过的水饺热气焗了出来。这时进食，是最高境界。

接着来的是一片炸库拉特罗上面铺了一层鹅肝酱，一层又一层的饼。一数有数十层之多，又深红又粉红，然后切块来吃，配的是最佳的

---

① 布甸，即"布丁"。——编者注

Barbera D' alba 红酒 Vigneto Gallina，有个犀牛当标志，和 Moscato D'asti
甜汽酒。更好的其他几道佳肴，已不必去提了。

"是不是很完美呢？"餐厅经理搓着双手来问。

"不。"我严肃地回答。

"为什么？"他诧异。

"意大利所有的餐厅，已禁烟。饭后没有那根雪茄，是不完美的。"

"啊。"他点头同意，"那是优雅的年代，已经终结！"

（下）

车子一直往山上爬去，山坡皆为葡萄园，树上挂满黑色的果实，真
想走下去摘一些。

看到一车车的葡萄，往酒庄送去，山路颠簸，葡萄压葡萄，汁液流
出，留下一道痕迹。

这里种的都是做甜酒用的，绝对不酸，司机看到我贪婪的表情，笑
着说："酒店大把供应。"

山顶上的 Relais San Maurizio，由修道院改建，一共只有 31 间房，
我们入住的都是以前僧侣的卧室，很宽敞，他们很会享受的。

大厅的紫檀花由天井挂下，满室皆是。天气还是寒冷的，壁炉生着
火，发出松香。大家都说，这么优美的环境，应该住上两个晚上。但我
们的行程不允许，真可惜。

是时间吃晚饭了，Da Guido 餐厅从前是修道院的马厩，非常宽阔，
众人开玩笑，说连马也住得那么好。

把红砖墙漆为白色，一排排地摆着小圆桌，点着蜡烛，气氛极佳。

吃的尽是当地的特产，一切自给自足，不从外地运来。以为中午那餐太过完美，这一顿也不差，甜品和芝士留给我们的印象比其他食物深，一道又一道，以为没了，最后还上各种手制糖糕。

清晨一大早起来，自助餐上果然摆满葡萄，但还是觉得不过瘾，越过栏杆钻进葡萄园去采。给露水一洗，好像干净多了，味道也好得多，吃得我满身紫色，回到室内泳池冲个白白地出来。

未进米兰之前，我们先到附近的都灵（Torino）一游，这个古城市的特色是商店街旁皆有行人道，有上盖，下雨也不怕。

想找间古董铺子，买几支又长又瘦的枴杖送给查先生和倪匡兄，自己也来一根，走起路来优哉游哉。但没看到，反而走进一家很高品位的烟草店，买了一把半截拇指般大的刀子，兽角的柄，拉出小刀，在凹处放了雪茄，一按，即剪开烟头，非常精美。

到一家全市最老的餐厅去，叫 Ristorante Del Cambio，食物水准很高，但与那家的松露菌一比，已失色。此后的几家，也不会再谈了。值得一提的是我坐的那张桌子，曾经是个著名的政治家的指定席，他在这里发表的名言是："改革已经成功，是时候坐下来吃饭了。"

我们最后一站才是米兰，四季酒店躲在名店街旁边的一条小巷子里，大车驶不进去，酒店分几辆小轿车来大街接我们。

门口不起眼，但走入大堂就感觉到它的气派，虽然也是由一间修道院改建，但是规模大得多，像进入一间博物馆。

建筑形态以拱形为主，大厅走廊皆是拱形门框。走到尽头看到楼梯，一层层椭圆形无尽延伸上去，屋顶一个圆圈，看起来像颗大眼睛。

由房间往外望，就是大教堂和购物天堂 Duomo，后者是游客必经之地，钢铁架成的玻璃天花板，买东西时不会被风吹雨打，几百年前，已经是那么先进。

有些朋友已经等不及行李来到，出门走几步路，就是著名的购物街——蒙特拿破仑大街，什么名牌都有。

我却在房间内休息，四季酒店集团之中，我最喜欢的有匈牙利和巴黎那两家，都是在全市最热闹的区域由古迹改造，现在可以加上这一间了。

在房中的贵妃椅中一躺，拿出 iPad 来看微博，上不了网。离开中国香港时已买的 3G 卡，说只要按入号码就能全意大利通用，结果还是失败，只能靠酒店大堂的 WiFi。把电话打回中国香港投诉，服务亦佳，派了一个专人来酒店为我连线，结果是因为对方给的密码指示出问题，我向来人再三声明，错不在我。那个意大利职员也老实，点头道歉。

晚上，是吃一顿中餐的时候了，米兰市中有好几家，结果来到"香港楼"，店主是新加坡人，说 20 多年前查先生来到，也是他招呼的。久未闻中国米饭香，大家也吃得津津有味，下次可以去另一家我常去的，叫"金狮"。

翌日大家都大买特买，到了米兰，如果不添几套新装，好像对不起自己。一件衣服，在香港卖 3 万多港元的，这里只要 2 万多，省了 1 万元，还可以扣税。

意大利的消费税没有一定的标准，如果买完了到机场领回，货物带着走的话，可扣 11 巴仙，算起来也不少。要是你不带走，给店里邮寄的话，那么能扣到 18 巴仙，这一点较少人知道，是个好办法。

威尼斯之旅

（上）

从北非的马拉喀什的安缦酒店，我们飞去威尼斯的安缦（Aman Canal Grande Venice），两个多小时抵达，反过来也是一样，怪不得许多欧洲人爱去有异国风情的马拉喀什度假。

威尼斯已到过多次，之前都是由陆路前往。这次从飞机场到市中心，坐一个多钟的水上的士，才知辛苦。对面一有船来，即刻掀起巨浪，摇晃得厉害，晕船的人已经脸青，饱受老罪。

从机场到市内距离并不远，但空中有交通控制，水上也有，船速缓慢，尤其到了游客区的大运河，更像龟行。

建筑在 110 个岛上的威尼斯，以桤木（Alder Tree）树干插入海中，用木无数，才能组织成地基。桤木是防水的，但经过近千年，也已腐烂，整个城市开始下沉，一涨潮就淹水，要去趁早去吧。

最好的酒店是奇普里亚尼（Cipriani），好莱坞明星乔治·克鲁尼结婚时选中入住，但他的太太艾莫·阿拉慕丁（Amal Alamuddin）品位更高，和家人选中威尼斯安缦下榻。这座巨宅 Palazzo 由 16 世纪的 Gian Giacomo De Grigi 设计，气概万千，重新装修后尽量保持原貌，特大的房间墙壁漆白，每一间都有燃木壁炉，简单中见豪华，舒适到极点。

从码头进入高楼顶的游客层，爬上大理石楼梯，经过无数的壁画、灯饰、家俬，一切原封不动，有如一家可以住人的博物馆，更像被当年的贵族招待到他们家里吃饭。

最喜欢安缦的酒吧，各有特色，这家整面巨型的镜子前面摆着你能想象到的名酒，还有一个巨大的银制煲茶器，当然是古董。来到威尼斯就得喝杯贝里尼（Bellini），由有汽白酒和水蜜桃汁混合而成，当然在发明此饮的 Cipriani 酒店喝最正宗，当今全世界的酒保都会调这种酒，但是如果不是水蜜桃新鲜的季节，喝用罐头汁的话，就要被人笑外行了。

安缦的餐厅水准一直被赞，晚上就在这里吃，真是一流，从大厨所选的餐后芝士，更表现出他的品位，是哪一位名师呢？

走出来打招呼时，很意外地看到一个日本年轻人，蓄着小胡，一表人才，自我介绍时谦虚地说来了意大利才 10 年，经验未到。

说笑话吧，意大利人如果不领略到过人之处，才不会让一个外国小子来当主厨。

这个叫藤田明生（Fujita Akio）的主厨认出我在《铁人料理》当过评判，很亲切地用日语和我寒暄了两句，我趁机和他约好，一齐去买菜。

翌日一早，藤田带我走出后门，原来这不只是后门，而是另一个由陆路来的入口，花园中种满巨树，像英国的乡下屋多过置身水上之都。

已是 8 点，还有很多店铺未开，我们在小巷中穿梭，其实真的不远，就到达菜市场。想起多年前，金庸先生夫妇邀请我游历威尼斯，我单独一人在这菜市场溜达，构思了一个叫《黑轻舟》的鬼故事，犹如昨日。

市场中最多的是海鲜档，各种鱿鱼墨斗八爪鱼，样子和我们的一样，但肉味和口感完全不同，他们的，怎煮都软熟，不像我们的那么硬，香味更浓，墨汁也不腥。

其他味道差别最大的是虾，有些剥头脱尾，香港人一见不碰的，是出奇的香甜和浓味，一碟意大利粉或饭，放几只下去，即成天下美味。

小公鱼也很新鲜，有的肚中还饱饱地充满春，怎么炮制都好吃。刚刚剥开的鲜贝也诱人。大尾的鱼很多，金枪鱼太普通，我看到了比目鱼，已知道要怎样做，和藤田商量，他大喜，说自己也好久没吃过，今晚一定好好地烹调。

蔬菜档中，香港人会感到好奇的是朝鲜蓟（Artichoke），是一种在地中海沿岸盛产的菊科菜蓟属植物，音译其名，甚美，叫雅枝竹，最令人惊奇的是它不只呈绿色，还有紫色的，像一朵朵的花。

西班牙人会整个丢进火炉中，把外层烧焦了，剥开，只吃其芯。意大利菜里多数是水煮，当沙拉吃。威尼斯什么都贵，时令的菜却比香港便宜得多，5欧元就可以买两三公斤，一大堆捧走，让大家吃个够。

番茄是意大利人的命根儿，不可一日无此君，各色各样的，有的还红绿条斑相间，神奇得很，当今已几百亩几千亩几万亩地用温室种植，从飞机上看下来，改变了大地的景色，以为平原是塑胶构成。

大厨先将一大袋一大袋的食材搬回酒店，我留下，在市场周围的小商店找到各种海鲜罐头，还有乌鱼子，意大利人用来搅碎了撒在意粉上面。希腊人、土耳其人也都爱吃，我买了很多，再下去的旅行，不必只用开心果或花生来送酒，在酒吧中请侍女拿去厨房片开，整齐地排成一碟碟，令周围的酒客羡慕。

鱼市场的墙上，挂着一大幅海报，原来是海明威在20世纪50年代逛市场拍的照片，可以看到他用的徕卡取景。

有什么早餐比在市场附近吃的早餐更好？一大早，小店的老板已肯为我做海鲜饭和意粉，另外将一些活鱼切片当刺身，可惜他们没有酱油文化，只用橄榄油和陈醋来蘸。一大早不想喝酒的，看到面前那堆佳肴怎么忍得了？

来一瓶 G. Menabrea E Figli 啤酒吧，意大利一向不以啤酒见称，这家人已开了 160 年了，味道不错，值得一喝。

（下）

威尼斯说小也很小，如果你只在圣马可广场周围的商店街走走；说大也大，可以到很多小岛，像制造玻璃的，房屋五颜六色的。但还是市中心有趣，如果每家店铺都仔细看，也至少有五六天可以逛。

当然是先到卖笔和纸张的文具铺去，这里有羽毛的书写工具，笔头是玻璃造的；也有各种墨水，含着花香。帽子店亦多，著名的 Borsalino 也在此开分行，巴拿马草帽已有不少，这次出门忘记带来，在其中一家小帽店买了一顶贡多拉船夫戴的，蓝丝带边，打个结，拖下两条尾巴，一看就想起威尼斯。我买了一顶，等到它残旧了，就在帽上画画，应该也特别。

有家卖咖啡器的，各种颜色款式，从最简单的小煲仔到最复杂的电器产品。变化万千的咖啡杯碟，各国来的咖啡豆也齐全，喜欢喝咖啡的人流连。

每家店卖的东西都很专门，有间只售口琴的，想起黄霑，要是他来到也不会走开吧。我是雪糕痴，来到意大利不吃雪糕怎对得起自己？最出名的当然是 Venchi，但当地人会选 Gelateria Cá d'Oro，吃过了发现的确又滑又香，开心果雪糕最为流行；我还是最爱纯牛奶或加了焦糖的，这家店一连去了三次。

特别的有一家叫 White，好像在雅典也看见过它的分店。自己喜欢拿多少就多少的软雪糕店，但也不是任食，而是取后才到柜台去称，以重量算钱。店里挤满小孩子，包括我一个老头，店的附题，写着 Puro Piacere，是纯粹欢乐（Pure Pleasure）的意大利文。

圣马可广场都是一团团的游客，可以避开就避开，游览的话可以在清晨或深夜去，整个广场静得像有鬼出现。出些费用，就可以请到会讲英语的导游。

夜游公爵府是过瘾的，旧时威尼斯的统治者不自称皇帝，只叫公爵，提前申请的话可以让导游带你进去，详细地看他的起居。壁上的巨大油画，记录着当年的功绩和世界各国前来威尼斯朝拜的贵族及使节。这条参观路线可愈走愈远，步行到了叹息桥的内部，和罪犯同一个角度，从窗口望威尼斯最后一眼。

不明白为什么有些人在衣服、皮包方面任意花钱，就不肯给点钱办私人游览。在白天，漂亮的导游带我们直爬上圣马可的钟楼，看它内部的构造，从钟楼高顶俯览整个威尼斯。一家家的阳台，有的是住宅，有的是小旅馆，如果在网上查足资料，就可以租上一个星期，还由家庭主妇烧正宗的意大利菜给你吃，深入体会当地人的生活。

走入民间吧，只要精力足够就可以步行几小时，从小巷中走进一个个的广场，中间必有一口井。咦！威尼斯建于海上，挖下去也是海水，这口井有什么用？原来不是直掘而是横挖，像蜘蛛网一样在地底辐射，收集雨水贮藏，真是聪明！

再经过无数的桥，其中有一座在 Sestier de S. Polo 名叫"奶奶桥"（Ponte de le Tette）。

从奶奶桥再往前走，就能看到一座巨宅，庭院幽深，非常高雅，种满了花，里面的人也衣冠整齐，大门外有块红色的牌子，写着 Centro

Salute Mentale，原来是家疯人院。

另一条深巷中开了家"天津饭店"。如果各位在我的游记中看到我光顾中国菜，就表示那个国家的菜难于下咽了，这次出门那么久，没想过。

Rialto Gel 开在奶奶桥附近，专吃海鲜，其实在意大利除了披萨店，都有点水准。不明白为什么有人欣赏披萨，我认为这是天下最难吃的食物之一。

在餐厅中叫了一瓶冰冻的 Moscato d'Asti，贴纸上画着只鹌鹑，名叫 Bricco Quaglia，为最好喝的意大利汽酒。

喝一口就快乐的是 Grappa，本来这是饭后酒，像白兰地一样，我才不管，照喝，只要让我高兴。在威尼斯最高级的海鲜店 Linea d'ombra 看到有瓶 20 年的 Grappa di Barolo，即刻叫来配海鲜，当晚刚好有已经罕见的蓝龙虾（Blue Lobster），请大厨做意粉好了，他的表情好像是说：食材难得，怎么只可做个便饭？

临离开前在酒店吃大餐，藤田很满意地捧出一大碟鱼，那是我们在海鲜市场买的比目鱼，很大条，一共买了三尾，只取其边。比目鱼的边是绝品，生吃固佳，煮了在骨头上也黏满了啫喱状的骨胶原。

我吩咐藤田用日式的"煮付"（Netsuke）炮制，即是用清酒、味醂①、少许糖和酱油来红烧的做法，一面煮一面淋汁，看鱼刚刚熟即停，不逊粤人的清蒸。藤田说他自己也好久没吃过，当晚捧出来时神情兴奋，见我们吃得津津有味，大乐也。

---

① 味醂，俗作味淋，是一种类似米酒的调味料。——编者注

柏林之旅

西欧诸国，我去得最少的是德意志。除了大学之府海德堡，在夏天有《学生王子》的歌剧之外，别的引不起我的兴趣，不过趁这次冰岛之旅，顺道经过，在柏林打一个圈子，住上三天。

对柏林的印象，来自克里斯托弗·伊舍伍德（Christopher Isherwood）的《柏林故事集》，也已是第二次世界大战前的故事。现代的柏林，最值得看的，当然是围墙了。

到达之后就往那里跑，我们的导游是位知识分子，他说当年围墙倒下，他是其中一分子，姑且听之。站在已经被敲得不见踪影的墙边，只看到一小片留下来当纪念的，看了不禁唏嘘。

原来，墙是那么薄的！只有一本大城市电话簿的厚度，以为当时戒备森严，一定是铜墙铁壁，哪知道一下子便被推倒。

在当年的闸口处，摆放着很多张民众聚集的照片，导游指着其中之一，说："这就是我！"

看来有几分像，1989 年的民族英雄，当今只能当导游，也不免为他难过。

最意想不到的是，我也遇到了一个老朋友，这个老朋友不是人，是一辆车。

在高台上摆着一辆汽车，像个盒子，天下再也找不到那么难看的怪物，也是因为它过于丑，我才会记得。

1985年，我去南斯拉夫①拍《龙兄虎弟》，趁空档，跑去匈牙利找申导演，没有看到。在老友黄寿森的介绍之下，认识了年轻的画家安东·蒙纳。第一次见面，他就是驾了他父亲的那辆车，就是眼前这架 Trabant 车，被昵称为 Trabi。我们乘着它游了整个匈牙利。

别小看它，这是东德的象征，在物资缺乏的年代中，要买一辆也得等到老为止，所以一到手，大家都会很珍惜，一有毛病即刻维修，又因为机件和构造都简单，通常这辆车可以用上 28 年左右。二手车的价钱，要比刚下地更贵，卖到其他一些国家，更是被当为宝。

围墙倒塌后，德国人更看重 Trabi，组织了什么俱乐部、非洲旅行团等壮举，更有它专用的博物馆，把车子漆得五颜六色，或者学美国人的豪华版改装成一部很长的轿车。

很高兴这位老朋友没有死去，成了经典。

看了一眼围墙后，就应该走了，这段历史还是不愉快的，不如看博物馆。如果你对古物有兴趣，那么你来对了地方，柏林的博物馆多得成群，建于海岸另一处，被称为"博物馆岛"。

怎么看都看不完的，来者必得有鲜明的目的，而我最想看的是一个头像，3300 年前埃及皇妃纳拉菲蒂，保存得最为完整。

纳拉菲蒂的埃及语是天女下凡，当今看来还是令人难以置信的美丽，如果你认为蒙娜丽莎是最美的，那么你应该来柏林博物馆看看纳拉菲蒂。

---

① 南斯拉夫是 1929 年至 2003 年建立于南欧巴尔干半岛上的国家，首都贝尔格莱德，即今塞尔维亚首都。——编者注

头像摆在博物馆岛中的"新"博物馆（Neues Museum），除了她，还可以看到一个古希腊广场，十分之宏伟，我们坐在那石阶上发怀古之幽思，倒是一桩雅事。

再走进去，可以看到一座城墙，全用蓝色的彩砖一块块砌出来。这只是一小部分，从整个建筑的模型看来，当年走进来的人应该都看得呆了。

艺术气息不能医治肚子，从博物馆出来，就到 Kadewe 去。来到柏林，没有人不知道 Kadewe，它是 Kaufhaus Des Westens 的简称，西方百货公司的意思。

说是百货，其实万货齐备，坐落于一古老的建筑物中。老店于第二次大战时遭到破坏，还有一架美国轰炸机在它的顶楼爆炸，差点将它夷为平地，在 1950 年才重建，是柏林重要的地标之一。

我们对购物并无兴趣，最想看的是它位于六楼的食物部。看 Food Journeys of A Life Time 那本书，世上最佳的食物宫殿，第一名是莫斯科的 Yeliseyfvsky，第二名就轮到柏林的 Kadewe 了。

它到底有多大？加上七楼大餐厅，两个足球场那么大！里面的食物应有尽有，各个角落设着名啤酒厂的酒吧兼小食部，爱好者围着它要了一大杯啤酒，再到各处去寻找自己喜欢的香肠来下酒，德国人最好此物，种类多不胜数。

我们在每一个酒吧停下，叫一杯试试，之后再往前去，又试另一种酒，香肠已经吃到不能再吃了，这次去找芝士来填填胃。

找到了芝士种类最多的档口，售货女郎表情有点高傲，朋友和我问说有没有这一种的？她听了，知道识货的来了，态度即刻转佳，我们要了五六样后，干脆问她："那你自己呢，喜欢什么？"

她切了一块让我们试，乖乖不得了，这是我们吃过的最美味的芝士之一，即刻问明出处，是块 Beppino Occelli，储藏 12 个月，用威士忌洗濯，颜色带点粉红，是仙人的食物！德国人不介绍自己国家的芝士，反而介绍意大利货，是位可以尊重的食家，脱了帽子向她敬一个礼。

华沙之旅

从伊斯坦布尔，有些友人先回中国香港，毕竟已出来了 18 天，我和廖先生夫妇，再飞波兰的首都华沙。

"去华沙做什么？"有些人问。

回答道："不做什么，为的是没有去过。"

东欧的地理环境远比不上西欧，绝无法国的优美，也没有意大利的炎热，加上在第二次世界大战时，华沙几乎被轰炸成平地，有七成以上的建筑是重建的。好在根据古照片和图则，恢复了古貌，经过六七十年，也看不出什么伤痕，和一些东欧国家，像克罗地亚的札尔格列一样。

我们入住旧城区的酒店 Le Bristol，楼顶很高，非常有气派，放下行李后就去观光，没有一个波兰人比肖邦更出名了，他住过的房子，去过的教堂，当然最著名的还是肖邦纪念馆。

由一座巨宅改建，设施相当地现代化，一张张的肖邦乐谱，在电脑控制之下，一翻开就能听到演奏。陈列着的还有他弹过的古钢琴，到过的城市，最后还有死亡面具。这是古代名人死后的传统，从他的尸体中打了一个石膏模，当成纪念，我倒认为这是一件不尊重逝者的事。

至于皇宫，没什么看头，欧洲其他城市的皇宫辉煌得多，但也走走，皇宫花园的树木，每处还是不同的。

最实际的还是吃，波兰虽然经济不振，农作物还是丰盛的，我们在这里看到前所未见的向日葵，摘了头卖，一个个大如我们的洗脸盆，绝不夸张。种子一粒粒，像苍蝇的眼睛，有密集恐慌的人看了一定会害怕，但如果是两位好友，买了一个放在面前，你一粒我一粒地剥下种子来送酒，却是非常之优雅。

也是榛子和核桃成熟的季节，前者有果叶包住，撕开了才见大若拇指的果壳，敲开了吃新鲜的果仁。后者大如苹果，一般的核桃夹子都不能打开，我买了两三公斤，准备拿回中国香港去用石臼对付。

当地的水果、芝士和坚果都很丰富，在市场上一走，觉得人们的生活不应该那么清苦，弄坏的应该是政治家，当今波兰虽然加入了欧盟，但不可以用欧元，也不知道是幸还是不幸。

问漂亮的波兰导游，她说很多工业都可以发展，但被企业家控制住，宁愿输入便宜一点的外国货来卖。我想起波兰的电影工业本来就很发达，拍出像《钻石和炭》等出名的电影，她惊讶我也能记起，但说是因为官僚主义的阻挡，有种种不合理的工会条件，令外国电影人不敢前来拍外景。

还是去医肚子吧，她带我们去一家叫 Folk Gospoda 的餐厅去，室内装修有如俄罗斯小屋，波兰因为土壤不适合种植葡萄，没有什么好的餐酒，他们做得最好的只是啤酒和伏特加，也就大喝这两种了。

吃的有生牛肉、牛肉浓汤、鹿肉等，没有什么深刻印象，只觉粗糙。以为波兰菜没有什么好的，那也是大错特错。事前，我们做好资料搜集，找到了一家叫 Don Polski 的，走了进去，布置得幽雅，不一会儿，已经把我们用电邮预订的烤乳猪拿了出来。

虽说是乳猪，也有火鸡般大，皮烤得很脆，但侍者说他们是不吃皮的，把肉分了出来，汁多软熟，的确是很特别，就算中国烤乳猪或西班牙、葡萄牙的，也没有这种效果，波兰人有他们的一套。

乳猪肚里塞满了大麦和苹果，另有一番吃头。忍不住还是剥了一块皮来试，硬得要命。

最初订的时候，说要一个礼拜之前准备，听说我们只有四个人，回电邮讲明一定吃不完，我们不管，还要了一头烤奶羊。

奶羊已剥了皮，淋上白兰地，点着火上桌，很有气派，看见一个中年女士拼命拍照片，廖先生说一定是个写食经的，既是同行，我就上前请她一起分享。这女人也不客气，一屁股坐下，吃了几口，点头赞好，就走了出去。

接着我们没有叫的食物和甜品一样样地送了上来，这是怎么一回事？原来那个所谓写食经的，就是这家店的老板娘，这些都是她送给我们品尝的。

在市场中看到很多未见过的菇类，中午就找到一家专门店，一点肉也不叫，都是菇，也吃得饱到不能再饱。

晚饭订在一家叫 Atelier Amaro 的，在当地最为热门，是做新派菜，我一听有点抗拒，但新派菜总是那么一点点一点点，前几餐已够饱，难吃就不吃好了。

餐牌是八道试吃菜，有酒 Pairing，既是吃什么配什么酒，波兰既然没有好的餐酒，这家人配的，是烈酒！

这下可好，我即刻大喜。

食物没有什么可以奉告，但是呈献的烈酒，是专门从全波兰最好的酒窖挑选出来的，有的是 107 度，2 度算 1 巴仙的酒精，一共是 50.35 巴仙。

全部 8 杯，由薯仔提炼出来的伏特加、小麦提炼的味道更纯，还有你永远想不到的用牛奶、蜂蜜、各种水果做的烈酒，一杯杯干了，愈喝愈痛快，这一餐，永记心头。游华沙，千万不能错过。

希腊之旅

（上）

从迪拜，我们飞希腊首都雅典，全程 5 个多小时。

这趟是选了一艘叫 Tere Moana 的邮轮，原因是对它的姊妹船 Paul Gauguin 印象极佳，上次去大溪地乘过，船不大，坐约 100 人，可以停泊在希腊的各个小岛，像美国大公司的怪物，就靠不了了。

在雅典停了几天，于雅典国会前的广场酒店下榻，是市中心，出入也方便。从旅馆高层的露天餐厅，就能直望雅典卫城（Acropolis）的古迹，人家以为是神殿，其实是围墙的遗址，日出日落，把这个雅典的地标照得极美。

第二天就爬上去看个仔细，它在山上，好像不易攀登，但车子可以

到达山下，慢走的话，不算辛苦，整个希腊也只剩下它保留得最完整，希腊政府虽穷，也不停地洗刷，真不知道为什么要这么做，旧就让它旧吧，我们不是来看新的，要维修也得等经济好的时候去做。

很难想象它是公元前六世纪建的，大理石的巨柱，是一个个圆形的石雕叠上去，那种建筑模式影响了古罗马，也被整个欧洲和美国抄袭。

来到雅典也只有这座卫城值得看，如果有人叫你去海神神殿，那得坐好几小时车，神殿建在海岸上，只剩下几根柱子，只有失望。

还是关注希腊人现代的生活是怎么过的。每天街上都有示威，幸好我们先走几天，不然遇上全国大罢工就倒霉了。为什么那么爱游行？不必工作嘛，示威当成有薪假期。

政党为了讨好人民，这一派减少一天工作日，那一派为了要赢，再减少一天。当今人们每星期只需要做三天半的工，政府不破产才是怪事。

到了晚上，大家照样聚集在廉价餐厅，挤满的客人，也不一定全是游客，灌啤酒，吃比萨，欢乐了整夜，我们走进不少著名的餐厅，没有一顿留下特别的印象。

希腊菜不是烧就是烤，就连在 TLC① 看到的美食节目，也并不特别诱人，大量的蔬菜，淋上橄榄油。海鲜也多，八爪鱼尤其受欢迎，也不奇怪，他们的八爪鱼品种不同，不管怎么做也不太硬。

好吃的是坚果，到处贩卖，开心果最爽脆，还有应季的核桃，是柔软的，可当水果吃。如果你对这些有兴趣，那么雅典的菜市场绝对可以

---

① TLC，指美国旅游生活频道。——编者注

走一走。不然，有条古董街，旧家俬卖得十分便宜，其他说什么从海底打捞出来的古物，没有一样是真的。

国会前，每小时有一次守卫交更仪式，卫兵们穿的制服没有一点希腊味，戴的帽子更像土耳其人的，鞋子前面有个大绣球，看起来像唐老鸭女友穿的，更换的步伐缓慢，一点也不威严，只觉滑稽。

我们还去看可以坐几万人的奥林匹克运动场，新建的，也就那么一回事，不如到 酒神狄俄尼索斯剧场，还可以发怀古幽思。

总而言之，雅典是个乏味的都市，要真正接触希腊，也唯有航行往小岛去。

Tere Moana 号虽说小，也有 5 层，上船后依惯例有欢迎酒会，以及免不了的预防意外演习，餐厅有 3 间，全场禁烟，但也有一处允许，船长问有多少个烟客，举手的也不过 5 人，当今，吸烟人的确减少了。

安顿下来后，傍晚出航，沿着海岸线的关系，船也不摇晃，晚饭在意大利餐厅，饮食当然丰富，但不是什么值得一提的，外国人有句话，说没有可以写信回家报告的。

我们此行会停以下各处：希腊的德奥斯、圣托里尼、罗德岛、拔摩岛及土耳其的库萨达斯、恰纳卡莱，最后在伊斯坦布尔上岸。

"这就是爱琴海吗？"我无知地说，"和地中海有什么分别？"

"问得好。"主管娱乐的英国人 Tom 回答，"爱琴海就是地中海的一部分，希腊人都称为爱琴海，听起来也浪漫一点。"

如果你去过那么多希腊海岛，回来之后一定会搞得不清不楚，但是希腊人说，那么多岛，总有一个让你爱上的，你只要记清那个就是了。

我们第一个停的叫德奥斯，之前已安排好有私人导游和各岛的专车接送，乘邮轮时这个钱绝对不能俭省，一定得花在这种叫 Private

Excursion 的私家导游团上，否则细节说得不够清楚，玩得也不尽兴。

德奥斯除了考古学家之外，并无住民，这个古代的商业都市已完全荒废，但可以从许多古迹中看到它当年的繁华，商店、别墅、剧场、妓院，应有尽有，公元前三世纪已有排污设施，较许多当今落后的村庄还要文明得多。

导游一一解释，同船的美国人，跟着大伙参观，看见我们的待遇颇感不平，问我们"为什么你们有，我们没有"，本来对着这些人可以不瞅不睬，但当她回船还向职员抱怨时，我终于忍不住，向她说让你忌妒到死为止，中文不够传神，英语作 Eat Your Heart Out!

（下）

那么多的希腊小岛，最受游客欢迎的，大家公认是圣托里尼。从邮轮望去，只见悬崖峭壁，山头被一层白雪盖住。

原来这是重叠着的房屋，被蓝天衬托着。希腊建筑，全是蓝色屋顶、白色的墙，有如它的国旗，只有蓝白二色。

游览车依着弯曲的山路爬上顶峰，看了下来，只是蓝白二色的房子和永远的蓝天白云，希腊一年之中只有数天下雨，如果你遇到阴天，那是中了彩。

圣托里尼的村子建在山峰上，得一路爬上去，你如果体力不够，可以骑驴，有一只在胸口挂着一个牌子，写着 Taxi，真够幽默。

从山峰上望下，有许多别墅和咖啡馆餐厅，还有蓝色的游泳池。继续爬崎岖的山路，不少手工纪念品店，各有风味，并不千篇一律。又看到一个风车，已没叶，剩下骨干。各处，还有不断出现的猫。

圣托里尼的猫最多了，很多人还出版了各种不同版本的猫书。猫、蓝顶、白墙，成为不能磨灭的印象。

另一处，是繁华的购物街，从中国香港去的游客，也没有什么看得上眼的纪念品，乘了缆车下山返船。

船上餐厅的东西，几天下来也吃厌，我们这群旅行老手知道怎么办，第一天就塞 100 美元给餐厅主管，另又给总厨充足的小费，就什么都容易说了。在岛上我们看到市场中的蔬菜就买下，返船后交给厨房，请他们用鸡汤煮了，当晚就有中式菜汤喝，自己又带了一大袋的榨菜、拉面和酱油，不愁吃不好。

餐厅当然没有什么好酒，当地的 Ouzo 饮不惯，大家都爱喝单麦芽威士忌，各买数瓶佳酿，从傍晚就开始，用在雅典买的开心果，大喝起来，到了晚餐已醉，差一点的食物也变成佳肴。

又去了另一小岛，还是蓝顶白屋，地方是留不下印象，最重要的还是人。在 Rhodes 遇到的导游年轻漂亮，她不断地提到安东尼·奎恩（Anthony Quinn）在这岛上拍了一部叫《六壮士》的电影，这个岛，应该叫安东尼·奎恩岛。

按照希腊人说的，那么多岛，一定有一个值得爱上的话，我喜欢的，叫 Paros，而令我爱上的，是导游 Val。

Val，就叫阿维吧，不是希腊人，而是来自德国，德国和希腊有很深的关系，居住于德国的希腊人也不少。阿维年轻时来到这个小岛，就不回去了。

她年纪应该有 50 多了吧，乌丝之中有一大撮白发，样子长得和瓦妮莎·雷德格瑞夫（Vanessa Redgrave）一模一样，长年不用化妆品的关系，皮肤已被强风吹得粗糙，虎牙有一根剥脱，也不去补了。

阿维不像一般导游，讲解时不是背历史和地理知识。

岛上有一座大理石山，生产的石头最完美，爱神米罗像也是这里的石头雕出来的，拿破仑的墓碑也是。大理石很容易燃烧，烧出来的石灰用来涂墙，最为平滑，也不会被风沙腐蚀。

当我问"那么多小岛，为什么你会在这里留下"时，她回答道：喜欢岛上人们的风俗；死后埋葬三年，挖出骨头后用美酒来洗得干干净净，放在一个盒子里面，再装入小屋，家族可以住在一起，后人把先人喜欢的东西放在盒中，当成祭品。

阿维自己的家没有水电，煮食靠烧木材，你知道用不同的木头，烧出来的菜有不同的味道吗？水呢？自己挖一口并取呀！

在那岛上，她带我们去吃了一餐最美味的，那是用羊的内脏裹成一团，再用肠子绑扎，放在炭上花好几小时烤出来，再剁成碎片来下酒。

阿维最喜欢喝的是有个 A 字牌的啤酒，我试了，的确不错。她最爱抽的是希腊香烟，叫 GR，一包有 25 支，我向她要了一支，是土耳其系烟叶，浓似小雪茄，便宜得很。

上船的时间到了，她还坚持带我们去一个小渔村，晒满八爪鱼干，有个咖啡店，全是蓝色的桌椅，望着蓝色的海。

知道我也写作时，阿维指着山上的一座建筑，本来是家很有味道的旅馆，当今游客都去住海边的，荒废了。这个岛的政府把它改装成写作人休息处，供天下的作家，以象征性的租金长住，只要把自己的作品呈上，就可以申请到住下来的权利。

心中，向往。一天，回到 Paros 来吧，到阿维家做客，吃她做的菜，喝 A 字牌啤酒，抽 GR 烟，聊我们聊不完的人生旅程。

希腊安缦

希腊安缦和土耳其安缦，其实只隔了一个海湾，乘船去的话应该不远，但我们绕道，飞到希腊首都雅典，再从机场乘 3 小时的车才能抵达。

路途也不闷，会经过一条叫科林斯（Corinth）的运河，游客可以在高处俯望，简直是将山峰劈开的感觉，两岸的峭壁垂直，把 Saronic 和 Corinth 两个海湾连接起来，完全用人工挖掘，不知经过多少世纪，终于在 1881 年完成，总共 6400 米长，70 米宽。

但大邮轮通不过，又进入飞行年代，这条运河已失去它的价值，一切都变成了白费，当今只被游客观赏，站在上面看时，感受到人类改造自然的力量。人在改造天，自然也用时间来消灭人的欲望，像埃及金字塔，像万里长城。

车子继续走，经山谷、海岸、丛林，零零丁丁，可看到一些民居。再走进弯弯曲曲的山道，坐车坐得屁股有点痛时，问司机到了没有？到了没有？到底安缦在哪里？

"In the middle of no where." 司机说。这句话翻译不了中文，只能意解为"无人之地"。

安缦酒店一向给你这种感觉，尤其是在不丹旅行时，更让你走个半天也找不到。当然嘛，要清静的话，只有远离人群，走到意想不到的地方。

忽然，在一个望海的山坡上，出现了古希腊的文明，巨大的石柱，宏伟的建筑，只能在历史废墟中找到的神殿，却活生生地陈现在你眼前，而且让你住进去。

安缦（Aman）是梵文的"和平"，而 Zoe 是希腊文的"生命"，Amanzoe 的设计师很巧妙地重现古希腊的建筑，但沿用现代技术，将柱梁支撑着屋顶，中间没有墙壁，一切都透空，中间是巨大的水池，用来把建筑反映成两个，藏在柱旁的是大油压机，一遇风雨，按下按键就能伸展出屏风来保护。

走进去，大堂、餐厅、酒吧，像和水平线连接，有大露台，让大家欣赏爱琴海的 360 度景色，全无遮挡。这么美的环境，是不应该有任何遮挡的。

我们抵达时已是黄昏。很难用文字来形容这里的黄昏，它就是与众不同。黄昏有多种，气层和地理及温度的关系，让这里的黄昏显得高贵，而且每一刻都在变化，蓝色、黄金、紫色，有云无云，我们在这里看了三天，三天都不同，绝对不是夸大，只有亲身感受，才知道这是第一级的黄昏。

为了让客人看一个饱，设计师造了一个和水池一般高的圆台，像一艘太空船一样伸进海边，台上零零星星的几张桌椅，先到先得。坐不到也不要紧，大堂、餐厅和酒吧的各个角度观赏，都是同样的美丽。

妒忌的人笑了，去这些地方的人，不是新婚，便是濒临死亡（For The Newly Wed or The Nearly Dead）。我也是接近了后者的阶段，我并不觉可惜，只要让我感受到这些美景，一切已经不必多说了。

人活在这世上，总希望活得一天比一天好。今天好过昨天，明天更加精彩。在一生中不断地努力之后，享受这些成果，一点也不过分，但如果你是含着银匙出世的，让你来到希腊安缦，你也不会觉得这份宁静，所有的夕阳，也不能让你感动了。

周围种满了橄榄树，地上是一片片的薰衣草，沿着小道便可以走到自己的房间，不叫 Room 而称为套房别墅 Suite Resort，一共有 38 座，距离甚远，不想步行的话有电动高尔夫车迎送。

当然每间房都有巨大的私人游泳池，依山而建，且保留了原来的树木。花园外那棵老橄榄树，至少有几百年吧。经花园进入大厅，和卧室是相连的，一切愈简洁愈透阳光，那张大床舒服无比。

游泳或在花园中让当头淋下的大花洒洗个澡，不然就在房外晒太阳。为什么其他酒店用的都是塑胶的呢？这里的麻布大沙发更显高贵，不然也可以躺在贵妃椅上，白色的垫子套是天天更换的。

来点文化，可到四壁是书的图书馆，或者去酒店的希腊式开放剧院，虽是小型，但音响传播还是一流的。都不喜欢，去商店购物吧，当然比外边卖得贵，但来到这里，你一定不在乎，而且酒店的选择是最好的。

大游泳池旁边也可以开餐，你觉得不够好，可以坐车子到海边俱乐部（Club House），那里的泳池更巨型，不然就跳进清澈无比的爱琴海去吧。

好运动的有私家网球场，或让别人为你运动。这里的水疗中心还有一个土耳其浴室（Hamam），技师一流，当然也有高科技的健身房和瑜伽室。

吃的多是海鲜，可以叫龙虾等早餐，但我还是喜欢希腊式的饮品，那是将开心果、葡萄干、芝士和牛奶一齐用搅拌机打出来，浓得像麦片，但不知好吃多少。

有钱也要会花才行。在这里有别墅出售，三室四室的任君选择，酒店替你打理，你不在时帮你出租，收费各分一半。嫌路途遥远的话，可飞到雅典，从机场乘直升机，半小时内到达，你会避开人群，避开狗仔队，因为有任何生人一来，我们就可以从山上看到。买间住住，才叫有钱会花。

土耳其之旅

我们的邮轮，从最后的一个希腊小岛启航，翌日到达土耳其的库萨达斯，是个大学城，挤满了年轻人，看到他们的活力，但整个海港并不有趣。

过一夜，再停土耳其的另一港口，叫恰纳卡莱，这个地名对你来说也许不值得记住，但依照荷马写的 Iliad[①]，这就是特洛伊（Troy），《木马屠城记》那一个。

从古迹变为旅游点之后，当然很愚蠢地搭了一只不小不大的假木马，又叫些特约的扮演战士，表演一番。既然来了，看一眼就走。

恰纳卡莱的另一名胜是 Gallipoli，澳洲人听到这名字就满腔热泪。第一次大战时死了不少澳洲兵，我们知道此事便是，不必再去看古战壕了。

如果对购物有兴趣的话，这里有政府资助的地毡[②]学院和工厂，可

---

① Iliad，即《伊利亚特》，叙述特洛伊战争的史诗。——编者注

② 地毡，即地毯，土耳其地毯是土耳其代表性的民间艺术。——编者注

以买一两张。见识过各种地毯后，你便会发觉有一家叫 Cinar 的做得最精细。

船继续开，我们在伊斯坦布尔上岸。

这个横跨欧亚的大都市，我来过好几次，最显眼的是一座大桥，桥的左边是亚洲，右边是欧洲，很多人在桥上钓鱼。钓鱼，好像是土耳其人最大的乐趣。

我们是来吃东西的。此行 10 多天下来，我们终于吃到最满意的一餐，是家叫 Asitane 的餐厅。

在幽静干净的院子里的橄榄树下，第一道菜上的是招牌菜羊肉汤，里面有煮得烂熟的羊肉块，加洋葱、蜜枣和无花果干，慢火熬出来，汤极浓极香甜，连不肯碰羊肉的朋友也大赞好喝，从此爱上。

再下来是用一个蜜瓜，把肉碎酿了进去，焖熟之后把瓜当成碗上桌，肉碎之中有软熟的开心果、葡萄干、小米饭和各种香料。

羊腿是裹在整个面包里焗熟的，肉不必咀嚼，融化在口中。这些都是奥斯曼年代遗下的古食谱，那么辉煌的一个王朝，不可能没有美食，当今一般的土耳其菜，只剩下肉片重叠后烤出来的 Kebab，真是罪过。好东西不去找，是不知道的，不能凭一两种便宜食物，就以为是整个文化。

饱饱，就去看名胜了。

索菲亚（Sophia）在希腊文中是"智慧"的意思。

最令后人惊叹的是那么大的一个圆顶，竟然可以没有柱子支撑！学建筑学的人，都要去朝拜，搭这圆顶的并非建筑家，而是由希腊科学家米利都的伊西多尔（Isidore of Miletus）和理学家特拉勒斯的安提莫斯（Anthemius of Tralles）计算出来的。

四季酒店有一座新的，靠海，近来海边建了多家，都没什么味道，我们还是决定在旧四季下榻，它由老牢狱改造，楼顶极高，房间又大又舒适，最好的是从顶楼阳台直望索菲亚教堂，每天傍晚在这里喝酒望日落。

早餐不在酒店吃也罢，可以到海边的一家叫 Kale 的咖啡店去，这里的土耳其香肠、芝士、蜜枣和沙拉，好过任何大酒店的自助餐百倍。

要去的地方都在老四季酒店的附近，走路可到。又去购物，在 Cinar 伊斯坦布尔的总店中，看见同一条蓝色地毯，全丝制成，反光度极强，可以转变成淡蓝色和深黑色，漂亮得不得了。问价，65 000 美元。友人廖先生是位谈判专家，先由减税开始，降至40 000 多，再磨完又磨。不买，走到附近溜达，让店主追来。杀了又杀，我心中认为 30 000 美元已是值得，但廖先生一直保持笑容，坚持不买。

最后，店主投降，以 23 000 美元成交。怎么认为是值得？先由织毯高手算起，每人月薪，最低也应有 600 美元吧，织这么一张复杂的毯子，最少需要 4 个名匠动工，一针一线，需时 10 个月，也就是 24 000 美元了，原料不计在里面，也已回本。但是，最重要的，还是自己喜欢。

店主上前握手道谢，在土耳其，一个不会讲价的客人，是得不到尊敬的。

我们又去香料市场买甜品，土耳其甜品被称为"土耳其的喜悦"（Turkish Delight），已闻名于世，这里简直是甜品天堂，只要是你能想象得到的，都能制成。要当甜品师，就像学建筑要到索菲亚教堂学习一样，一定要来土耳其参拜。

在香料市场，也可以买到上等的乌鱼子，很多人以为只有中国台湾的好，你试试上等的土耳其产品，就见高低。

土耳其除了是甜品天堂，也是羊肉天堂，到处都有羊肉肉团的烧烤，但是要吃羊头，可到专门店去。有一家最古老的，叫 Lale Iskembecisi，在 1960 年创业。

真不能想象一个羊头有那么多肉，用手剥来吃最豪爽，如果嫌羊脑不够多的话，还可以单独叫一碟羊脑沙拉，至于羊舌头，就只有羊头里那一条了。

土耳其安缦

安缦（Aman）在梵语中是"和平"的意思，而 Ruya 是土耳其话的"梦"，Amanruya 位处土耳其的爱琴海岸，一个叫 Bodrum 的地方。

我们从威尼斯飞去，两小时左右，目的也是去住安缦，除了首都伊斯坦布尔，土耳其没什么值得去的地方，上次从希腊乘邮轮也到过一些乡郊，都没留下印象。

这个 Bodrum 行吗？来这里之前做过详细的资料搜查，发现也并不太有趣，由它的发音，联想到 Boredom，是讨厌、无聊、烦恼，我们前来的决定，有没有出错？

当地已经有完善的机场，安缦一来建筑酒店，文华东方也到了，还有迪拜的帆船酒店集团，都纷纷开设这块度假胜地，沿着海，不停地看到五星旅馆的招牌。

安缦一定要和别的不同，绝对不是一看就见，而要经过小路，走入幽静的环境。到处种满了橄榄树，当今五月，是开花的季节，橄榄花细小，沾了手有黐黏的感觉，一点香味也没有。

建筑是根据奥斯曼帝国年代的设计，所有的墙都是用当地赤泥混了大小石块而砌，成了粉红颜色，但这种粉红，并不悦目，也没红砖好看。

住宿当然是豪华舒适的，安缦从不叫房间（Room），而以洋亭或帐篷（Pavilion）称之，这一家则叫为村舍或小别墅（Cottage），一共有36家，进入后要经花园小道、石墙、很大的私家游泳池才到客厅与房间，不想游泳的话，有个大阳台，摆着巨大的沙发让客人干晒。花洒设于花园，浴缸在室内，大床有蚊帐，装饰用罢了。

吃东西的地方也有好几处，另有户外烧烤。找来找去，咦，怎么不见酒吧？原来土耳其的这家，是不设的，但到处可叫酒，就连坐在那三层楼的图书馆，也可以变为酒吧，这也是特色之一吧？

也没有大堂式的餐厅，各个角落一摆上大桌就是私家宴客厅，我们包了一个，当晚友人在这里庆祝生日，得好好安排。

小镇中的蛋糕店并不特别，就在附近的文华东方酒店甜品部订制，去拿之前顺便去酒店的土耳其浴室（Hamam），较外面的干净（安缦只有Spa，没有Hamam）。在里面，男的有男按摩师，女的有女按摩师为客人服务，土耳其浴是出名的，以我的经验，比旧式的上海浴室按摩擦背逊色得多，但环境倒是土耳其的设计得好，有天窗、有巨石、有蒸汽，中国的至今还达不到这样的水准。

生日礼物也在酒店的小卖部找到，是一套一人一口的细致玻璃酒杯，一共有24个，酒量好的可以连喝几杯。在店里也看到一种很特别的酒杯，专门用来喝土耳其土炮Raki，像希腊Ouzo的茴香烈酒。酒杯的样子像一个碗，有个穿洞的圆盖。打开盖，见碗里槽中有一圈冰，中间是给你放玻璃杯的，把酒倒入中间的玻璃杯中，这么一来，就算在炎热的天气，也能将酒保持冰凉，见到了可以买回来当礼物，是独一无二的。

一切准备好了，熄灯，蛋糕捧进来，吃了蛋糕，跟着走进三人乐队和一位肚皮舞舞娘。这倒是意外了，从前看过的都是上了年纪，而且相当肥胖，这位舞娘又年轻又漂亮，小肚上一点赘肉也没有。

音乐开始，从缓慢到剧烈，当舞娘全身摇晃得最厉害的时候，音乐骤然停止，她也一动不动，但可以看到小肚下的肌肉不断地收缩，这才是技艺的高峰，这才叫肚皮舞。

我们每到一处，必先打赏酒保和大厨，关系打好后要什么有什么，友人带去的清补凉煲汤料，到了土耳其才派上用场。

酒店的饭吃厌了，可到海边的小镇去，那里有家叫 Orfoz 的海鲜餐厅，老板叫 Caglar Bozago，做了很多鱼虾蟹的刺身给我们吃，他们的海鲜饭不像西班牙的份量那么大，拿了一个小平底铁锅做出来，一人一份，也可以多叫几种，大家分来吃。

老板说要去日本学做寿司，问我途径，他又不懂日本话，正规料理学校是去不成的，我只有推荐了可用英语上课的 Tokyo Sushi Academy。

Bodrum 附近有很多罗马古迹，规模并不大，无聊可以走走。最多人去的 Bodrum 市旁边的古堡最没有意思，走一圈就可以回来，小城也只是些骗游客的纪念品，次货居多，吃个土耳其雪糕就走吧，可惜土耳其雪糕并不好吃，连我这个雪糕痴也尝了一口就扔进垃圾桶。

如果你是个安缦痴（Aman Groupie），那么为了收集安缦，也可到此一游，不然是绝对不值得来的，跳开土耳其安缦，去隔邻只有半小时飞行距离的希腊安缦 Amanzoe 吧，那才是安缦皇冠上的宝石。

摩洛哥之旅

（上）

如果你是一个爱电影的人，不可能没有看过《卡萨布兰卡》(Casablanca)这部片子，而从第一次接触，你就会记得卡萨布兰卡这个名字，从此向往到此一游，这个神奇的视像将永远流传下去，看你是几岁中了这个毒而已。

经过多年之后，今天终于专程而来。卡萨布兰卡在哪里，怎么去？先由中国香港乘阿联酋航空到迪拜转机，我最近都用此航空，它的商务舱或头等舱，都当客人是人，不像其他公司当你是一件普通的货品，而且票价愈来愈合理。

从中国香港坐 7 个多小时到迪拜，再乘 8 小时，就可以抵达摩洛哥的第一大商业都市卡萨布兰卡了，一共有 400 万人口，温度昼热夜寒，典型的沙漠天气。

我们这次旅行是冲着住安缦酒店而来的，但是这个集团看不上卡萨布兰卡，没在这里开。入住最好的，也只是凯悦丽晶酒店（Hyatt Regency），房间失修，服务没有水准。

从窗口望出，是一个广场，不新不旧。如果你要找沙漠风情，卡萨布兰卡绝对没有踪影。卡萨（Casa）是房子，而布兰卡（Blanca）是白色的意思，但这里看不到什么白房子。名字的印象，应该来自希腊的圣托里尼一类的小岛，房子白得可爱，那是用大理石舂成灰来漆上的，白得发光。

卡萨布兰卡这个名字是西班牙人侵占了摩洛哥之后才安上的，本来叫亚发，是小山的意思。也不必搞清历史了，直奔电影里面的酒吧"里克的咖啡室"（Rick's Cafe）吧。

一座三层楼的古老建筑里面，开着这间由凯西·克里格（Kathy Kriger）这个女人重现的电影遗踪，但室内装修和戏里并不相似，连弹钢琴的也不是一个黑人。

克里格本来在美国大使馆工作，"9·11"事件后离开政府机构，在摩洛哥留下，忽然有个奇想，要开电影里的酒吧。消息一发出后，世界各国《卡萨布兰卡》影迷的捐款纷纷杀到，终于在2004年开成，供应了一个神殿，给爱此片的人来参拜。

我们是来喝一杯的，食物价钱也合理，吃过之后会发现一般而已。但一般人不在乎，经那么遥远的旅程，再不好，也会说好的。愈来愈觉得电影的魅力是无法抵挡的，任何观众都想来这里听听《任时光流逝》（As Time Goes By），所有影迷都希望奇迹出现，从门口走进来的是亨弗莱·鲍嘉，而在他怀抱里的是那个不会老的英格丽·褒曼。没有这个希望，你是不会来到卡萨布兰卡的，而失望之后，你不会告诉别人。

除了清真寺和里克的咖啡室，卡萨布兰卡就没什么可看的了，还是谈谈吃的比较实际。

一大早到街上走，看当地人吃些什么，发现最普遍的是一种面包，双手曲指成圈那么大，一大堆放在小贩车上，用一张布盖起来。客人从中选择，这个按按，那个捏捏，当今的香港少女看了一定会尖叫不卫生，但是我们这种旅行惯的人，也学着挑选了一个，交给小贩。

用把小刀割开面包，放进一块芝士，咦，是法国人做的"笑着的牛"（Laughing Cow）牌子。豪华一点，要一个蛋，蛋是很新鲜很新鲜的，壳上还沾着母亲的排泄物。小贩把壳打碎，取出焓熟蛋，投进面包中，再次用小刀乱剁，最后洒上点橄榄油、盐和肉桂粉，每客13港元，是丰富的一餐。

值得推荐的餐厅有两间：一间是炮台上的 Cafe Maure。走进蓝色的门就看到一大堆的塔金（Tajine），是陶制有盖子的炊具，摩洛哥人不可一日无此君。厨房中已烧好一大锅一大锅的汤，然后就是用塔金做的菜，最典型的是加橄榄、柠檬和香料的鸡，简直是他们的国食。鸡肉黄黄的，但不是咖喱，有另一股独特的味道，好吃吗？你喜欢吃鸡就会觉得好吃，我不喜欢吃鸡，另点了焖羊肉，就美味了。

塔金还可以做小米饭 Couscous，上面铺了红萝卜和青红灯笼椒，同行的一位太太吃不惯面包、羊肉或任何她觉得有异味的食物，只靠小米饭了，我带了一瓶日本酱油，让她淋上，才勉强咽得下。

此餐厅还有一种叫 Ambassadeur 的饮品，是用甜枣、杏仁加牛奶搅成，很喝得过，如果想当酒喝，可加一品脱当地的无花果白兰地，不然来瓶 Casablanca 啤酒，色淡味淡，但有 5 巴仙的酒精。

另一间是吃海鲜的，叫 Herbori Sterie Bab Agnau，开在横渡欧洲的码头里面，要经海关关卡才能进入，专门吃海鲜的。卡萨布兰卡靠海，不吃海鲜对不起自己。店里的鱼虾都很新鲜，可惜不是烤就是炸，海鲜也只有广东人才蒸得好。

翌日出发到马拉喀什（Marrakech），那才是真正的摩洛哥。

（下）

卡萨布兰卡像大阪，很商业的现代化，而马拉喀什就是怀古色彩的京都了。

自古以来，这块土地是沙漠之中最肥沃的绿洲，传说是抛颗枣核，就能长出枣树来。经 3 个多小时的车程就能从卡萨布兰卡抵达，有的人更是避开了卡萨布兰卡，直接由欧洲或中东的都市飞到马拉喀什来，这里的一切景色，完全符合你想象中的异国情怀。

最尖端的酒店群纷纷来此设立，四季、文华等，当今许多国际会议都选中马拉喀什举行。我们入住了这里的安缦，叫为 Amanjena，根据沙漠泥屋设计，被棕榈树包围，各处都是水池，而在沙漠中，水池是最豪华奢侈的表现。天空一直是蓝墨水（Royal Blue）的颜色，与棕色的房子，倒映在大小水池之中。

安缦从不以 Room 来叫客房，而是用大帐篷或亭子 Pavilion 称之，这里一共有 32 间，比创办人的概念多出两间。

当然有私家小花园，种着橙树或柠檬树、厅、房、阳台、浴缸和个人游泳池等，置身沙漠，也能得到一切最高级的设施。

放下行李就往外跑，马拉喀什有全世界最多大排档，成百上千的各种饮食摊子，乱中有序，各自经营，各保卫生，甚少摩擦纠纷。

世界的游客也被大排档吸引，他们总认为在这里吃的喝的都是最地道的，价钱最便宜的，事实也是如此，大排档从来不让客人失望。

当然需要拥有一个强壮的胃，惯于旅行的人，都拥有。我们叫了羊脑、羊内脏、各种海螺、烧鸡烧饼，无限种类的果汁，花不了几个钱。

翌日一早重游，食物摊多数变为卖土产和食品，女士们最有兴趣的是让专家用草药画手画脚，大家都有文身的好奇，但又不想弄到一生一世摆脱不了，这类临时文身最受欢迎了。花个 5 元、10 元港币，就可连颈项都画上彩图，水洗后两个礼拜也不褪色，好玩到极点。

从市集可以步行到古城中的大街小巷，我们最想买的是摩洛哥坚果油 Argan Oil。又音译为阿甘油，果实在每年的七八月份成熟，落地后被妇女收集，必须经过极复杂的步骤才能把果肉去掉，再用两块石头夹碎果壳取出仁来，食用的轻轻烤过，化妆用的就那么生榨出油来。

阿甘油能抗老化和辅助治疗烧伤，内服有助于减肥和改善肝机能，最初大家听了当笑话，每一个国家都生产他们的神油，有什么稀奇？后来在 2001 年《纽约时报》发表了一篇报道，阿甘油即刻变为保健抗老的新宠。2003 年的《洛杉矶时报》更证实阿甘油的效用，大家抢购。热潮过后，没那么疯狂了，我们去买时也不那么贵了。

有没有效不知道，但总好过天天在电视卖广告的日本人的神仙水吧？

马上有用的是带尖帽的长袍加拉巴（Djellaba），每件 400 港元左右。摩洛哥中午炎热，清早和入夜寒凉，罩上这件长袍就搞掂，我看到了一件红酒色的即刻买下，穿上后拍张照片刊在微博上，众网友都说像《哈利·波特》中的邓布利多教授穿的。好用不在话下，走在街上，当地人都知道你尊重当地文化，报以感谢的目光。

古城的大街小巷中，游客们还可以感受旧时风貌，不像其他都市掺杂了新建筑物。造墙似乎是长在摩洛哥人的 DNA 里，拥有一块土地必先造四面围墙来保护自己，统治者建更高更大的。奇怪的是建完墙后，搭支架的空洞不去填平，也许是想留给粉刷时用吧，但为什么没想到盗贼们也可以利用来爬墙而入？

当然先得医肚，在古城中有家叫 Le Jardin 的餐厅，有个花园，干净、舒服，喝咖啡或吃东西都是首选。

晚餐有家可以介绍的，叫 Al Fassia，走进种满玫瑰的花园，进入巨宅，一群穿黄色上衣的女侍者相迎，摩洛哥服装袖子宽大，像日本和服一样，工作时用绳子把袖子绑起来。这家餐厅兼酒店完全由女人经营，食物有家庭式的，也有出名的饼，是用乳鸽肉制成的馅，吃起来微甜，非常之可口，大力推荐。

又有另一种沙拉，特别的地方在于酱料和配菜，像韩国的前菜，一碟又一碟，至少有一二十款，把每一种都吃个精光，让小碗小碟堆叠成山，有满足感。

安缦酒店的酒吧都很不错，我们每到一处，饭前必先去喝上两杯，考考酒保调酒的技艺。已微醺，再去吃饭，有晚在沙漠野餐，有晚在花园的帐幕餐厅中吃烤羊。

外面坐着一个大泥炉，底部生火，把乳羊吊进去，已经焗了 4 小时，等客人到达才拿出来，我们当然又是用手，伸到羊腰部位，把周围的肥肉挖出来大啖，其实烤全羊一定吃不完的，只能选这个部位了。

马拉喀什，是人生必到地之一。

秘鲁之旅

（一）

从香港赤鱲角机场，乘半夜起飞的阿联酋航空到迪拜，要 8 小时，睡一睡，看部电影也就抵达，并不辛苦。

在迪拜的候机室无聊，发了一张照片，是二楼整层，大沙发中间的每张桌子都有一个巨型的烟灰缸，我在微博上写说，是一种福利。

马上有网友看完了问："福利在哪里？"

当今到处都禁烟，机场中就算有个吸烟室，也小得似监牢房，哪有这么大的空间让烟民们优雅地抽个饱，不必有偷偷摸摸的感觉？

4 小时的候机时间到了，再乘阿联酋航班飞 16 小时到巴西圣保罗，机场商店到处有足球纪念品售卖，但因输了，穿巴西队 T恤并非光彩事，无人问津。

这次的 3 小时等待显得非常冗长，只有吞一粒安眠药，减少痛苦。

终于，在清晨 2 点钟到达最终目的地，秘鲁的首都利马，也有美国大集团的旅馆，但我们选了家颇有风格的 Miraflores Hotel。

在巴塞罗那住过一年，略懂西班牙语，Mira 是"看"，西班牙人遇到名胜，都向我说："Mira! Mira!"所以知道意思。至于 Flores，则是"花"，两个字加起来，这一区我叫为"观花之地"，是利马的高级住宅区，临海，筑于悬崖上面，云飘到此，被悬崖挡住，常年灰灰暗暗，当地人乐观，说这种天气之下，生长的鱼特别肥美，我们在餐厅吃了，不觉鲜甜。

睡了一夜，翌日到市集去买纪念品，岩石地板被洗擦得光亮，人们在大街小巷也不乱丢垃圾，发觉秘鲁人是十分爱干净的。

各种手织物，用小羊驼毛 Alpaca 织成的最为常见，如果说到珍贵，则是一种叫 Vicuna 的骆马毛了，它只有 11.7 微米，有多细呢？人的头发，则是 30 微米。天下最微细的是藏羚羊的毛，但已被全球禁止，穿了它的纺织品在先进国家海关被发现，就要没收。当今合法贩卖的，唯有被称为"神之纤维"（Firbe of The Gods）的 Vicuna 了。

这种骆马也是受秘鲁政府保护的，不过它们的毛不采集的话也自然剥脱，所以每年一次，举行了一个叫 Chaccu 的祭典，让一群穿着五颜六色衣着的村民，饮酒作乐，载歌载舞地走近野生的 Vicuna 群，由大圆圈收缩到小圆圈，不让动物受惊，接触之后拿出大把古柯叶子给它们吃，此叶有镇静作用，最后才把毛剪下。

骆马的毛有长有短，腹部的最长，寒冷时它们会用长毛来盖住自己的身体。但纺织最高端时尚衣着的，则是用颈部的细毛，剪下后寄到意大利的 Loro Piana 公司去加工。这家公司做好之后再把部分的毛寄回给秘鲁，它是具有历史的纺织公司，也懂得欣赏最好的品牌，很久之前已发现秘鲁有 Vicuna，便大力资助秘鲁政府开发，功劳也不浅，当今秘鲁之外，就只有 Loro Piana 能买到，还有一小部分分售给日本的西川公司。

在"观花之区"的悬崖边，有一地下商场，其中一家叫 Awana Kancha 的就有 Vicuna 围巾卖，售价是 Loro Piana 的 1/3。

在商场中也能找到专卖巴拿马草帽的店铺，巴拿马草帽只是个名称，实物产于厄瓜多尔，秘鲁离厄瓜多尔近，卖得也便宜，比较起意大利的名帽公司 Borsalino 简直是令人发笑。

至于食物，当今许多名食家对秘鲁的美食十分赞扬，我们也抱着期待，午餐去当地最出名的食肆之一，叫为 Panchita，地址是 Calle 2 De Mayo No. 298, Miraflores。

见周围桌子的客人都叫了一杯深紫色的饮品，当然拉着侍者指它一指，对方会意，过一阵子，饮品上桌，试了一口，鲜甜得很，口感也不错，名叫 Purple Corn，问用什么做的，侍者解释了半天，又拿出一根玉米，全紫色的，拔一粒来试，像糯米，这种饮料除了紫玉糯米，还加了橙汁和糖，很好喝，去了秘鲁可别错过。

食物大致上是以烧烤为主，和巴西、阿根廷一样，南美洲等国，都很相似。另有番薯和猪肉为馅，由香蕉叶包裹后烤出来的粽子。叫的鸡，点黄色酱，像咖喱，但绝无咖喱味，是蛋黄浆，并不特别。

汤也有像红咖喱的，有牛肉粒，分量极大，当地人叫这一道，已是一个午餐。烧烤上桌，味道和口感普通，较为好吃的是烤牛肚。特别之处在于食器，用一个有双手柄的铁锅，里面摆着燃烧的炭，锅上有铁碟，肉类放在上面，不会冷掉。

晚上又去一家叫 La Bonbonniere 的名餐厅，各国食家举起拇指推荐，但我们吃来，都觉得甚为粗糙，绝对称不上有什么"惊艳"的。

翌日一早，赶到机场，这次旅行的主要目的是去看新世界七大奇观，有空中之城之称的马丘比丘，得从利马乘 2 小时飞机，才到库斯科（Cusco），这是海拔 4000 米的高原，但有了西藏、不丹和九寨沟的经验，高山症，并难不了我。

（二）

飞库斯科的客机很小，一律经济舱，挤满了乘客，当然也不至于像电影中那么带鸡带鸭入座，是由当地最大的航空公司 Lan 经营，买的飞机并不残旧，但因为高山气流，一路摇摇晃晃，非常难受，好在只是 3 小时，怎么忍也得忍下去。

一下机，脚像站不稳，说不怕高山症，是否有点反应？

对于我这种抽惯雪茄，喝惯浓茶的老枪，一点反应也没有，也许是要生吃古柯叶子才有效，就再抓一把放进嘴里细嚼，有点苦，像吃茶叶，但绝对不像他们说的那么神奇。当今，秘鲁商人已经把古柯叶子做成茶包，方便售卖，这么一来，更无神秘色彩了。

库斯科是印加帝国的首都，全盛时期遍地黄金，被西班牙人侵略后抢劫一空，整个古文化也跟着崩塌，异族带来的病菌杀光所有印加人，这是历史上最大的悲剧之一。当今来到这个古城，虽不至于全是废墟，但绝对称不上是一个繁荣的地方。

一般去马丘比丘的人，多数由库斯科直接上山，但我们优哉游哉，先一路沿着山路，去到一个叫神圣山谷（Sacred Valley）的地方。

在深山之中，还真难想象 4000 米高的地方还有那么大的一条河流，两边种满大树和各种奇花异草，加上那杀死人的蓝色天空，雪山包围之下，简直是一个仙境。

这里有家叫 Rio Sagrado 的酒店，照字面翻译，是"圣河"。经营者是 Belmond 集团，原本为东方快车组织的一分子，当今分了出来，好在东方快车铁路还是保持原名，不然这个优雅年代的名字，就从此消失。

一间间的木屋依山而筑，里面设备齐全、高雅，经长途跋涉，好好地睡了一个午觉。黄昏醒来，夕阳反射在河中，一大片的草原，养着三只骆马，让客人欣赏。

身上挂满当地织物和纪念品的妇人，是一个个移动杂货店，大家都向她们购物，发现妇女不会心算，更不用计算机，叽咕了老半天说不清楚多少美金。我们旅行，一向是预备好换成当地币值，对方说多少给多少，懒得去和贫苦的老人拼命讨价还价了。

买了一件披肩（Pancho），怎么选的？那么多物件之中，选最抢眼的，一定错不了，这是买领带的时候得到的智慧。我这件颜色鲜艳，五彩缤纷的，在单调的环境之下增加了变化。黄昏天气已较凉，是御寒的恩物。

散步完毕就在酒店吃饭，这集团的餐厅都有点水准，吃不惯当地食物的话可以叫意大利餐。为了安眠，不吃太饱。

翌日被饥饿唤醒。早餐甚为丰富，有各种水果选择，看到五颜六色的热情果，也忍不住伸手拿了一个。这种东西打开之后里面有像青蛙卵般的种子，一向是酸得阿妈都认不得，但很奇怪的，秘鲁的热情果甜到极点，今后有机会大家一试就会同意我的说法。

另外印象最深的，是一大盘白色的小米，前面有片小字，写着Quinua，这是当地名，英文作Quinoa，中文是"藜麦"，是秘鲁人的主食，一路上我们看到公路的旁边，都种满这种植物，外地没人注意。自从美国太空人带到宇宙去吃，这才一鸣惊人。为什么？原来这是一种完全蛋白食品（蛋白质可以根据所含氨基酸的种类和数量分为完全蛋白和不完全蛋白两种）。人们需要的氨基酸有几十种，其中9种必须从食物中摄取，藜麦含有的，就是供应给人体这9种氨基酸，而且完全没有脂肪。换句话说，藜麦只有好处，食极不肥的。

给健康人士知道了，藜麦就成了宝，秘鲁乡下佬日常进食的，卖到超级市场，500克就要100港元。中国内地不进口，自己种，目前量少，500克也要卖70元了。

最重要的是：好吃吗？酒店供应的已经蒸熟后晒干，加上牛奶就能当麦片一样吃。口感呢？一粒粒细嚼，不像白饭或小米那么黏糊。味道呢？也许健康人士说很香，我并不觉有何美味，吃得进口而已，但是愈吃愈感兴趣，在鸡汤中放，当成面或炒饭都行，是此行最大发现。

饭后大家到周围去看古迹，我说最大的古迹是马丘比丘，也就留在房间内写稿，疲倦了四处走走，吸一些仙气。

　　住了两晚之后，就出发到火车站，看到一架架全身漆着蓝色的车辆，这是东方快车仅存的一部分线路，去马丘比丘最豪华的走法。

（三）

　　火车维持当年的优雅，座位宽大舒服，从窗口和天窗可以看到一路的雪山，车尾有个露天的瞭望台，要抽烟也行。餐卡最为高级，白餐巾、银食器，红白餐酒任饮，食物则不敢领教。

　　这是出名的印加路线。山路上有众多背包旅行者，要走 4 天才上得了山。也有高级的，途中设营帐，供应伙食和温水冲凉，趁年轻去吧，我这种老家伙还是乘坐东方快车较妙。

　　两三小时后到达马丘比丘的山脚，四处有购物区，但大家已心急爬上去看，等回程再买。

　　这时才发现游客真多，很久以前的调查是每年 40 万人次，现在不止。好在我们有先见之明，订了一辆私人小巴士，不必排队，即刻上车。

　　这条山路可真够呛，回字夹般地弯弯曲曲，有的由你那边看到一落千丈的悬崖，有的是我这边的。路不平，司机拼了老命疯狂飞车，害怕的人是吃不消的，经过不丹的山路就不担心了，导游说他们一天来回几十次，从来没有发生事故。

　　40 分钟之后终于到达山顶，看到其他车的游客，有些一下车就作呕。

山顶也挤满人，这里的唯一一家旅馆，也是 Belmond 集团经营，甚为简陋，但我们得在半年前订，才可以住上两晚。

门口有几棵曼陀罗树，开满了下垂花朵，此花在倪匡兄旧金山的住宅看过，说是有毒。进了门，有两间餐厅，旅馆这边的较为高级，另一头的大众化，有自助餐供应，都挤满了人，整间旅馆只有 31 个小房间，我们的有阳台，还不错。

放下行李，心急地往闸口走，又是长龙，门票也不便宜，导游带我们直接走进去，省了不少时间。这次由好友廖太太安排，一切是最好的，还细心地请了两个导游，年轻人由其中一个带头，可以直接前进，另一个留着给我这个老家伙，慢慢爬山，要花多少时间都行。

上几个山坡，马丘比丘的古城就在眼前，第一次看，不得不说非常壮观，在这深山野岭，有这么一个规模巨大的部落，是凡人不能想象的，景观令人震撼。

这就是漫画中形容的"天空之城"了，所谓世界七大奇观之一，只是一堆废墟，另有数不完的梯田。说是很高吗？又未必，只有海拔 2000 多米，还低过刚抵达的库斯科城。

说古老吗？也不是，马丘比丘建于 14 世纪中期，是我们的明朝年间，由印加王国权力最大的 Pachacuti 国王兴起，西班牙人入侵后，带来的天花毁灭了整个民族，马丘比丘也跟着荒废，直到 1911 年才由美国人 Hiram Bingham "发现"。其实山中农民早就知道有那么一个地方，太高了，不去爬罢了。

老远来这一趟，还得仔细看，导游细心地指出这是西边居住区、拴日石、太阳神庙、三窗之屋，等等，慢慢地又走又爬，并不辛苦。

入口处，只是一个小石门，并不宏伟，但从石头的铺排，可以看出印加文化中对建筑的智慧，几百斤到上吨重的石头，怎么搬得上去？一块块堆积，计算得天衣无缝，一定是外星人下来教导的。

"马丘比丘（Machu Picchu）这个名字是什么意思？"我问导游。

回答说："一般人以为一定是什么神秘的意义，其实在我们的语言中，不过是指一个很古老的山罢了。"

"这里住过多少人？"

"根据住宅的面积，最多是 750 人左右。"

"用来祭神的？有没有杀活人？"

"历史都是血淋淋的。"

"那么为什么什么地方都不选，非要在这个高山建筑不可？"我的最后一个问题。

"传说纷纭，没有一个得到确认。"他老实地回答。

我自己有一套理论：一般的印加人都要往高山去住。那是因为他们受过河流泛滥的天灾之苦，觉得愈高愈安全，道理就那么简单。

不管是对是错，到了库斯科高原，又一路观察建筑都在高处，也许没有说错。

第二天又要爬山去看日出，但乌云满天，唯有作罢。在旅馆中静养，感受天地之灵，到了深夜，走出阳台，看到的满天星斗，印象深过这个古迹。想起东坡禅诗："庐山烟雨浙江潮，未到千般恨不消；及至到来无一事，庐山烟雨浙江潮。"

下山时，又是大排长龙，遇到三位香港青年，不是乘飞机，是走路或乘车来的，真佩服他们。本来包了车，可以送他们一趟，但有些等得暴躁的美国女人，见我们的车子有空位，想挤进来，司机不理会，她们不明白"有钱老爷炕上坐"的道理，拼命地拍打车门，也就急着走了。

到了车站，再乘数小时火车，终于到达库斯科的旅馆Palacio
Nazarenas，这个美轮美奂的酒店，令我们有又回到文明世界的感觉。

（四）

库斯科的 Palacio Nazarenas 酒店位于市中心，一走出来四通八达。
深夜抵达，非常疲倦，没有仔细看就走进房，见那有四柱的大床，干净
得不得了，浴室也有一间房那么大，中间摆着一个白瓷的浴缸，地板是
通了电的，不感到冰冷，浸个舒服的澡，倒头一睡。咦，为什么感觉不
到库斯科海拔 4000 米的高山症？

醒来才知道，通气口输送出来的不是冷风，而是氧气，这家酒店什
么都为客人着想。

肚子饿，去吃早餐。经过高楼顶的长廊，四面古壁画还有部分保留
着，中庭种的迷迭香传来诱人的气息，食欲大增，急步走到餐厅。

蔚蓝色的天空，衬着更蓝的池水，池边传来音乐，是位当地有名的
竖琴家演奏的。整家酒店也只有 55 间套房，客人不多，食物丰盛，品类
是这段旅行最多的。

医了肚，步行回房，打开很小的窗口，阳光直射，小小的书桌上摆
着花园中采来的鲜花，我一一挪开。别人出外购物，我独自留着写稿，
在这么优美的环境下不创作，多可惜。

出外散步，到处是卵石街道，长长的狭巷，周围小屋依山而建，是
平民住的，和中国香港的完全不同。到当地的教堂走了一圈，金碧辉
煌，真金被西班牙人掠走，贴上金箔的留下，还剩许多许多。

修道院的地板像擦亮的皮鞋，有些乡下来的小孩在上面打滚，赖着不肯回家。

午餐就在地道餐厅解决，之前经过小贩摊，见一箩箩的面包，比胖子脸还大，买了一个，5 港元，懒人可以穿个洞套在颈上，吃个 3 天。

到一家叫 Los Mundialistas 的，当地的食物变化不大，通常是炸猪皮、烤猪和玉米煮的汤。这里的玉米一粒有普通的 5 倍大，但不甜，汤黄黄的，有颗大灯笼椒，当地人就靠这个吃饱，真没有想到那么美味。鸡汤放了很多藜麦，尚可口。

走到当地的菜市，咦，怎么想起越南胡志明市的槟城菜市，外面卖菜卖肉，里面是小食档。

香肠有胖子的手臂那么粗，到处看到猪头牛头。人穷了，当然不会扔掉任何东西，也由此产生食物文化。

有更多的面包档，各种花纹的，都大得不得了，有些撒上芝麻，白色女服的妇女坐着，也不向客人兜售，要买就来买吧。

各种蘑菇，我问导游有没有吃了会产生幻觉的，她大力摇头，好像遇到了瘾君子，但还是很同情地说："古柯叶子大把，你要不要试试？"

我没兴趣，看到一大堆一大堆黄颜色，又是卵状的海鲜，大概是这里的鱼子酱吧，没机会试了，中间还有葡萄般大绿色的水晶体，是什么？不怕脏，还是抓了一粒送进口，"波"的一声爆发，的确像鱼子但是素的，一种海藻罢了，进口做成斋菜，也是想头。

到处卖着鲜花，问价，便宜得发笑，住在这里，每天大把送各个女友，也穷不了。

晚上，去酒店隔壁的餐厅 Map，开在博物馆内的中庭，为了不破坏博物馆的气氛，整间餐厅四面玻璃，像一个巨大的货柜箱。没有墙壁，也不必搞装修，唯一的是在进口处点着一大排的粗蜡烛，已经够了，我非常欣赏这个设计。食物就一般，回房啃吃剩的大面包，更好。餐厅的菜虽然不合胃口，那是我的事，别人吃得津津有味。可是那是西餐呀，到了秘鲁，还是应该喝烧猪汤、鸡汤和藜麦，再加上一杯浓郁的紫色玉米汁。

当地做的 Cusquena 味道比德国啤酒浓，但我喜欢的是这家厂的黑啤酒，每次一坐下来，就向侍者说："给我一瓶黑啤 Cerveza Negra，Por Favor。"他国叫啤酒，通称 Beer，只有西班牙语的叫法不同。

再经过几小时飞行，回到首都利马，当地正在选市长，很多路都被宣传队伍封住了，兜个老半天才回到悬崖上的 Mira Flores，它也是 Belmond 集团经营的。

"今天吃些什么呢？"大家对当地食物有点厌倦，第一件想到的就是到中国餐厅。

我们说不如到超级市场买些罐头来野餐吧，这里中国人开的连锁经营叫王氏（Wong's），由一家杂货店做起，变成集团，到处可见，可惜近来卖给了乌拉圭人，不知行不行，还是中菜馆较为妥当。

中国菜在秘鲁称为 Chifa，不言而喻，就是"吃饭"的音译，最后大家还是到一间世界名食家都推荐的 Amaz，东西可口，但受中国影响颇深，都是煎煎炒炒，原来食家们没试过 Chifa，就惊为天人了。

吃罢，明天再到阿根廷去。

阿根廷之旅

（一）

这次是从秘鲁的利马来到阿根廷，比从中国香港出发轻松得多。

抵达后先在首都布宜诺斯艾利斯停一晚，入住当地最好的四季酒店，偏离中心一点，交通也算方便。第一个印象是从旅馆浴室里的照片得来，黑白的影像中，从上面俯视一对跳探戈的男女。探戈，是阿根廷的灵魂，但不像墨西哥城那么有欢乐，这个城市，是保守的，是深沉的，是充满独裁者足迹的。

第一，它的大道真的大，往返各10条车道，没有专制的行政，是不能把原住民赶个清光，才能建筑出来的。名为小巴黎，可是灯光幽暗，没有夜都会的灿烂和浪漫，守旧得很。

第一件事当然是往酒店的餐厅钻，据西方人称，这里的烤牛肉是天下最好的，必尝不可。

分量的确是全世界最大，主角的牛扒还没有上桌之前，面包、小吃、沙拉等，已填满了客人的肚子，牛扒上桌，月饼盒般大，香喷喷地烤出来，侍者也从来不问你要多少成熟，总之是全熟（Well Done）。

之前我想点鞑靼牛，侍者好像听到野蛮人的要求，拼命摇头："我们这里不流行吃生的！"

全熟牛扒咬了一口，硬呀，硬！

怪不得壁上挂满锋利的餐刀，吃时名副其实地锯呀锯。

一定很有肉味吧？也不然，一般罢了，但是这是全城最好的，也是最贵的呀。要吃肉味的话，我还是觉得纽约人的干式熟成（Dry Aged）牛扒，肉味才够；要是吃软熟的，那么欣赏和牛吧！但是，有很多人说："日本牛虽然入口即化，一点牛肉味也没有！"他们没有吃过最好的三田牛，那种牛味的独特，是不能与夏虫语冰的。我说这种话完全是亲身体验，一点偏见也没有。

整个阿根廷的旅行，都是在吃烤牛肉，一餐复一餐，去的都是当地最好，外国老饕赞完又赞的餐厅，也到过当地最平民化的食肆，没有一间是满意的。

也许是选的部位不对吧？我们叫过肉眼，叫过肋骨，叫过面颊。好友廖先生刁钻，说要沙梨笃！什么是沙梨笃？一般食客也不懂，莫说阿根廷人了，只有向他们示范，拍着屁股。哦！领会了，是屁股肉。烤了出来，同样是那么硬，那么乏味。

第二晚，又去了另一家著名的烤肉店，餐厅墙上挂满足球名将的 T 恤，柜子里也都是有关足球的纪念品，这家叫 La Brigadas 的餐厅好难订得到位子，好在我们是很早来到，所谓早，也是晚上七点半，原来他们的习惯是 10 点才算早。

先要了当地最好又最贵的红酒，迪维卡迪娜和卡氏家族，都来自马尔贝克[①]，喝了一口，不错不错，很浓，有点像匈牙利的"牛血"（Bull's Blood），但总比不上法国佳酿。

值得一提的是侍者开酒的方法，他们把封住瓶口的那层铁箔用刀子

---

① 马尔贝克，即 Malbec，源于法国，后来在阿根廷被发扬光大，成为其国宝级葡萄品种。——编者注

仔细地刴^①开，成为一个小圈子，再把樽塞套住，让客人先闻一闻，知道喝的是什么牌子的酒。

餐厅领班前来，一套笔挺的黑色西装，头发全白，态度严肃，一副非常权威的架势，像武侠片一样，嗖的一声，拔出来的是插在腰间的叉和匙。

咦？怎么不是刀，而是匙？

大块肉，各种部位的肉，烤得熟透了上桌，领班大展身手，用很纯熟的手法把各种肉一块一块地刴开，分别放在我们面前的盘上。

邻桌的美国游客看了也拍烂手掌，我到领班走开时，把他那把汤匙用手指一摸，原来是磨得比剃须刀更锋利的器具。

对阿根廷印象不好吗？不是，不是。

最欣赏的，是他们喝的马黛茶（Mati）。

饮具用个小葫芦的底部，挖空了当杯子，有的镶银镶铜。

再把小壶填满了干 Yerba 叶子，有人把它翻成冬青叶，但不知和中国的冬青有没有关系，这时，就可以注入热水，注意，只是热，不能滚！

最后，插上一根叫 Bombilla 的吸管，别小看，很讲究的，管底有一个个的小洞，用来隔着叶子的粉末，这管子贵起来也要卖好几千港元。

这时可以吸了，我是最勇于尝试的人。味道呢？又苦又涩，别人怎么想不知，我自己是很喜欢的。

对了，这和我们喝茶一样，我们看阿根廷人吸马黛茶古怪，他们看我们喝工夫茶也古怪；我们喝了上瘾，他们也不可一日无此君了。

他们是身带热水壶，不断地冲不断地吸，你吸完之后有时给第二

---

① 刴，粤语中"切割"之意。——编者注

个人，都是同一吸管，中国人看了吓到脸青，有传染病怎么办？阿根廷人从不考虑这些，如果把马黛茶递了给你，而你做出怕怕，不敢吸的表情，那么他们永远和你做不了朋友。

带着吃烤牛肉和吸马黛茶的经验，我们开始了阿根廷的旅行。

（二）

布宜诺斯艾利斯（Buenos Aires），照字面翻译是"好空气"，用西班牙语打起招呼来，也有顺风的意思。导游一定会带你到五月广场（Plazza De Mayo），这里有行政中心、剧院、教堂，但觉得规模比起欧洲城市，都不足道。

反而是下一个例牌观光区的传统街道好玩，到了这里游客们都免不了举起手机拍下五颜六色的房屋，传说是穷苦人家用别人剩下的油漆涂上的，其实最美的还是天空的蔚蓝，中国内地游客拍的是天空。

各墙壁充满著名的涂鸦画家作品，见有人不断地修补。也有未成名的画家的，只可当成观光纪念品出售，官方兑率很低，大家都懂得在这里把美金换成阿根廷币。我一向有预算要花多少，一次性兑换了，就不必每次去计算。

到了这里就听到探戈音乐了，也有真人在咖啡店外表演，男的黑西装，女的大红裙子。

我在小商店里买了第一个喝马黛茶的壶，葫芦壳上雕了花，吸管上有一对男女跳探戈的图案，也知道是游客纪念品，花了100美元，当大头鬼就大头鬼吧，不在乎，只是怕下次再也看不到，要回头也来不及。

　　大街小巷都是烤肉店，简陋的档口只是一个大炭炉上面放了块铁网，就那么卖将起来，要了一块试试，照样是很硬很硬。

　　被咖啡店的蓝色桌子吸引，探头去看，院子里有一木头公仔，做成一个灰发老头，旁边坐的是一个真人，样子很像假的，拍了张照片，对比起来成趣。

　　处处还有其他木头公仔，球星马拉多纳的不少，当然最多的是教宗，才想起他也是阿根廷人。

　　坐下喝杯咖啡吧，导游说这里的水准低劣，还是去百年老店托尔托尼咖啡馆（Café Tortoni），地点在市中心，招牌用美好年代（Belle Époque）的字体写的，外貌像间电影院，有个玻璃橱窗卖该店的纪念品。

　　里面古色古香当然不在话下，是间阿根廷的"陆羽茶室"，到了布宜诺斯艾利斯非光顾不可。天花板上有一大片彩色玻璃窗，灯光由里面照出，整间店挂满古董灯饰，怀旧的气氛实在浓厚，壁上有各位名人、政治家、作家、歌剧家的照片和道谢状，当然少不了探戈的海报，喜欢历史和考古的人可以慢慢欣赏。

　　咖啡我不在行，要壶马黛茶吧？也有得供应，一般马黛茶是友人之间喝的东西，非商品，不卖，但是因为游客们的要求，当今各酒店的食肆都可以找到，好在没有做成茶包。

　　说是咖啡室，各种酒齐全，摆在酒吧后面。大清早不喝了，还是来些别的，我一向不喜蛋糕之类的甜品，见友人叫了，也每一种试它一口，甜得要命。甜品嘛，就应该甜得要命才算是甜品，如果怕甜，有种像我们的油炸鬼一类的东西，整个拉丁民族区都卖这种食物，也甜，但不会甜死人。

　　请导游带我们到古董街走走，自从买枴杖送倪匡兄后，我自己也染上手杖癖，每逢一处，必寻找。当今虽然还不必靠它，但已够年龄和身份撑手杖，这是一种多么优雅的事，何乐不为？

看过多间，都有一些，但较普通。这个城市的古董店显然不是每一件都珍贵，但至少不至于弄假货来骗人。最后给我找到一支，手柄是银制的，有个机关，一按键，打开来是个烟盒子，可放几根香烟后备，非常喜欢，也就不讲价买了下来。

晚上去看探戈表演，也可以请导师来教，费用不便宜，据闻都是大师级的，太专业了。音乐非常值得欣赏，我从小爱听，什么 La Cumparsita、Jealousy 等，如雷贯耳，听现场演奏，更是震撼。

还是医肚吧，最著名的是一种烤包，外形像我们的饺子，但有手掌般大，里面有各种馅料，叫 Empanadas。

不是用来吃饱的，是正餐与正餐之间的食物，算是点心，我们要了几个就饱得不能动弹。

饿的时候看来是诱人的，外层烤得略焦，香喷喷地上桌，一吃，馅并不是很多，觉得有点孤寒，而所谓馅，不像我们包饺子时调制过，就那么塞些芝士、番薯粒之类的斋菜。但也有较贵的肉碎，总之放得不多。

我们去的这家叫 El Sanjuaninos，很出名，里面装修古朴，给人一种家庭的温暖感觉，侍者也亲切幽默，显然应付过很多外国客，一声不出地捧来一大盘烤包，各种馅齐全，我都试了一小口就放下，这种东西早已声明是用来填肚，非美食。

菜单很厚，仔细研究后点了最多人点的豆汤，平平无奇，但是他们做的牛肚羊肚就很精彩，值得推荐，这里还卖鹿肉，但没特别的野味道。

气氛还是一流的，价钱也便宜得令人发笑，各位到了布宜诺斯艾利斯，也不容错过。

（三）

继续阿根廷之旅，国内机位难订，我们要去的地方要多次折返首都布宜诺斯艾利斯，结果友人干脆包了一架私人飞机，计算一下，连同机场等待及各地住宿，可以节省两三天，大呼值得。

先飞阿根廷最南端的埃尔卡拉法特，要看冰川的话，这里有最佳设施。到达后入住当地最好的酒店，所谓最好，也不过是大木条建筑的露营小屋之类，令人想起在冰岛观北极光的旅馆。

这家叫赛琳娜（Xelena）的酒店面对着大湖，早晚日出日落甚为壮观，除此之外没什么特点，印象最深的是早餐的桌子上摆着喝马黛茶的壶，冬青叶大把自己添加，酒店的热水一向不滚，用来冲泡温度刚好。

我们去的时候是阿根廷的冬天，在首都也只有 24 摄氏度，但来到这里寒冷之极，整套冬天衣服搬了出来，也好像不够温暖。

小镇离酒店也要 10 多分钟车程，像西部片般有条大街，最热闹的是一家卖冰淇淋的，愈冷愈想吃雪糕，来到了这里大吃特吃，还淋上当地土炮，有点像伏特加的，勾了冰淇淋之后才觉得喝得下。

友人很爱吃鸡肉，但阿根廷卖的都是鸡胸，他怀念鸡翼，见镇上有家肉店，走进去看有没有，餐厅不供应，自己带去呀，结果看到的也都是鸡胸肉，翅膀不知飞到哪里。

有家工艺品店，只有老头一人守住，看见了一个马黛茶茶壶，很天然的红色，很美，品位甚佳，买了第二个，当今对着它写稿，像更有灵感。也顺道在小超市买了一包冬青叶，本地人说罗莎蒙特（Rosamonte）的牌子最好，也盲目地跟着购入，一袋 500 克，卖二三十港元。

晚上去老饕推荐的烤肉店，去过这么多家，都无印象，每次我只尝羊肉，较牛肉易下咽，记得来布宜诺斯艾利斯第一家餐厅时，侍者拿出一粒粒炸过的东西，原来是羊睾丸，我也敢试，不好吃而已。

红酒不喝了，经常叫一种当地的黑啤，苦得众人都皱眉头，我不怕，最多要一瓶可乐勾着喝，大家看我叫可乐，也出奇。

第二天就出海了，所谓海，是个大湖，包了一艘大船，航行了一小时左右，在船上餐厅大喝马黛茶。心急地等待，终于有块冰川的碎冰漂来，所谓碎冰，也巨大，像个小岛，竟然是蓝颜色的，像染过小时用的蓝墨水的皇室蓝（Royal Blue），大家喝彩。后来漂来的愈来愈多，看厌了也不觉新奇。

终于到达冰川，像整个蓝色的大陆，一个 135 米高的冰块出现在眼前，到底，是值得一看的，人生。

船停下，船夫用铁钩拉了一大块冰，凿开，做鸡尾酒给我们喝。我还是要了一个大口威士忌杯，把冰放在里面，再注入酒。这是亿年冰的"On The Rock"①，相信很多酒吧中喝不到。

以为这是最高最大的冰川，翌日到达的佩里托莫雷诺（Perito Moreno Glacier）冰川才是最厉害的，整个冰川的面积是 267 平方英里，被选为世界天然文化遗产，你会感觉到整个天、整个地都是冰。阿根廷政府知道这是赚钱，大量投入资金做得很好，有 6 英里的木头走廊，方便游客在各个角度去欣赏，年纪大的人有电梯可乘，其实步行起来也不艰难，不然可以乘船周围看。

脚踏冰川是要看季节的，我们不巧没遇上，但在冰岛时已经走过，

---

① 指加大量冰块。——编者注

在远处近处都能观赏，也就算了。本来想要描述多一点游冰川的经历，但已怎么想都没什么可以写的了。

只是离开时，从飞机窗口望下，才知道那是巨大的河流直注入海，遇冷空气忽然全部凝结成冰川，我们到过的比微粒还小。如果这么一来也学不到什么叫谦虚，就没话可说了。

经一个多小时的飞行，我们抵达了有"小瑞士"之称的圣卡洛斯－德巴里洛切。

别人怎么想我不知道，只感到这是阿根廷之旅中最乏味的一程，像瑞士吗？湖边几间木小屋有点味道，据说这里德国人最多，我是一点不觉得它漂亮。

入住的旅馆 Liao Liao，根据西班牙文读法，L 作 Y，也许读"摇摇"，中国人发音成"聊聊"，正式的话读作"绍绍"。"绍绍酒店"大得不得了，是一般游客入住的，我们的贵宾房间面对着湖，不能说不漂亮。

有些朋友已即刻到酒店设有的高尔夫球场，我好好地浸了个肥皂浴，披上浴袍，坐在阳台上面对着湖，看颜色转为绿的，蓝的，夕阳之下，又染红。

翌日有远足活动，也有野餐，我不参加了，继续在房间内写稿，也趁机打听镇上有什么吃的。好了，我找到一家中国餐厅，叫"黄记中餐馆"，听说是福建人开的。这对路了，有炒面吃，即刻打电话去，和对方用闽南话对谈，说有豆芽，大喜。众人回来后一齐去，有什么吃什么，几乎所有食物都被我们吃光。

本来到当地就吃当地东西，叫什么中国餐？但这次我毫不着耻地承认，是的，我要吃中国菜！我要白饭，我要酱油！

（四）

我们来到了阿根廷之旅的最后一站：伊瓜苏瀑布。

从飞机上往下看，一片又一片的热带雨林，连绵不绝，感觉比亚马孙的还大。巨川穿过，到了伊瓜苏瀑布口收窄，叫为"魔鬼的喉咙"。

整个瀑布呈 J 字形。"不是很大呀"，飞机师听到了哼哼一声："到了下面你就知道。"

世界有三大瀑布：南非赞比亚和津巴布韦之间的维多利亚瀑布[1]，巴西和阿根廷之间的伊瓜苏瀑布，还有看过伊瓜苏之后，罗斯福夫人叹为可怜的、美国与加拿大之间的尼亚加拉瀑布。

到底哪一个最大？据资料：伊瓜苏最阔，但中间被几个流沙堆积成的岛屿分割，变成维多利亚最大。而尼亚加拉瀑布的高度只有伊瓜苏的三分之一，最没有看头了！

谁最大都好，伊瓜苏的可以从各个不同形状和角度去看，总计有好几百处，伊瓜苏毫无疑问是天下最美的。

伊字在当地语是"水"的意思，而瓜苏就是"大"了，美丽的传说是天神想娶一个叫娜比的少女，但她和爱人乘独木舟私奔，天神大怒，用巨刃把大地切开，造成瀑布，将这对情侣淹死。

要游伊瓜苏，先得进入巴西境内，有个数十万平方米的国家公园，保护着大自然的一草一木，沿途看到巨喙的大鸟和鼬鼠，并不怕人。

终于到达我们要入住的达斯卡塔拉塔斯酒店，外表粉红色，像出现

---

[1] 即莫西奥图尼亚大瀑布。——编者注

在《时光倒流七十年》（*Somewhere in Time*）电影中的那么浪漫。

经花园到游泳池，进房后先看浴室，已比普通套房还要大，一切设备完善，书桌上摆满鲜花，让客人不想出门。

但已经心急，乘着夕阳，直奔就在酒店前面的伊瓜苏，才明白机师所说的话，确实宏大！瀑布一个接一个，颜色不断地改变，水流隆隆作响，冲到石头上溅散，造成几十道的彩虹，是天下最美的景色，要求婚的话，还是带女朋友来，才算有情调。

欣赏瀑布有几个方法，我们都玩尽了，翌日乘直升机，从高处感觉不到瀑布的威力。再乘船，除了被水溅得一身湿，别想拍什么照片。

最好的当然是步行了，我们除了在巴西这边看，还折回阿根廷那边欣赏，角度更多。阿根廷政府致力发展旅游，让游客搭着完美的木梯一步步爬上爬下，上年纪的游客则有电梯可乘。

我沿着木梯从上游走下，像进入了瀑布的心脏，有如李白形容的"水从天上来"！

水珠造成的视觉效果，几乎都是彩虹，一生没有看过那么多，每次看到一道，都想见见彩虹的末端，是否有像洋人形容的出现一锅金子？这次证实是找不到的了。

和马丘比丘一比，一个是静的，一个是动的；一个是死的，一个是活的。这种人生经验难得，必去的地方，伊瓜苏瀑布是首选。

折回首都布宜诺斯艾利斯，去看上次没时间看的歌隆歌剧院，和欧洲各大城市的一比，这里的当然显得渺小，里面装修的所谓豪华，都贫乏得令人发笑。

但是，喜欢歌剧的人才会欣赏，它的舞台比观众席更大更深。地板下面挖空，像小提琴的效果一样，强烈回响。最佳座位大家以为是总统包厢，对着舞台的戏票反而不值钱，岂知总统包厢只能看到小部分表演，那个座位，是让观众看到人，而不是看到戏的。

整个剧院有七八层高，最奇妙的是最低的，只有半层，是让谁来看？原来是寡妇专席，带丧的人不方便在公众面前出席，只有偷偷躲在这里，她们是来看其他人的时装，而不是来听音乐的。

另有一奇处，天花板上有一个巨大的圆顶，大到可以藏住儿童合唱团，由其唱出银铃一般的的歌声，有如天籁。怪不得大家一致赞说这是天下最好的歌剧院，到了布宜诺斯艾利斯，千万别失去游览的机会。

阿根廷最高级的名牌叫 Ilaria，其实是家秘鲁公司，机场和各大商行没有它的分店不行，它做得最好的是银制品，临离开的前一天刚好碰上我的生日，友人送了我第三个马黛茶茶壶，还有一个土妇卖烤马铃薯的镶银工艺品，手工精细，甚得我心。

我自己也在该店买一个送给自己的礼物，那是一个纯银的名片盒子，薄得不得了，虽然只可装四五张，但这种优雅年代的用品，岂可不拥有？

返港的航班是深夜，我们还有时间，就到贵族公墓旁边的广场走走。适逢日落，把自己的影子照得长长的，举起手机，拍了一张。周围的公寓建筑得比中国香港那些暴发户型的还高级，每个都像穿西装打领带，不像我们的在旁边弄个小火炉煮公仔面。

别了，阿根廷，一个可以重游的国家。

第四章

闷在家里，总得找些事来做

居家艺术家

"闷在家里的时候做什么好呢？"很多网友都问。

"有什么好过创作？"我回答。

"但我们都不是什么艺术家呀！"

"不必那么伟大，种种浮萍，也是创作。"

浮萍去哪里找？钢管大厦森林中。说的也是，不如把家里吃剩的马铃薯、洋葱和蒜头，统统都拿来浸水，一天天看它长出芽来，高兴得很。

好在年轻时在书法上下过苦功，至今可以天天练字，越写越过瘾，每天不动动笔全身不舒服，写呀写呀，天又黑了。

写好的字拿到网上拍卖，也有人捧场。

玩个痛快，替网友们设计签名，中英文皆教，也不是自己的字好，而是看不惯年轻人的鬼画符，指导一下，皆大欢喜。

微博这块平台不错，网友一个个赚回来，至今也有 1 100 万个。本来一年只开放一个月，让大家发问，这次困在家里，就无限制了，年轻人问问苦恼事，一一作答，时间也不够用。

喜欢的电影是什么？早已回复。当今问的是音乐，这方面甚少涉及，就大作文章，从我喜欢的歌手开始，每个来一曲，启发了网友们对这个人的喜好，就可去听他们别的作品。

勾起很多回忆，像我刚到中国香港时的流行曲，是一曲叫《以吻封缄》（*Sealed With a Kiss*）的，由布赖恩·海兰（Brian Hyland）唱出，1962 年的事了，这段日子不停地在我脑海中出现了又出现，也不管他人

喜不喜欢，也就介绍了。

很多人的反应是低级趣味，又嫌是老饼之歌，怎么说也好，我才不管，我喜欢是我喜欢的事。如果年轻人细听，也会听出当年的歌星都经过气息训练，歌声雄厚，不像现在的唱一句吸一口气。

钟楚红来电说聚会，到了才知道是她的生日，多少岁我不问，反正美丽的女人是不老的。

请我吃饭最合算，我吃得不多，浅尝而已。酒照喝，也不可能像年轻时一喝半瓶烈酒。

一说喝酒，又想起老友倪匡兄，他最近得了一种怪病，腿部长了一颗肿瘤，动了手术。

他老兄乐得很，说是一种很奇怪的病，只有专家一看就知道是种皮肤癌，普通的医生还以为是湿疹。我本来想请他把病名写给我，后来觉得无聊，也就算了，反正这是外星人才会染上的，说也无益。

这段时间最好是叫外卖，但我宁愿自己去取，打包回来慢慢吃，常去的是九龙城的各类食肆，偶尔也想到小时候吃的味道，就爬上皇后街一号的熟食档，那里有一个摊位卖猪杂汤，叫"陈春记"，非吃不可。

老太太已作古，当今由她女儿和女婿主掌，味道当然不可能一样，早年的猪肚是用水灌了又灌，灌到肚壁发胀，变成厚厚的半透明状，爽口无比。做这门功夫的肉贩已消失，总之存有一点点以前的痕迹，已算口福。

店主还记得我虽喜内脏，但不吃猪肺，改成大量的猪红，想起新加坡那一档也卖猪杂，挑战我说他们的产品才是最正宗的，我不服气去试。一看碗中物，问道，猪红在哪里？对方即刻哑口无言。原来新加坡政府是禁止人民吃猪血的，不但猪血，鸡血、鸭血什么血都不可以卖，这怎么做出正宗的猪杂汤来？

接着到隔几家的"曾记粿品"，这里除了韭菜粿还卖椰菜粿，那就是高丽菜包的。

就可惜没有芥蓝粿，想起当年妈妈最拿手，结果去菜市场买了几斤，自己做，在家里重温家母的味道，乐融融。

做菜做出瘾来，什么都试一试。我最爱吃面，尤其是黄色的油面，拿来炒最佳，可下鸡蛋、香肠、豆芽和虾炒之，把家佣的那瓶 Kecap Manis（一款甜酱油）偷过来淋上，不必下味精也够甜。说起它，最好还是买商标有只鹈鹕的 Bango 牌子才好，其他的不行。

说到炒面，又有点子，可以号召网友们来个炒面比赛，得奖的送一幅字给他们，这么一来，花样又多了。

这段时间又重遇毛姆的小说，不止《月亮和六便士》《剃刀边缘》[①]，还有无穷尽的其他作品，统统搬出来看，又有一番新滋味。

还有连续剧和旧电影，看不完的。

日子怎么过？

太容易过！

---

① 《剃刀边缘》，即 *The Razor's Edge*，多译为《刀锋》。——编者注

闷在家里的日子，常烧菜

这段日子，闷在家里，做得最多的事，当然是烧菜了。

蔬菜炒来炒去，最多的是菜心和芥蓝，几乎天天吃。天还热，长不出甜美的芥菜，不然我也甚喜欢吃的。夏天当然是吃瓜最妙，常炒丝瓜，粤人听到"丝"，认为其音似"尸"不吉利，改称之为"胜"，胜瓜也是吃得最多的。

提起胜瓜，就想到台湾澎湖产的，其味浓，又香甜，量很少，贵得像海鲜。香港的没那么好，可以用烹调法补之。怎么炒？先刨去外层，切成大块的三角形备用，另一边把虾米滚水浸泡，水别丢掉，留着等一下用，另外泡粉丝，有时间用冷水，没时间就用热水。

锅热下油，把蒜头爆香，下挤干水的虾米。记得用高级货，否则不香不甜。把虾米爆香后就可以放丝瓜去炒了，丝瓜会出水，但不够，可以拨开丝瓜加浸虾米的水，然后把粉丝放进去，怕味精的人可以加一点糖，下鱼露当盐，上锅盖。

过个两三分钟，菜汁被粉丝吸掉，再翻炒两三下，便能起锅，一碟美好的炒丝瓜就完成了，多做几次就拿手，不是很难。

说到下糖，有许多人不喜，说："甜就甜，咸就咸，哪里可以又甜又咸的？"吃惯上海菜的人一定不怕，他们的料理多是又咸又甜还要又油的。

同样的炒法可以炮制水瓜，还有葛类。把沙葛切丝后炒之，又甜又美。不这么炒，可下鸡蛋煎之。同样的，炮制苦瓜炒苦瓜，一半生苦瓜，一半焯过的苦瓜。或用鲜虾来炒。或下大量黄豆煮汤，记得放些潮

（编者注：图中文字从左往右竖读为"甜脆清爽滑、辣松酸鲜、淡、肥、软酸浓腻"。）

州咸酸菜来吊味，没有的话用四川榨菜片也行，加点排骨，是很好的夏天汤水。

简单的红烧肉吃久了未免单调，做个红烧肉大烤吧。所谓大烤，就是加墨鱼进去煮，锅中放水焯五花肉，墨鱼洗净备用。下油、热锅、加些姜蓉、小米椒煸炒，待煸出油放墨鱼翻炒，加花雕、老抽，小火焖 40 分钟，加冰糖大火收汁，完成。

什么？又咸又甜不算，还要又鱼又肉？是的，海鲜和肉一向是很好的配搭，韩国人也知道这个道理，在煮红烧牛肋骨时，最地道的方法也是加墨鱼进去。

海鲜是海鲜，肉是肉，一般不肯尝试的人总跳不出这个方格，失去不少饮食的新天地。

海鲜加肉最易炒了，美国韩籍大厨张锡镐的餐厅 Momofuku 的名菜，就有一道把猪脚焖了，切片，用生菜包着，里面有泡菜、辣椒酱、面豉酱、蒜头、紫苏叶，最厉害的是加生蚝，一加生蚝，这道菜就活了，我最近常用这个方法来做，可以杀饭。

生蚝入馔的还有澳洲的 Carpetbagger，一大块牛扒，用利刀横割一个洞，将生蚝塞进去再煎，是我唯一欣赏的澳洲本土料理。

最近常做的还有各种意大利菜，发现了分域码头里的意大利超市 Mercato Gourmet 之后，便经常光顾，里面有数不尽的意大利食材，价钱十分公道，买来自己做，比上餐厅便宜多了。

最基本的是意粉，那么多的选择下，那种最好？各人有各种口味，我喜欢的是一种扁身的干面叫 Marcozzi Di Campofilone，下了大量的鸡蛋制作，水滚了下点盐，煮个三四分钟即熟，味道好得不得了，不知道比大量生产的美式干意粉好吃多少倍。

酱汁当然由自己调配最佳，店里有卖一包包现成的各种酱，意大利厨师亲自做的，最正宗不过。我喜欢的是一种羊肉酱，买回来加热后淋上方便得很，在餐厅吃的多数下太多的芝士，只有意大利人才爱吃。

酱汁之中，没有比下秃黄油更豪华了，连意大利人吃了也竖起拇指。店里也卖各类的乌鱼子，不比中国台湾的差，大量地刨在意粉上面，吃个过瘾。

一条条的八爪鱼须是冰鲜真空包装的，打开后煎一煎就可以切开来吃，一点都不硬。但最好的是买到新鲜的小墨鱼，每个星期一入货，在下午买些回来煎一煎即可以吃，鲜甜得不得了，简直可以吃出地中海的海水味道来。

头盘来些庞马火腿，100克好了，再在店里买一个意大利蜜瓜，比日本来的清甜，又便宜得多。吃出瘾来，再切100克的猪头肉下酒。

那么多的橄榄油，不知道哪种最好，由店员推荐好了，推荐了一瓶 Frescobaldi Laudemio，的确不错。认清了牌子，不再买错了。

西红柿的种类很多，有些样子和形状都在中国香港罕见，我介绍你一种黄颜色的，比乒乓球小一点，甜得可以当水果吃。

最后，还买了一大罐大厨自己做的雪糕，下大量新鲜鸡蛋，滑如丝，拿回到家里刚好融化，胜过自己做了。

算账时看到架上有雪茄出售，是克林特·伊斯特伍德（Clint Eastwood）在西部片中常挂在嘴边的那种，粗糙得很，但也有说不出的风味，扮扮牛仔英雄，非常好玩。

吃到雪糕从双耳流出来

BBC 有个节目，所到之处都是大家熟悉的，但全是一般旅客不知道的地方，刚好我都住过，看起来十分亲切。

前面介绍过巴塞罗那，这是我 20 多年前拍《快餐车》时住过一年的都市，后来也经过三四次，但游客太多，又时有吉卜赛青少年抢劫事件发生，已失去了兴趣，不管怎样，等可以旅行时也一定要重游，最好得到 2026 年圣家堂 [①] 完成时看看，这是多年来的心愿。

高地的建筑在 1882 年开始动工，一直没有停过，我去时一切还没有上过颜色，游客对它也不太注意，我就住在附近，一有空就把头钻进去研究，对它的一草一木都感兴趣。

当年还结识了一个年轻的雕刻家叫外尾悦郎（Etsuro Sotoo），每天辛辛苦苦地刻石，他说只要能为教堂献上一分力量，就是一生最大的满足。

巴塞罗那冬天冷起来也相当厉害，我看他衣服单薄，冻得全身发抖，我在拍完戏离开时把所有御寒的衣着都送了给他，当今他已成了名人，不知会不会记得？教堂完成时他人一定在，也想找他坐下来聊聊天。

另外到过阿姆斯特丹，我虽然没有长期住过，但每年一有机会就去拜访丁雄泉先生，在他的画室中向他学上色彩的运用，在他的厨房中包

---

① 又译作"神圣家族大教堂"。——编者注

葱油包子吃，度过很幸福的懒洋洋的下午。

丁先生最喜欢的一棵大树就在他家附近，我们常散步去看它，他说："这么一棵树，养活了几百万片叶子，你不觉得自然的伟大吗？"

丁先生逝世后，我没有理由再去阿姆斯特丹，但对这棵大树，总希望有一天再去看看。

近来在梦中也常见前南斯拉夫的首都，在梦中出现的，是从前住的旅馆中走出来的那条街道，走呀走呀，经过街角的一个小塑像，大家都在那里点一支蜡烛，如果再去，也一定会去点一支。

当然也不会忘记那边的羊肉，在野外架上个铁架，铁架两头装有风车。把整只羊放在架上，下面燃烧稻草，风一吹来就旋转着羊，让它慢慢地烤，熟后，拿到厨房乱斩，一手抓羊肉，一手抓一个洋葱，撒上盐，就那么一口口吃，其他什么调味品都不加，是我一生吃过的最好的羊肉。

最近有位好心的网友，把我以前拍过的旅游节目都放在网上，其中有我在法国乡下吃的樱桃，那是一串串，紫色的果实，紫得很深，近乎全黑，但那是天下最甜的樱桃，如果能够再去一趟，也会去尝尝。

新朋友之中，有位詹尼·卡普户廖利（Gianni Caprioli），他经营的餐厅 Gia 和意大利食品店也是我最喜欢去的，有机会去意大利的话和他结伴，他会去拜访他入货的商家，一定能吃到好东西。

有时候，旧朋友反而没有再见的冲动，大家都老了，有点气馁，见到时你可怜我，我同情你，不知道要说些什么才好。但话虽这么说，还是想见的，刚刚接到韩国徒弟"阿里巴巴"的问候，我当然想和他一起去吃酱油蟹、烤鳗鱼和所有我喜爱的韩国老味道。

还梦到吃雪糕，我这个雪糕痴已学会自己做了，日本的北海道牛奶做的软雪糕可以吃到拉肚子为止，意大利的冰淇淋也百食不厌，他们说要原汁原味，原味的话，当然是甜，甜死人也，才够味，我一点也不怕，怕的是清淡到淡出鸟来的雪糕，不如不吃。

巴黎的贝蒂咏（Berthillon）冰淇淋好在种类够多，可以叫一个所有味道都齐全的，至今有 30 多个球，吃不完也要来一客。越南胡志明市的 Fanny 也有此等风味，他们还有独特的人参果雪糕，所谓人参果，是一种南洋水果，褐色，很甜，是我小时最爱吃的水果之一。吃呀吃，吃到雪糕"从双耳流出来"，这是西班牙人描述过瘾的手势。

还有烤乳猪，葡萄牙有一个小镇，所有餐厅都卖这种美食。如果你要我选中国烤乳猪和葡萄牙的，我还是会选后者，它的窍门在于把猪油涂满猪的内侧再拿去烤，这一点是中国烤猪做不出来的味道。

一提到葡萄牙，当然还想到他们的砵酒，最老的砵酒在那边喝也不是什么大事，价钱又便宜得令人发笑，买一个当地蜜瓜，把砵酒倒在里面又吃又喝，是天衣无缝的配搭。去时选沙丁鱼肥的季节，当沙丁鱼肥时，是天下最美的味道，这时又得做西班牙人的手势，"从双耳流出来"。

玩大菜糕

童年，南方的孩子都吃过大菜糕，有些是混了颜色果汁的，有些只打一颗鸡蛋，煮得变成云状的固体，是我们的回忆。

现在想起，都会跑到九龙城衙前塱道友人开的"义香豆腐"买，本来很方便，但对方坚持不收钱，去多了我也不好意思，只有自己做。

最容易不过了，市面上卖着各种大菜糕粉，煮熟了不放冰箱也会凝固，亲自做起来，总觉得比店里美味，但不动手又不知其难，以前买了大菜糕粉，泡了滚水，就以为会结冻，但永远是水汪汪的不成形，原来大菜糕粉没有完全溶解，失败了。

又不是火箭工程，我当今做的大菜糕相当美味，样子又漂亮，其实只是多做了几次，多失败几次罢了。

先买原材料，从前的杂货铺都卖一丝丝，比粉丝更粗的大菜丝，煮开了即成，现在大家不自己做，杂货店也不卖了。

到处去找，也必须正名。中国香港以粤语叫成大菜，中国台湾受福建影响，叫成菜燕（吃起来有穷人燕窝的感觉）。传到南洋，也叫菜燕，有时又倒过来叫成燕菜，总之用惯了就是。

制成品日本则叫寒天，原料叫天草，做成一英寸的长条，近年则多以粉末来出售。本来洋人不会用，近年也开始入馔了，叫的是印度尼西亚文 Agar Agar，当今这名词已成为国际性的叫法了，去到外国食品店，用这个名字不会错。

Agar Agar 粉很容易在印度尼西亚杂货铺找到，去到泰国杂货铺，也卖"博信行两合公司"的特级菜燕，但没有外文说明，怎么做只靠经验。

除了中国香港的蛋花大菜糕之外，我最常做的是泰国的椰浆大菜糕，上面是白色的一层，下面是绿色的，以为做起来麻烦，原来非常容易。

买一包印度尼西亚"燕球商标"的燕菜，画着地球和一只燕子的，再把不到一升的水煮滚，下一整包燕菜粉，必须耐心地等到全部溶解才能成功。

沸时顺便煮香兰叶，水会变绿色，要是买不到新鲜的香兰，只有下香兰精了。

这时就可以下椰浆，新鲜的难找，买现成的纸包装或最小罐的罐头椰浆倒入，顺便加糖搅拌，糖要加多少随你，怕胖就少加一点。

必须注意的是椰浆不能煮滚，一滚椰油就跑出来，有股难闻的油味，忌之忌之。

这时就可以放入冰箱冷却。很奇怪地，椰浆和大菜的比重不同，它会浮在表面，也不会因为混了香兰汁而变绿。上下分明，大功告成。你试试看吧，这是最容易做又难失败的做法，连这种功夫也不用花的话，到店里去买好了。

但是一成功你就会发现一个天地，可进一步做芒果奶冻和红豆大菜糕。原理是一样的，书上说的多少大菜糕粉和多少红豆，都是多余的，全靠经验。有时过软，有时太硬，做了几次就掌握，总之是熟能生巧。

比例试对，硬度掌握之后，食谱就千变万化了，别以为只有吃甜的，咸的大菜糕也十分美味。

咸的食谱，一般用的是啫喱粉，即是由猪皮或牛骨提炼出来的，属于荤菜，大菜用海藻提炼，属于素的，这一点要分清楚，别让素食者吃了罪过。

咸的大菜糕混入肉汁，牛的鱼的都行，凝固后切成小方块，加在鱼或肉上面，增添口感。

也可以添入鸡尾酒中，像把香槟酒倒入切成小方块的茉莉花大菜糕中，这是何种高雅！

加水果更是没有问题，大菜榴梿你吃过没有？我最近就常做，买一个猫山王，吃剩了几瓣，取出榴梿肉，混了忌廉做大菜糕，香到极点。

至于用花，最普通的是桂花糕了，到南货店去买一瓶糖渍桂花，加上大菜，放进一个花形的模子里面，做成后上面再放几颗用糖熬过的枸杞子。

越做越疯狂，有时我把几种不同的冻分几层，最硬的香兰大菜放在最下面，上面一层樱桃啫喱，另一层用什么都不加的爱玉，这是中国台湾的一种特产，带有香味，可以买粉末状的来做，最好是由爱玉种子水浸后手磨出来的，它最软，可以放在最上层，最后加添雪糕。

当今夏天，盛产夜香花，本来是放在冬瓜盅上面吃的东西，也可以用糖水焯它一焯，待大菜在未凝固之前把一朵朵的夜香花倒头插入，最后翻过来扣在碟子上，这时夜香花像星星般怒放，看了舍不得吃。

包饺子

大家闲在家里会觉得发闷，我倒是东摸摸西摸摸，有许多事可做，嫌时间不够用，其中消磨时间的方法之一，是包饺子。包饺子包括了包云吞、包葱油饼、包小笼包、包意大利小饺子等，数之不尽，玩之无穷。

一般应该从擀皮开始，我知道用粗棍子把皮的边缘压薄一半，合起来才是一张的厚度，煮完熟度刚好，但我这个南蛮人粗暴，性子又急，不介意买现成的皮来包。

到菜市场的面摊去买，5 元 10 元就可以买到一叠，拿回家就可以开始制馅了，自己做有个好处，就是喜欢什么做什么，超市买来的冷冻品，永远不能满足自己的口味。

主要的食材是肉碎，去肉贩处买肥多于瘦的猪肉，包起来才又滑又香，加上切细的韭菜或葱，就可以开始包了。要求口感的变化，我会加入拍碎的马蹄、黑木耳丝，咬起来才脆脆的，甚为过瘾，若市面上找不到马蹄，可用莲藕代之，没那么甜而已，最后添大量的大蒜，拍扁后切碎。

调味通常有盐，没有信心的人可加味精，骗自己则撒鸡精粉，其实也是味精。我不知道为什么大家对它那么害怕？只不过是从海草中提炼出来的东西，不撒太多也应该不会口渴，但我做菜时，心理上总是觉得这样太取巧，自己是不加的。我甚至连盐也不撒，打开一罐天津冬菜，即可混入肉中，也已够味。

各种食材要混得均匀，戴个塑料透明手套搓捏，我觉得又不是打什么牛肉丸，不必摔了又摔，食材不烂糊，带点原形更佳。

怎么包呢？我年轻时在首尔旅行，首次吃水饺，那里的山东人教我，在面皮边缘涂些水，双手一捏，就是一只。当然折边更美，如果再要求美观，网上有许多短片，教你五花八门的包法。

我嫌烦，包给亲友吃还可以多花工夫，自己吃随便一点，最快的还是买一个意大利的饺子夹，放入皮，加馅，就那么一夹，即成。

这是包饺子专用的小工具，云吞的话还是手包方便，看到云吞面铺的师傅拿一根扁头的竹匙，一手拿皮，一手舀馅，就那么一捏，就是一颗，但自己永远学不会。

当然喜欢北方的荠菜羊肉饺，或学上海人包香椿，但我要有变化才过瘾，只是肉还是单调，最好加海鲜，通常我包的一定有些虾肉，也不必学老广说一定要用河虾，海虾也行，太大只的话，可拍扁碎之包馅。

如果在菜市场看到有海肠，也买来加入馅中，青岛人最喜欢用海肠为馅，不然海参、海蛎、海胆，什么海鲜都可以拿来包。我有时豪华一点，还用地中海红虾呢。

去到日本，不常见水煮饺子，他们的所谓饺子，就是锅贴而已，用大量的包心菜，下大量的蒜头，他们的馅就那么简单，所以吃完饺子口气很重。

到拉面店去叫饺子，不够咸，但他们是不供应酱油的，一味是醋。说到这里，我是一个总不吃醋的人，所以在拉面店很少叫饺子，我最多点意大利陈醋，它带甜，还可以吃得下。

饺子传到意大利后，做法也变化无穷，最成功的是他们的Tortellini，一只只像纽扣那么大，我们的怎么做就不肯做得像他们那么小，味道也真不错，如果你爱吃芝士的话。工夫花多了，但是卖价则是我们水饺的好几倍。

他们怎么包呢？先擀好一层皮，用个带齿的小轮切之成方块，再把馅一点一点放在上面，卷成长条，再把左右一卷，沾了水，贴起来，即成，样子与我们包的一模一样，意大利妈妈才肯下那么多工夫，经过三星级大厨一包，更让所谓的食家惊为天人，我认为是笨蛋，偶尔食之则可。

水饺锅贴都应该是平民化的食物，没什么了不起，填满肚子就是，北方人还不经咬嚼，一下子吞入，吃个50只面不改色。

拜赐超市，当今水饺已是一包包冷冻了卖，煮起来也方便，不必退冰，就那么直接抛进滚水中就是，用三碗水煮法：水沸，下一小碗冷水；再沸，下另一碗冷水；三沸，下第三碗，第四次水滚时，水饺就熟了。

　　我们自己包，吃不完也可以把它放在冰格中，按自己的食量分开包，云吞的话，我可以吃 20 粒左右，水饺皮厚，我只能吞 8 只，每次 8 只分开放进胶袋，丢入冰格中就是。

　　买了那个意大利饺子器之后，我一有空就包。本来想按照丁雄泉先生的做法，下大量长葱，包起来山东大包那么巨型，但是用饺子器只能包小的，长葱也用不上，改用青葱，切葱之后，拌以大蒜碎，撒点盐和味精，其他什么都不加，一个个包好后，吃时把平底锅加热，下油，一排一排地，加点面粉水在锅底，上盖，煎至底部发微焦时，起镬，一排排的葱油锅贴上桌，好吃又漂亮，你有空时不妨做做看。

咸鱼酱吃法

　　我开了一家工厂，在中国香港专做酱料，除了咸鱼酱，还有菜脯酱、榄角酱等，乐此不疲！

　　今天有杂志来访问，希望我提供一些各种酱料的吃法，我想也不用想，脑海里已经出现五花八门的菜式来。

　　因为酱料是咸的，最好是和淡的食材搭配，有什么好过咸鱼酱蒸豆腐呢？这道菜在我的手下开的"粗菜馆"中最受欢迎，做法简单，用软豆腐垫底，上面铺上一匙匙的咸鱼酱，蒸个三五分钟，即成。麻婆豆腐卖个满堂红，但这碟咸鱼酱蒸豆腐也另有风味，不蒸的话，就把豆腐用镬铲压碎，乱炒一通，咸鱼酱的原料用得高级，自然又香又诱人，没有不好吃的道理。

总之用淡的食材来炒就行，当今茄子当造，白的紫的都肥肥胖胖，拿来蒸个十几分钟，捞起，剥去皮，再用酱料来炒，拌饭，也妙！

酱料做好后送几瓶给海外的友人，其中一位在法国，就那么拿来搽面包，也说好吃无比。当然法棍在法国就像我们的白饭，淋在香喷喷的白饭上也行，什么菜都不用炒了。

在意大利，朋友铺在意粉上面，说做给意大利丈夫吃，也竖起拇指。他们一向用腌的江鱼仔来拌各种意粉，当然吃得惯了。酱料当然没有马友咸鱼那么香，这位先生还是要放很多芝士粉，说更美味。

想起来，我们用咸鱼酱就像他们的芝士，味道越浓越觉得香。

咸鱼蒸肉饼一向是最传统的家乡菜，但到底最美味是那块咸鱼还是那块肉饼？分开来吃各自为政，如果做成酱料拌在一起蒸，更是适合。要求更高的变化，猪肉碎中还可以加些田鸡肉，就更甜美了。口感方面，可加马蹄碎、黑木耳丝，很有嚼头。

生死恋这道菜是用新鲜的鱼和咸鱼一块蒸，但用咸鱼酱来代替，爱得更浓。

炒青菜的变化也多，最美味是用虾酱来炒通菜[①]，吃厌了可以用咸鱼酱来代替，浓味不减，反而有了细腻的香气。不炒通菜的话，炒菜心，炒芥蓝都行，以我的经验，炒时加一小匙砂糖，就更惹味了。

---

① 通菜，即蕹菜，又称为空心菜。——编者注

峇拉酱炒通菜，南洋人叫为马来风光，咸鱼酱炒通菜，可以叫为怀念中国香港。

更简单的是用管家做的面。这位朋友的生面是用塑料纸包着，一团团加起来成一吨，一吨吨拍卖的，但喜欢的人太多，怎么做也不够卖。

他制面真有他的一套，很容易煮熟，但煮久了也不烂。我向他说不如制成干面，他要求严格，一次次地试做，两年后卒之研究成功，当今做的干面有多个种类，我最喜欢的是他的龙须面，细得不得了，水滚了放下去煮，40 秒就熟，想更有嚼头，20 秒就捞起，有意大利人的 Al Dente 口感，翻译成中文，是"耐嚼"的意思。

用龙须面煮 20 秒，捞起，再用咸鱼酱来拌，是我常吃的早餐。

有时炒饭，没有香肠或虾，其他什么食材都缺乏时，我用冷饭炒热，等到饭粒都会跳起来时，打两个蛋进去，让蛋液包住饭粒，呈金黄色，再炒几下，加咸鱼酱进去，其他什么调味品都不下，味道已经足够。

把顺德菜变化，像他们的煎藕饼，下咸鱼酱煎之，也是新的吃法。

我们做的榄角咸鱼酱，用的是最好的增城榄角。榄角这种东西最惹味了，但来历不明的榄角用来或会有点担心，我们采用的是喜叔供应的，与喜叔的交情从他的"喜记炒辣蟹"开始，也有数十年。他做得非常成功，在家乡增城买了多亩地种橄榄，用他生产的最放心了，精选过后才拿来给我。

榄角酱的做法也变化无穷，最基本的是蒸鱼，便宜的淡水鱼味道不够浓，最适宜用榄角来蒸。做法简单，把小贩劏好的鲮鱼冲洗干净，铺些姜丝，再淋一两匙榄角酱，蒸个 5 分钟即成。

菜脯酱是另一种很受欢迎的酱料，就这么吃口感极佳，清清爽爽，最能杀饭。做起菜来，马上想到的是菜脯煎蛋，锅热了下几匙菜脯酱，它本身有油，连油也不必下了，等到油烫冒烟，打两三个蛋进锅，蛋要生一点的话即刻捞起进碟，怕太生则可以煎久一点，等到有点发焦就更香了。

单身女子家里的冰箱，除了化妆品，什么都缺，有时可以找到一个被遗忘了的洋葱，也能做一碟好菜，只要有咸鱼酱、菜脯酱或榄角酱，把洋葱炒熟就行。

做各种酱给诸位吃都是替大家省去麻烦，如果复杂起来就失去原意，鼓励大家就这么吃好了，什么都不必加了。但用它来做上述的各种菜式，男朋友一定会感叹你是一个好厨娘！

家中酒吧

旅途中入住酒店，当然会去酒吧喝上一两杯，而坐了下来，面对酒保，叫些什么才好？有许多人还是搞不清楚。

最容易要的是一杯高球（Highball）了，那是什么？威士忌加冰加苏打，就是了。而当你得意扬扬时，他老兄问你要怎样的威士忌，就会把你问哑，这时候你看看架子上的，只要你认识任何一种，指着就是。但也要强记几个牌子，不然会把白兰地当威士忌，就出洋相。

喜欢旅行的人，在吃晚餐后总会到酒吧泡泡，知道怎么叫一两杯鸡尾酒，是基本认识。最普通的，就是詹姆斯·邦德①常喝的干马天尼了，跟着来的是他吩咐酒保："摇晃，不是搅拌。"这是他喝这种鸡尾酒的常用指示，不过在《007：大战皇家赌场》（2006）中，酒保问他要摇晃还是搅拌时，他回答说："你以为我在乎吗？"

"刘伶"们总希望家里有个酒吧，这是你自己的，不必跟着大家屁股走，喜欢喝什么酒，就买多一点，创作自己的鸡尾酒。

如果要做一杯另一种最常叫的曼哈顿鸡尾酒，威士忌就要选美国的波本，而不是英国的苏格兰威士忌。两份或两盎司的波本，加一份或一盎司的甜苦艾酒，再加一二滴苦汁，中国内地翻译成比特酒，是蒸馏酒中加入香料及药材浸制而成的饮品，通常用来帮助消化，或治疗肚子痛的饮品。一般常用的是安格斯图拉苦精，很有独特的个性，是酒吧不能缺少的。最后加上糖浸的樱桃，搅拌而成。

而詹姆斯·邦德喝的干马天尼则是用金酒做底，金酒分两大派，酒保会问你要什么金酒，如果你讲不出就是门外汉，英国派以添加剂（Tanqueray）为代表，你回答说Tanqueray就不会出错，而且非常正宗。另外一派以苏格兰西部产的亨利爵士（Hendrick's）为代表，你回答说Hendrick's，酒保也会俯首称臣。家中的金酒，一定得藏这两种，如果你的金酒是必富达（Beefeater）牌，那就平凡了，这是基本知识。

干马天尼英文Dry Martini中的Dry，并不代表"干"，而是"少"，一般的干马天尼是两份金酒，加一份干苦艾混合而成。

喝干马天尼的酒鬼，通常要酒精越多越过瘾，那么干苦艾就不必一

①　詹姆斯·邦德是《007》系列小说、电影的主角。粤语中译作"占士邦"。——编者注

份，而且把它倒入冰中，摇晃几下，剩下那么一点点干苦艾，把其余的倒掉，再用它来摇晃搅拌金酒。常说的笑话，当今又回放一次：天下最 Dry 的干马天尼，是喝着金酒，用眼睛来望架上的那瓶干苦艾一下，如果望了两下，就不够 Dry 了。

你的酒吧中，一定要藏的干苦艾有，Dolin Dry、Quady Winery Vya Extra Dry、Ransom Dry、Channing Daughters VerVino Variation One、Contratto Vermouth Bianco、Martini & Rossi Extra Dry。

对某些受不了金酒的独特香味的人来说，可以用伏特加酒来代替金酒，又名伏特加马天尼（Vodkatini），也别以为伏特加都是便宜的，Diva 特技伏特加（Diva Premium Vodka）可以卖到 100 万美元一瓶。

当然你的酒吧不必用到那么贵的伏特加，当年俄罗斯的苏联红（Stolichnaya）很正宗，现在各国都出伏特加，荷兰的坎特一号（Ketel One）最好了，酒精度可达 40 巴仙。波兰的肖邦（Chopin）也好喝，最流行的是法国的灰雁（Grey Goose），瑞典产的绝对伏特加（Absolut Vodka）最为平凡。

我自己的经验是伏特加既然是原产于俄罗斯，当然喝回他们的，在莫斯科旅行时，发现苏联解体后，土豪群出，做的伏特加也越来越精美，比较下来，最好喝的一个牌子叫白鲸（Beluga），家里的酒吧用的话，买瓶 1000 美元左右的就很高级了，记得把这瓶伏特加放在冰格中，它的酒精度高到玻璃瓶子不会爆裂，而且还要时常取出来淋水，让冰一层层地加厚，直到变成瓶子被冰包围着成为一团为止。这时拿一个小杯，倒上一杯，喝完之后发现还会挂杯的。

有了酒吧之后，朋友们还是喜欢单一麦芽威士忌的话，先让他们喝好的，如麦卡伦陈酿，或日本名牌，这只限第一、二、三杯，接下来，他们已经分不出味道时，拿出雀仔牌，这种原名"威雀"（The Famous Grouse）的威士忌，质量好到被麦卡伦看上，收买了。普通装的只卖到100多港元一瓶。

加冰加苏打之后，再拿出一瓶上好的雪莉酒，加上那么一点点，更像是雪莉桶（Sherry Oak）浸出来的一样，已经微醉的朋友也会大叫好喝，好喝。

当然，雀仔牌威士忌已是便宜了，雪莉酒不能省，如果你是孤寒惯了，那么勾一点绍兴酒，它的味道最接近雪莉酒，想更便宜的话，喝白开水好了，没人能阻止你怎么喝的，只是不想和你做朋友而已。

玩绘画

天气渐热，扇子派上用场，不如画扇吧，一方面用来送朋友，大家喜欢，一方面还可以拿出去卖，何乐不为？

书至此，还找到一些工具，那是一块木板，上面有透明塑料片，可以把扇面铺平，然后上螺丝，把扇面夹住，就可以在上面写字和画画了。

好在还跟过冯康侯老师学写字，老人家说："会写字有很多好处，至少题自己的名字，也像样；不然画得怎么好，一遇到题字，就露出马脚。"

我现在已会写字，再回头学画，可以说是按部就班。向谁学画呢？

当今宅于屋，唯有自学，有什么好过从《芥子园画传》取经呢？

小时看这本画谱，觉得山不像山，石不像石，毫无兴趣。当今重读，才知道李渔编的这册画谱大有学问，是绘中国画的基本范本，利用它去学习用笔、写形、构图等技法，从这条途径去体会古人山水画的精神。

也不必全照书中样板死描和抄袭，有了基本，再进行写生，用自己的思想和笔法去表现，就事半功倍了。

书法和绘画，都要经过一番苦功，也就是死记。死记诗词，自然懂得押韵；死记芥子园画谱，慢慢地，画山像一点山，画水像一点水，山水画自然学得有一丁丁模样。

成为大师，需穷一生的本领；但只为娱乐自己，画个猫样也会哈哈大笑。

我喜欢的是画树，书上关于各种树的画法都仔细介绍，按此抄袭，画一棵大树，再在树下画一个小人儿，树就显得更大了。

小人儿有各种姿态。像"高云共片心"，是抱石而坐；像"卧观山海经"，是躺在石上看书；像"展席俯长流"，是为在石上看水；像"云卧衣裳冷"，是睡在石上看云。寥寥数笔，人物随着情景活了起来，是乐趣无穷的。

玩手工

这段日子，最好玩的是手工作业。

香港人手工精巧，穷的时代就开始人造胶花工业、纺纱工业等，逐渐地，我们依靠了大量生产的，我们的小工厂搬到其他地方去；这都是因为地皮贵，迫不得已。

但是我们有手工精细的优良传统，工厂搬到别处之后空置得多了，租金相对之下变得便宜，这令我想到，不如开一间来玩玩。

20多年前，我开始在中国香港手工制作"暴暴饭焦""暴暴咸鱼酱"等产品，甚受欢迎，后来厂租越来越贵，唯有搬到中国内地去做。

咸鱼在中国内地难以找到高级的原料，虽然继续生产，但是我自己觉得不满意，一直想改进。

现在中国香港工厂的租金降低，让我有复活这门工艺的念头。想了又想，要是不实行的话，念头再好也没有用。

一、二、三，就再始了。

找到理想的厂房，又遇上理想相同的同事，我们由一点一滴，开始设立起小型工厂来。

先到上环的咸鱼街，不惜工本地寻觅最高级的原材料，咸鱼这种东西像西方的芝士，牛奶不行，怎么做也做不出好的芝士来。我们用的是马友鱼，这种鱼又香又肥，最适合腌咸鱼，我们坚信不用最好的是不行的。

马友鱼虽然骨少肉多，但一般咸鱼拆了下来，最多也只剩下六成的肉，用它来制造咸鱼酱，不必蒸也不必煎，开罐即食，非常之方便，淋在白饭上，或者用来蒸豆腐，或者配合味淡食材，都可以做成一道美味的菜餸[①]，对于生活在海外的游子，更可医治思乡病。

配合以往的经验，从头开始，在最卫生的环境下，不加防腐剂，人手做成最贵最美味的酱料来。

工厂一切按照政府的卫生规定成立，这么一来，才能通过检查，也才可以获得 CIPA 认证，销售到中国内地去。这一切，都经过重重的努力。

现在已逐渐小量地推出，因为原料费高，也不可能卖得太贵，我不想被超市抽去 40 巴仙的红利，目前只能在网上卖，或者今后找到理想的条件，再到各个点去零售，总之，这是一件很好玩的事。

玩出版

每天不做一些事，日子会白白浪费。如果我们能找些有意义的事来消磨时间，就更有意思。

我用书法、烹调、制作酱料来消磨时间，当然也包括阅读、看电影、电视剧，等等，玩得不亦乐乎。

最新型的武器，是玩出版。

---

① 餸，粤语常用词，指下饭的菜。——编者注

　　我虽然还继续地写，新书不断地出版，但还有一个区域未涉及，那就是翻译。我以前的文章被翻译成日文和韩文，未译的是英文。

　　我一直有这个心愿，当今来完成，最适宜不过。但过往的经验告诉我，文字一被翻译，怎么样都会失去味道，翻译是最难表现的一门功夫。

　　我想了又想，还是不靠别人来翻译，用自己的文字来写最传神。我的英文程度并不够好，可以应付日常会话而已。多年看了不少英文小说，多多少少学了一点英文写作方法，但当然也永远不会比用母语的人强。

　　不要紧，就那么写就是了。

　　对象读者是我的干女儿阿明，她从小在父母亲生活的苏格兰小岛长大，没机会接触中文，我的书她从来没有看过，也不会了解我这个干爹是做些什么的，我要用我的粗糙英文来讲故事给她听，也希望我其他不懂中文的友人能够阅读得到。

　　仅此而已。

　　把这个原意告诉了她母亲，我数十年来合作的插图师苏美璐，也认为这是一个好主意。她建议由住在同一个小岛上的一位女作家贾尼丝·阿姆斯特朗（Janice Armstrong）来润饰，我翻译过她写的 *The Grumpy Old Sailor* [1]，相信这次也能合作得愉快。

　　我也写了电邮给我的老朋友俞志纲先生，他是英文书出版界的老前辈，请教他的意见。俞先生起初以为我想用英文介绍餐厅和美食，认

---

[1]　可译为"坏脾气的老水手"。——编者注

为应该有销路，并推荐了一些出版社给我，建议我可以先印 1000 本试试看。

回邮上我说在这阶段，名与利已淡然，如果再要去求出版社一定限制诸多，我还是采用 Kindle 的自助出版方式自由度较大。

当今这种简称为 KDP（Kindle Direct Publishing）①的形式已很普通，中文书的出版尚未成熟，但英文的已有一条便捷的途径，在网上一查，便会出现各种介绍，Facebook②上更有经验者口述，仔细地把整个过程讲解给你听。

不过鸡还没生蛋，想这些干什么？

第一步一定要先把内容组织起来。最初的文章，得借助老友成龙了，我把他在南斯拉夫拍戏受伤的过程用英文描述，以引起读者的兴趣，人家不认识蔡澜，但知道成龙是谁。

再下来是在韩国拍戏时的种种趣事，和我早年旅行的经验一一写下来。

我每天花上四五小时做这件事，每写完一篇就传给苏美璐，再由她交给贾尼丝·阿姆斯特朗去修改。

有时一些浅白的记载她也来问个清楚，我就知道这是西方人不可接受的描述，就干脆整段删掉，一点也不觉得可惜，这像我监制电影时，把拖泥带水的剧情一刀剪了，导演花了心血，一定反对。我的文章，我自己不反对就是，一点也不惋惜，反正其他内容够丰富。

---

① 亚马逊自助出版平台。——编者注

② 社交媒体 Facebook 公司已于 2021 年 10 月 28 日宣布更名为 Meta。——编者注

　　贾尼丝一篇篇读完，追着问我还有没有新的，我听到了心才开始安定了下来。

　　有了内容，才可以重新考虑到出版的问题，俞志纲先生来电邮说，在过往 10 年中，英文书的出版市场已被五大集团吞并，分别为哈珀·柯林斯、企鹅、麦克米伦和贝塔斯曼，最后加上法国的阿歇特。不过还有些国际出版的小公司。假设我找到一家英国的，再包他们 1000 册的销售量，合作的可能性就大了。

　　他还说如果有第一本样版，不妨考虑去法兰克福，那里每年都有一个盛会，期间大小出版商云集，商谈版权转让、合作出版、地区发行，等等，如果考虑参与的话，一定有所收获。

　　我的老友潘国驹的教科书出版集团每年都出席，跟他去玩玩也是开眼界的事，但眼下这个构想太过遥远了。

　　目前要做的是一心一意把内容搞好，在 KDP 上尝试也不一定实际，不如请我生意上的拍档刘绚强兄帮忙，他拥有一个强力的印刷集团，单单一本的书也可以印得精美，等到内容够丰富时，可请他印一两百本送朋友，心愿已达，不想那么多了。

玩种植

　　当今的香菜（芫荽）一点也不香，而且有种怪味，这都是为了大量生产改变基因的结果。我一直寻求以往的味道，但失望了又失望，直到有一回去参观了丰子恺故居，回程在一家小餐厅吃午饭时才找回来，原来是他们在后花园自己种的芫荽，之后再也未尝到。

回到中国香港也不断寻求芫荽的种子，发现多数是新品种，还有一些是意大利芫荽呢！本来在日本旅行时，乡下的杂货店都有花草蔬菜的种子出售，唯缺的是芫荽，日本人是不吃芫荽的。

一位很好的朋友有个很稀奇的姓，姓把，叫文翰，他到各深山找寻美食原料，再在网上销售，卖的东西像花椒，也是严选出来的，只要咬一小颗，满口香味，而且即刻麻痹，厉害得很。

我对他极有信心，就向他请求，如果看到中国的原种芫荽的种子，就寄一些给我，经过甚久，日前他到底找到寄来，我就开始玩种植了。

在网上看到一则广告，卖室内种植的摆件，叫 Smart Garden，即刻买下。寄来的是一个塑料的长方形箱子，附属三个小杯子，杯中已下了罗勒种子，只要加了水，插上电，架上的灯就会自动亮 16 小时，其他 8 小时自动熄掉，制造大自然假象，让种子生长。盒的下方装了水，让所种植物吸收，水一干有个指示器会叫你加水。

对我这种住在水泥森林公寓中的人，这种室内种植的器具很好用，除了种罗勒，我将把文翰寄来的芫荽种子也埋下。

现在想起，有花园住宅的人实在幸福，可惜命中注定我没有享受这种清福的命。

家父就不同，他在中年时买下一座洋房，花园的面积至少有两万平方英尺，足够他种所有的花草。

记得刚搬进那个新家，父亲第一件事就是把那株巨大的榴梿树砍下，可惜吗？

一点也不可惜，因为这株榴梿树长的果实都是硬的，马来人叫作

"啰咕"，长不熟的意思，有时骂人也可以用上。

树一倒，有很多颗小榴梿，别浪费，我们小孩子把它当手榴弹来扔，把附近来偷其他水果的马来小孩赶跑。

由铁门到住宅还有一小段路，上一手屋主种了一棵红毛丹树，的确茂盛，所产的红毛丹集成群，整棵树被染成红色。

可惜的又是这棵树的红毛丹品种不好，非常之酸，又麇集了一群又一群的蚂蚁，会咬人的。

家父又将它砍了。环保人士也许会认为不妥，但南洋地方，树木生长得快，种下新的，不久又是一大棵。

代之的，家父种了又种别的植物，他特别会玩，接枝后有一棵成为大树的，生长着大树菠萝蜜，生的水果两人合抱那么大，里面的果实有数百粒之多。同一棵树也长着红毛榴梿，这是另一种菠萝蜜，果子没那么大，但又软又香，也是我们小时最爱吃的。

本来土种高大番石榴树也被铲除，本来又酸又多核的品种，变为矮树随手可摘的，籽变少，只剩下一团，切开了整颗番石榴又香又甜。这还不算，家父再接上广东的绯红色品种，果肉更显得漂亮诱人。

接枝时我必在他身旁看，只见他把树枝削去，再把另一株树的枝干剖开插了上去，用绳子绑紧，最后将一堆泥封上，不久便生出根来，可以移植在地上了。当时觉得过程很神奇，想长大了亲自动手，但一直没有机会。

如果我这次种芫荽的试验成功了，便会跟着种别的，一直想种的还有辣椒，其实也很容易。但来了香港，广东人说辣椒会惹鬼，虽然我不迷信，但也打消了这个念头。

跟着种西红柿吧，拿了意大利的种子，种出各种形状和颜色的来，有的又绿又黄又红，分隔成图案，实在很美。

要不然种青瓜吧，也要找到原始的种子才行，当今在市场上买到的都已变了种，连长着疙瘩的那种也不是那么一回事了。

说到瓜，现在最合时令，可种丝瓜或水瓜。搭个架子种葫芦最妙了，成熟时可以切丝来炒菜，选个巨大的，晒干后挖出种子当酒壶，学铁拐李，喝个大醉。

有了架子我可以种葡萄……

我家有个天台，当今只要努力，种什么都行，只是少了家父来陪伴，要是能回到过往，和他一起研究怎么接枝，那是多么的愉快！

近来常做梦，梦到和父亲一起种出一个枕头般的大冬瓜来，挖掉核，里面放瑶柱、烧鹅肉、鲜虾和冬菇来炖，最后撒上夜香花。外层由他写字，我用篆刻刀来刻，一首首的唐诗，美到极点。

玩播客

闲下来的日子，不能让它一天天白白浪费，还是要找点事来做，很多玩意儿都实行了，新的是什么呢？

想了又想，又和许多朋友谈过，最后决定玩播客（Podcast）。

英语的这一词，是由 iPod 和 broadcast 组合，中文被勉强地译成"播客"，有许多人早在十几二十年前就玩过，不是什么新主意。

最初是一台 iPod 就行，当今没什么人用 iPod 了，都是 iPhone 和 iPad 的世界，总之架上了它，能看自己，就可以向外广播。

已有无数人在玩，为什么有人会看你的？这是一个最大的问题。

如果怀着一开始就有大把人看，这个玩意就失败了，内容当然最重要，言之有物，就有人欣赏，慢慢来好了，尽量把内容做好再说，其他想太多也没有用。

看其他人的"播客"，一开始便自言自语，得到的第一个印象是，此君蓬头垢脸，灯光又平淡，太不严谨。

我妈几十岁时，起身洗脸之后还略施脂粉才走出卧房，这一点要学习。

在家中已如此了，还说要出来"见客"呢。见公众当然要打扮打扮才行，并不是爱美，而是对别人的一点尊重。

既然要做，就要好好地做，这是父亲教我的，所以我不想在家里对着镜头就做，而是要找个地方来实行，刚好生意上的拍档刘绚强有个很大的办公室，可以空出来让我乱玩，再好不过了。

刘绚强本身是做印刷的，他在中国内地有最精美的印刷厂，更结合了一群艺术家做展览，这群人对灯光最有研究，请好友们来替我装修一下门面，才见得人。

至于内容，当然是想到什么讲什么，一受限制了总是做不好，守着"只谈风月，不讲政治"的原则，任何题材都可大谈一番。

单单是我一个人可能太过单调，刘绚强一家人参加了我的旅行团已有数十年，他一家人我也从小看着他们长大，都当成亲人了。

两位女儿也从她们拍拖到生小孩，可以和她们谈一些生活上的点滴，大女儿爱喝酒和吃美食，小女儿爱做甜品面包，反正地方够大，可弄一个厨房和烘焙室，一面谈天一面做节目，较不枯燥。

用的是什么语言呢？中国内地市场的话当然是说普通话，但是这个直播我还是要面向中国香港的观众，说粤语较为亲切。

也做了一番研究，至今在中国香港，人们看得最多的是 YouTube，节目放在它上面播放，YouTube 在中国内地看不到，也可以选个平台在中国内地播放，这还要进一步地商讨才能决定。

也许组织一支队伍，把节目打上字幕，让听不懂广东话的人也可以看。

至于要叫什么名字，我现在还想不出，我从前做节目都是由金庸先生替我题字的，也许我会模仿他的书法写上节目名。

10 多年前卢健生给我介绍了"微博"这个平台，我开始用心地玩，回答网友的问题，组织 120 字的微小说竞赛，等等，粉丝一个个地争取来，至今已有 1090 多万粉丝，都是因为我发了 11 万条微博得来，如果我用同样的努力，"播客"也能得到一些观众吧。

即使是微博，也都是以文字来沟通，文字是我的强项，虽然我做过《今夜不设防》和许多旅游节目，但现身说法总不如文字的交往，这次又是我来和大家见面，还是要从头学习的。

从前做节目时，如果多喝几杯酒，胆子就大了，当今酒已少喝，酒量也大不如前，不能靠它来壮胆了，硬着头皮顶硬上吧。

身体状态好的话，会较有把握，但人一疲倦，就不想多说话了，做这个节目，我还是有点战战兢兢的，不过也不去想那么多了，要是不开始，只是口讲而不实行，时间又浪费了。

要先得到大家谅解的是我的记忆力大不如前，有时会讲错话，有时时间和地点都会搞乱，总之我尽力而为，对得起各位，就对得起自己了。

花花世界

闲在家里的日子，闷得发慌，怎么过呢？一定得找些事来消解，才对得起自己。

很多朋友建议我在 Patreon[①] 开一账号，自言自语地发表言论，如果有人看，还可以分成呢。我当然也研究过，发现并不对我的胃口。

如果做播客的话，我宁愿在 YouTube 上做了，这是一条大道，在中国香港看的人也最多，一得闲就上去逛逛。

当然在中国内地的平台有更多的选择，但得讲普通话，我始终长居中国香港，用粤语做播客应该更有亲切感，和大家商讨的结果，还是在 YouTube 做播客。至于怎么照顾到听不懂粤语的观众，我则会加上字幕。

叫什么呢？我也想了很久，最后决定用回我的店商名字《蔡澜花花世界》，也代表了我不谈政治的立场，只谈风月，不讲政治。

通常做一档播客节目是不花本钱的，弄一个拍摄机或更简单的手机，对着自己，就可以开始直播了，但看别人的，总觉得粗糙。开始的时候还是要精密一点，严谨一点的，所以先要来一队摄影及灯光组，再加上后期的剪接与字幕组，一切花费不少，是否有钱赚不知道，但事实是先得被打三百大板，这也不要紧了。

做播客最主要的还是内容，讲些什么有没有人感兴趣，看不看得下去，才是关键。摄影和字幕的投资，我是不惜工本的。

---

① Patreon 是一款国外的付费创作社区。——编者注

自言自语总不是我的强项，我不是一个话多的人，有些人一开口就讲个不停，内地人称这类人为"话痨"，我很佩服，但我做不了，还是找人对答较为流畅。

当然我有许多演艺圈的朋友可以找来做主持，但我不想劳烦别人，还是请了我生意上的拍档刘绚强先生帮忙，让他两个女儿上阵，大女儿叫 Shirley，小女儿叫 Queenie，她们都是一直跟着我的旅行团到处去的，从小看到她们长大，当成自己的女儿了。

Shirley 口齿伶俐，又很爱吃东西和喝酒，在吃喝方面很容易配合到我。Queenie 很乖，话不太多，一直喜欢烘焙，从小爱做面包，非常出色。她做的饼干好吃得不得了，有种椰子饼，更令人吃得上瘾。

有了这两人助阵，我做起这档播客节目时轻松许多，但所花的时间和精神是不少的，我总相信这是应该投入的，连这一点也不肯下功夫，怎能做得好？

许多人想做这个，想做那个，说得老半天什么都没有做出来，我不是这种人。我说做，就做出来，所以《蔡澜花花世界》这档节目就产生了，在 2020 年 11 月 13 日星期五首播。

最先拍的是我新结交的意大利朋友 Giandomenico Caprioli 的意大利杂货店，就开在分域码头。你想到的什么意大利食材都可以在这里找到，非常齐全。

节目出街之后，我打电话问生意有没有帮助，回答客人增加很多，多人反映我介绍得不错，总之有反映好过没有反映。

本来，我的原意是一星期在 YouTube 中播出一集，看视频的人不喜欢看太长的，只要剪成 10 分钟左右就够了，否则太长也会在手机上看得昏头昏脑。

　　但是，以我本人观察，看了一集之后，要再等一星期才有第二集，是不够喉的，是不满足的，我即刻吩咐我的制作团队，不要再等 7 天，马上连续在第二天的星期六再多做一集。

　　第二集的内容是把所有在超市买的东西放在桌上，当成野餐，把腌制的肥猪肉切成薄片，再配上清新的意大利蜜瓜吃，加上圣丁纽尔的火腿，以及用猪头肉压成的薄片，还有种种的食物，同时也介绍了 Queenie 出现，尝试她做的面包。

　　第三集连续追击，把买回来的八爪鱼煎一煎，将地中海红虾做成意粉，淋上红虾油和红虾粉，是美味的一餐。这时候，拿手的甜品出现，Queenie 做的杏仁薄脆、白色朱古力挞、猫山王榴梿甜品等，都非常出色。

　　果然三集同时推出是有它的震撼力，可是压力也来了，每星期 3 集的话，后期的制作是困难的，但怎么困难也要硬顶上。

　　下一个礼拜我们推出了上海菜系列，也是一连 3 集，YouTube 上有所看人数的统计，但我是不看的，看来做什么？只要内容做得精彩，看的人就会越来越多。

　　像我在微博上做的，看的人叫粉丝，我的粉丝是一个一个努力赚回来的，到目前为止有 1000 多万。我不能期待 YouTube 上有这种成就，既然开始了，就把头埋进去，每次努力地做好它。

　　对得起自己，就是了。